天魔劒葉傳
천마겁섭전

임준후 新무협 판타지 소설 FANTASTIC ORIENTAL HEROES

천마검엽전 2
임준후 新무협 판타지 소설

초판 1쇄 찍은 날 § 2009년 10월 9일
초판 1쇄 펴낸 날 § 2009년 10월 15일

지은이 § 김강현
펴낸이 § 서경석

편집장 § 문혜영
편집책임 § 정서진

펴낸곳 § 도서출판 청어람
등록번호 § 제1081-1-89호
등록일자 § 1999. 5. 31
어람번호 § 제2-1830호

주소 § 경기도 부천시 원미구 심곡2동 163-2 서경B/D 3F (우) 420-822
전화 § 032-656-4452 팩스 § 032-656-4453
http://www.chungeoram.com
E-mail § eoram99@chollian.net

ⓒ 임준후, 2009

ISBN 978-89-251-1956-4 04810
ISBN 978-89-251-1954-0 (세트)

※ 파본은 구입하신 서점에서 교환하여 드립니다.
※ 저자와 협의하여 인지를 붙이지 않습니다.
※ 이 책은 도서출판 청어람과 저작자의 계약에 의해 출판된 것이므로,
   무단 전재 및 유포·공유를 금합니다.

天魔劒葉傳

천마검엽전

FANTASTIC ORIENTAL HEROES

임준후 新무협 판타지 소설

철혈무정로 1부

②

第一章　　　7

第二章　　　47

第三章　　　73

第四章　　　105

第五章　　　131

第六章　　　171

第七章　　　199

第八章　　　229

第九章　　　255

第十章　　　281

第一章

천마검섭전

흑의인의 말투에서 자신감은 물론이고 두려움도 읽어내지 못한 혁만호는 보일 듯 말 듯 이마에 주름을 잡으며 조운상을 보았다. 그러나 그 시선은 곧 조운상을 넘어 적포청년(?) 운려에게 향했다.
 산장의 인물들이 취한 진형으로 보아 일행의 지휘자는 조운상이었다. 그러나 조운상이 가장 지위가 높은 자가 아님을 혁만호는 어렵지 않게 알아보았다.
 조운상이 가장 높은 지위의 인물이라면 그가 적포청년을 지키려 할 까닭이 없는 것이다.
 그가 운려를 향해 가볍게 포권하며 말했다.
 "금백단의 혁만호라고 하오. 척천산장의 분들은 저분을 도와 혈조사마를 잠시만 막아주시오. 우리도 최대한 빨리 위무양을 처리하고 합류하겠소."

말을 마치고 위무양을 돌아본 혁만호는 어처구니가 없어 혀를 차야 했다.

혈조사마가 나타나자 자신감을 잃었던 위무양은 언제 그랬냐는 듯 눈을 반짝이며 흑의죽립인을 보고 있었다. 도망칠 생각도 잊어버린 듯했다.

'저 인간, 고질병이 도졌군.'

위무양이 삼괴의 일인이 되고 그의 별호 앞에 풍파만리라는 괴상한 명칭이 하나 더 붙게 된 데에는 절정의 무공을 가지고도 온갖 청부를 받아 먹고사는 그의 행태와 더불어 호기심을 절제하지 못하는 그의 성격 탓이 컸다.

그는 호기심이 동하면 그 대상이 무엇이든 호기심이 가실 때까지 파헤쳤다. 그리고 그 호기심을 충족하기 위해서라면 풍파가 만 리를 휩쓰는 일이라도 아무런 고민 없이 서슴지 않고 벌였다.

놀랍게도 혁만호는 위무양의 심정이 이해가 갔다. 그도 흑의인의 정체가 궁금해 죽을 지경인데 호기심 대마왕 소리를 듣는 위무양이야 오죽하겠는가 싶었던 것이다.

그러나 마냥 위무양을 보며 혀를 차고 있을 수는 없는 일.

그가 얼음처럼 차가운 음성으로 말했다.

"위 대협, 이제는 인정하고 도망칠 생각을 버리십시오. 그리고 저희와 함께 무맹으로 갑시다. 이 제안을 거절한다면 어떤 일이 벌어질지 아시리라 믿습니다."

차갑지만 정중한 어조.

그가 받은 명령은 위무양을 가능하면 살려서 데리고 오라는 것이었다, 저항이 심하다면 죽여도 좋다는.

무맹과 위무양 사이에 어떤 사정이 있는지는 몰랐다. 사정을 알 필요도 없고 알고 싶지도 않았다. 그는 명령이 떨어지면 이행하는 조직에 속한 사람이니까.

하지만 명령이 그런 식으로 떨어졌다고 위무양을 잡배 취급할 수는 없었다.

무인들의 세상, 무림(武林)은 강자존(强者存)의 천하이고, 또한 강자존(强者尊)의 천하이기도 하다. 강한 자가 법이며, 존중받는 세계인 것이다.

그러나 그 단순한 말의 이면에는 무림 천하에 수많은 무인이 있음에도 진정한 강자라 불릴 수 있는 절정 이상의 고수가 흔하지 않다는 것, 그리고 절정의 경지에 들기 위해 쏟아야 했던 그 사람의 피와 땀이 어린 노력에 대한 존경의 의미가 담겨 있었다.

그가 정, 사, 마의 어디에 속하든, 성격이 어떻든 절정 이상의 고수는 대접을 받을 자격이 있는 세상, 그것이 무림인 것이다.

그래서 혁만호는 정중한 권유의 형식을 빌어 말한 것이다. 물론 말에 담긴 기세는 온전히 협박이다.

위무양이 협박에 순순히 응할 거라고 생각한 것은 아니었다. 그럴 거였다면 도망치지도 않았을 테니까. 그렇더라도 그의 반응은 혁만호가 예상한 것과 거리가 한참이나 멀었다.

그는 고개도 돌리지 않고 혁만호에게 귀찮다는 듯 한 손을 휘휘 저으며 말했다.

"좀 있어봐."

라고.

"……?"

당황한 혁만호는 말을 잃었다.

"저 친구가 이 인간들을 어떻게 상대하는지 한번 보자고. 우리 일은 그 후에 해결해도 늦지 않잖아? 튀지는 않을 거니까 쓸데없는 걱정은 붙들어 매도 돼."

입에서 나오는 대로 말한 위무양은 눈을 크게 뜨고 정면을 보았다.

검엽이 장신만큼이나 긴 다리를 성큼성큼 내디디며 혈조사마에게 다가가고 있었다.

위무양이 싸울 기색을 보이지 않자 혁만호와 그의 수하들은 일시지간 어찌해야 할지 혼란에 빠졌다.

하지만 위무양의 말대로 할 수는 없는 일이다.

결심을 한 혁만호가 막 수하들에게 공격 명령을 내리려 할 때였다.

위무양이 혁만호를 일별하며 다시 입을 열었다.

"금백단의 둔탱이 무사 양반아, 생각 좀 해봐. 저 흑의인이 이기면 난 어차피 자네들 손을 벗어나지 못해. 사마를 이긴 흑의인이 합세하면 내가 무슨 용빼는 재주가 있다고 이 자리를 벗어날 수 있겠어? 그리고 저 재수없는 쇠 손가락 형제들이 흑의인을 이기면 자네들도 저들을 감당할 수가 없다고. 알아들었어? 저 싸움이 끝나야 나에 대한 처리도 결론이 난단 말이야. 지금 당장 날 못 잡아먹어 안달할 필요가 없다고. 머리는 생각을 하라고 있는 거지, 장식이 아니야, 이 둔탱이 무사 양반아."

기이하게도 위무양은 조금 전과 비교할 수 없을 정도로 여유를 되찾고 있었다. 흑의인에 대한 호기심 때문이라고 생각하기에는 과한 여유였다.

혁만호는 멈칫했다.

눈에 거슬리는 위무양의 기이한 여유보다도 그의 말에 일리가 있음을 깨달았기 때문이다.

혈조사마가 흑의인을 이긴 후 위무양을 강제로 데려가려 한다면 그는 사마를 힘으로 격퇴하고 위무양을 빼앗을 수 있다고 자신하지 못했다.

그렇다고 위무양의 말을 믿고 그를 놔둔 채 흑의인을 도와 혈조사마부터 처리하는 것도 가능하지 않았다.

삼십육계 중 줄행랑을 제일로 치는 위무양을 어떻게 믿을 수 있단 말인가.

그가 다시 혼란에 빠지자 그의 수하들도 움직임을 멈추었다.

그리고 무거운 긴장감이 공터를 휘감았다.

검엽과 혈조사마의 거리가 삼 장도 채 되지 않을 만큼 좁혀져 있었다.

위무양의 비정상적인 말과 행동으로 깨졌던 야영지의 분위기는 단숨에 무거운 긴장감으로 가득 찼다.

운려도 걱정스런 기색을 감추지 못했다.

혈조사마라면 그녀도 부친으로부터 들어본 적이 있는 이름이다. 흑도를 대표한다는 일제(一帝), 쌍마존(雙魔尊), 오마군(五魔君), 팔효(八梟), 십사(十邪)에는 속하지 못하지만 그들이 합공하면 십사의 일인을 감당할 수 있을 거라는 평가와 함께.

그녀가 아는 부친 소진악은 칭찬에 인색한 사람이라 그의 평가라면 믿을 만했다.

혈조사마가 합공으로 십사의 일인을 감당할 수 있을 정도라면 이천릉이나 장현 정도의 고수는 되어야 저들 넷을 상대할 수 있을 터였다.

이천릉과 장현은 흑도의 팔효에 비견된다는 정도와 정사 중간의 무인들 중 고수를 지칭하는 팔절의 일인이다.

그런 자들을 검엽이 홀로 상대하러 나섰으니 운려가 걱정하는 건 무리도 아니었다. 그에 대해 남보다 많이 아는 건 분명했지만 검엽이 지닌 잠능이 어느 정도인지 제대로 모르기는 그녀도 다른 사람과 별반 차이가 없었다.

검병을 쥔 손에 힘이 들어가는 순간 모깃소리처럼 가는 음성이 그녀의 귓전을 두드렸다.

[나서지 마라. 네가 나서면 신경만 더 쓰여. 그리고 아무도

나서지 못하게 해. 산장 사람들 중 저들의 십 초를 받아낼 수 있는 사람은 너와 조 대주뿐이야. 나머지는 삼 초도 못 받고 죽을 거야.]

 등을 돌리고 있는데도 귀신처럼 그녀의 기색을 알아차린 검엽의 음성이었다.

 기대광은 피식 웃으며 자신의 앞으로 다가서는 흑의인을 바라보고 있었다.
 그와 동생들은 위무양에 대한 소식을 들은 후 막간산의 우측 산릉성을 타고 왔다. 이곳에 도착한 것은 위무양이 모습을 드러내기 일각 정도 전이었고.
 덕분에 그는 흑의인이 위무양의 일장을 받아내는 장면을 보았다.
 흑의인은 고수였다.
 비록 단 일 초에 불과하긴 하지만 위무양과 동수를 이룬 자인데 그 사실을 부인하는 건 어리석은 일이었다. 그러나 기대광은 흑의인을 꺼림칙하게 여기지 않았다.
 그와 형제들은 상대가 한 명이든 여러 명이든 언제나 합공을 해왔다. 그들의 명성을 생각하면 수치스러워해야 마땅한 일이다. 하지만 기대광에게 합공에 대해 수치심 운운하는 건 씨도 먹히지 않는다. 그런 걸 아는 자였다면 합공 자체를 하지 않았을 테니까.
 위무양이 둘이 있어도 그들 형제들이 합공하면 막지 못할 터였다. 흑의인 혼자서 그들을 상대한다는 건 죽여달라고 목을 늘이는 것이나 다름없는 일이었다.

혈조를 가슴 앞으로 들어 올리는 기대광은 그렇게 생각했다.

'쩝……'
검엽은 미간을 찌푸리며 내심 입맛을 다셨다.
혁만호의 생각 정도를 읽는 건 일도 아니었다. 자신이 나서지 않으면 운려가 본격적으로 나서야 할 상황이라는 것도 짐작하기 어렵지 않았다. 그래서 나섰던 것이고.
그러나 그가 혈조사마를 상대할 수 있다는 확신을 갖고 나선 것은 아니었다. 쉽게 패할 거라고 생각하진 않았다. 그러나 승리를 장담하기도 어려웠다.
혈조사마의 수준이 어느 정도인지는 대략 파악이 되었다.
문제는 그 자신이었다.
그는 자신의 능력이 어느 정도인지를 잘 모르고 있는 것이다. 스스로의 자질이 상당히 괜찮은 편이어서 건성으로 노력한 것에 비하면 성취가 놀랍다는 건 알고 있었다.
무림이나 무공에 대해 아무리 관심이 없다손 치더라도 그의 나이에 실전에 사용 가능한 무공을 창안하는 사람이 흔할 리 없는 것이다.
그러나 와호당의 노인들이 가르쳐 준 비전을 수습하고, 자신이 무공을 창안했어도 그것으로 사람과 본격적으로 싸워본 적이 없는 그다. 무창에서의 싸움은 싸움이라기보다는 암습에 가까워서 대적 경험이라고 하기엔 무리가 있었다.

대인전은 그의 상상 속에나 있었지, 현실이 아니었던 것이다.

위무양과 충돌하며 소진됐던 공력은 완전히 회복되었다. 혈조사마의 급작스러운 등장이 벌어준 시간 덕분이었다. 그리고 이제는 그들과 싸워야 하는 것이다.

검엽의 심상에 혈조사마의 모습이 투영되었다, 눈으로 보는 것보다 더 정확하게.

혈조사마의 전신에 흐르는 기의 흐름까지도 그의 심상은 그린 것처럼 잡아내고 있었다.

그들의 단전에서 흘러나온 기는 팔맥과 십이중루를 거쳐 양손으로 집중되었고, 그 양은 빠르게 점증되는 중이었다.

그와 함께 검엽이 받는 기세의 압력이 점차 강해졌다.

검엽의 찌푸려진 미간이 대패로 밀은 듯 깨끗하게 펴졌다. 마음을 굳힌 이상 상념은 무의미했다.

'아무래도 숫자부터 줄여야겠지? 통해야 할 텐데 말이야.'

검엽의 전신에서 산처럼 무거운 기세가 흘러나왔다. 그리고 눈에 보이지 않는 수레바퀴 하나가 그의 전신을 휘감으며 돌기 시작했다.

전륜구환공의 아홉 요결 중 건천진결(乾天眞訣)의 초현이었다.

장내의 분위기가 금방이라도 부서질 것 같은 살얼음판으로 변한 건 순간이었다.

검엽과 마주한 혈조사마의 안색이 조금씩 굳어졌다.
당황한 기색이 엿보이는 얼굴들.
그들 중 기대광의 놀람과 혼란이 가장 컸다.
'뭐냐, 이 자식은?'
검엽과 그들 사이의 긴장이 높아질수록 당하면서도 이해할 수 없는 기이한 기세가 그들의 심령을 압박해 왔다.
그들의 심령을 두드리는 기세.
그것은 믿을 수 없게도 공포였다.
스멀거리며 영혼을 파고드는 두려움.
그리고 거미줄처럼 그들의 심신을 위축시키는 미지의 기세.
흑의인의 전신에서 흘러나와 그들을 위축시키는 공포는 무공이나 정신으로부터 일어나는 기세가 아니었다.
기대광은 그것을 어렵지 않게 알 수 있었다. 그러나 그것이 그를 더 두렵게 했다. 흑의인의 기세가 무공도 정신도 아닌 미지의 무언가에서 유래되었다는 것, 그 알 수 없다는 것이 그의 공포를 배가시킨 것이다.
무당에 쫓기면서도 두려움을 느끼지 않았던 그들이다. 그런 그들이 단지 흑의인과 마주하고 있는 것만으로도 두려움을 느끼고 있었다. 쉽게 받아들이기 어려운 비정상적인 상황이라는 건 바보라도 알 수 있는 일이었다.
그들이 어찌 알 수 있겠는가.

검엽의 영혼과 피에 면면히 흐르는 지존신마기의 힘을.

사공과 마공을 익힌 자들에게 절대적인 영향을 미치는 그 미지의 힘을.

기대광은 어이없는 한편 소름이 돋는 것을 느꼈다. 목소리로 추정되는 상대의 나이가 이십대 중반쯤이라는 건 이미 그의 뇌리에서 사라졌다.

강호에는 가끔 나이로 그 능력을 짐작할 수 없는 괴물들이 나타나곤 한다.

기대광은 그 사실을 잘 알고 있었다.

눈앞의 흑의인이 그런 괴물일지는 겪어봐야 알 터. 그러나 상대를 경시해서 위험해지는 경우는 있어도 경계해서 위험해지는 경우는 거의 없다. 밑져야 본전인 것이다.

[아우들, 만만히 보면 안 될 놈 같다. 저자는 우리가 모르는 사술을 쓰는 듯하니 조심들 하도록.]

[예, 대형.]

모두 같은 것을 느끼고 있었던 듯 삼마의 대답은 한목소리였다. 아우들과 함께 기대광은 가슴 앞에 모은 혈조에 공력을 배가시켰다.

꺼림칙한 놈을 오래 상대하는 건 위험한 일이다.

그는 단숨에 승부를 낼 작정을 했고, 수십 년 동안 그와 동고동락한 삼마는 기색만으로도 그의 속내를 알아차렸다.

삼마의 기세가 삼엄함을 더해갈 때,

검엽이 움직였다.

그의 신형이 꺼지듯 그 자리에서 사라졌다.

좁은 공간에서 짧은 거리를 이동하는 데 있어서는 신법의 전설, 이형환위에 버금가는 능력을 보여주는 암천부운행의 부운탄섬이 시전된 것이다.

경계하고 있었음에도 코앞에서 그의 신형을 놓친 혈조사마의 안색이 급격하게 굳어졌다.

그러나 그들은 수많은 대적 경험을 가진 절정의 고수들.

전면에 있던 기대광과 이마 광마조 낭건은 가슴 앞에 원호를 그리며 쌍수를 사방에 뿌려댔고, 두 사람의 뒤에 조금 간격을 벌려 서 있던 삼마와 사마는 허공으로 석 자가량 솟아오르며 무서운 속도로 기대광과 낭건의 머리 위에 혈조를 휘저었다.

붉은 손가락 그림자가 이 장 방원을 그물처럼 가득 메우며 혈조사마의 전면과 상방을 엄밀하게 방호했다.

그 장면을 본 위무양이 무심결에 속으로 중얼거렸다.

'하늘도 무심하시지. 저 미치광이 잡놈들 무공이 전보다 훨 나아졌구먼.'

그러나 이어지는 다음 장면을 본 위무양은 더 이상 속으로도 중얼거리지 못했다.

그는 눈을 부릅뜨고 입을 딱 벌렸다.

다른 사람들의 모습도 그와 다르지 않았다.

그들로서는 상상도 하지 못했던 장면이 눈앞에 펼쳐졌던 것이다.

부운탄섭으로 움직인 검엽의 신형이 다시 그 모습을 드러낸 것은 기대광의 오른쪽에 서 있던 낭건의 우측면이었다.

낭건의 혈조가 사납게 휩쓰는 반경으로부터 불과 두 치 떨어진 곳.

그 모든 변화는 눈 한 번 깜박거릴 시간조차 걸리지 않았다.

자신의 우측에서 흑영이 안개처럼 흐르는 것을 감각으로 잡아낸 낭건의 혈조가 폭포가 떨어지듯 궤도를 바꾸며 검엽의 목을 쳐갔다.

번갯불에 콩을 튀기듯 빠르고 막힘없는 변초.

그러나 검엽을 가르친 사람 중에는 무림에서 가장 손이 빠르다고 정평이 난 두 사람이 있었다.

쾌수(快手)의 절정이라는 섬전수 이천룡과 손의 속도만 보자면 이천룡조차 빠르다고 자신하지 못한다는 암기의 달인 천수자 장현.

그들에게 사사한 검엽이다.

당세에 손을 쓰는 속도로 그를 따라올 사람은 아마도 다섯을 넘지 못하리라.

목을 세 치 뒤로 젖히는 것으로, 낭건의 광마조를 피하는 움직임과 왼손을 들어 올리는 검엽의 움직임은 동시에 이루어졌다.

헛손질하며 나아가는 손을 멈추고 팔꿈치를 틀어 검엽의 턱을 잡아가던 낭건은 전율을 불러일으키는 가공할 만한 살기가 자신의 팔을 휘감고 돌아 이마로 파고드는 것을 어렴풋이 느졌다.
 그 속도는 그가 평생 겪어본 적이 없을 정도.
 그는 신마기로부터 받는 심신의 공제를 완전히 벗어난 상태가 아니었다. 그로 인한 위축이 그의 반응 속도를 늦췄다.
 그 차이라고 해야 느끼기 힘들 정도에 불과했지만 그 극미한 차이가 낭건의 생사를 갈랐다.
 부릅떠진 그의 눈은 불과 석 자 떨어진 곳에 있는 검엽의 전신을 온전히 담아두고 있었다.
 그의 이마를 파고든 것. 그것은 상대의 손이 아니었다.
 그와 같은 절정고수가 제대로 의식하지도 못한 찰나의 순간을 가르며 무언가가 그에게 날아든 것이다.
 의식조차 하지 못했는데 피하는 것이 가능할 리 없다.
 '암기?'
 그것이 광마조 낭건이 이승에서 한 마지막 생각이었다.
 비명도 없이 낭건의 이마가 횡으로 갈라지며 그 중간 위쪽이 하늘로 날아오르는 것을 본 삼마의 안색이 희게 탈색되었다.
 낭건의 이마를 가른 무엇은 그 속도 그대로 육칠 장 떨어진 나무 서너 그루의 중동을 무인지경처럼 통과하며 숲으로 사라졌다.
 '쩝, 암천유성혼(暗天流星魂)……. 급해서 쓰긴 했지만 두 번 썼다가는 제대로 싸우지도 못하고 내가 먼저 쓰러지겠다. 그리고 역시 회수는 아직 무리야.'
 입술이 찢어져라 악문 기대광이 쓰러지는 낭건의 옆을 돌아 자신을 덮쳐 오는 것을 보며 검엽은 바람처럼 일 장을 물러났다.

죽립으로 가려진 그의 안색은 기대광과 비슷할 정도로 창백하게 변해 있었다.

장현의 암기술과 구환기의 곤룡결, 그리고 풍마결의 심득을 더해 창안한 암기술 암천유성혼은 건천진결의 양강한 공력의 순간적인 집중과 폭발로 구현되는 무공으로 지근거리에서는 피할 방법이 없을 정도로 빠르고 강력한 위력을 가지고 있었다.

그 위력의 강력함과 사용할 수 있는 재료의 다양함은 독보적이어서 암기술의 역사에 한 획을 그을 만한 무공이 암천유성혼이었다. 그러나 위력이 끔찍할 정도로 강한 만큼 단점도 컸는데, 그것은 시전자에게 막대한 공력의 소모를 요구한다는 점이었다.

암천유성혼뿐만 아니라 검엽이 창안한 무공들은 하나같이 막대한 내공을 필요로 했다. 그것은 그의 창안 무공들의 기반이 구환기였기 때문이다.

구환기 자체가 어지간한 내공으로는 아홉 개의 륜(輪) 중 하나도 제대로 돌리지 못할 정도였으니 그 구결을 기반으로 한 무공들이 막대한 내공을 필요로 하는 건 필연이었다.

검엽이 펼친 암천유성혼의 재료는 주머니에 있던 구리 동전 하나였다. 그러나 그 구리 동전 하나로 절정고수 낭건의 머리는 횡으로 두 쪽이 났다.

암천유성혼에 의해 발동한 물건은 가공할 속도로 회전하며 직경 일 척가량의 종잇장보다 얇은 풍마륜(風魔輪)을 일으킨다. 낭건은 그 풍마륜에 의해 머리가 잘려 나간 것이다.

그리고 암천유성혼의 무서움은 속도와 풍마륜에만 있지 않았다.

그것의 진정한 무서움은 그들이 아니라 회(回)와 곡(曲)이 가능하다는 데 있었다.

시전자가 심어둔 내기에 따라 그 궤도를 뒤틀며 허공을 움직이는 암기가 절정고수조차 의식하지 못할 정도로 빠르고 강력하다면 그것을 누가 막을 수 있을 것인가.

검엽을 가르친 천수자 장현도 이런 암기술을 보유하고 있지는 못했다.

그러나 회와 곡을 가능하게 한 것이 구환기의 곤룡결, 풍마륜을 가능하게 한 것이 풍마결, 그리고 속도를 가능하게 한 것이 건천결이었다면 이 모든 것을 가능하게 한 암기술의 반석과도 같은 토대는 장현이 만들어준 것이었다.

천하의 어떤 천재도 완전한 무(無)에서 유(有)를 창조할 수는 없다. 그것은 신의 영역이니까. 장현의 사사가 없었다면 암천유성혼은 창안될 수 없는 무공이었던 것이다.

청출어람청어람(靑出於藍靑於藍)이었다.

"네놈이… 네놈이… 감히 아우를!"

광포한 외침과 진득한 살기가 검엽을 따라붙었다. 동시에 송곳 같은 기세가 검엽의 가슴으로 날아들었다.

기대광이었다.

뒤질세라 몸을 날린 삼마 종일해와 사마 여귀문이 이를 갈며 검엽의 좌우에 내려서며 혈조로 그의 이마와 옆구리를 찍어갔다. 그 기세는 사납기 이를 데 없어서 지켜보던 사람들의 가슴을 서늘하게 만들 정도였다.

그들의 몸을 위축시키는 검엽의 신마기는 여전했다. 그러나 낭건의 죽음으로 인해 촉발된 그들의 광성(狂性)이 신마기에 의해 위축되었던 그들의 심신을 평소의 상태로 되돌려 놓았다.

검엽을 공격하는 그들의 형세는 자연스럽게 삼재진의 형태를 취하고 있었다.

오랜 합공의 세월이 만들어낸 절묘한 공수의 배합이 그 안에 담겨 있었다.

검엽은 입을 꾹 다물었다.

그의 정신은 바늘 끝처럼 섬세하고 날카롭게 삼마의 움직임에 반응하고 있었다.

혈조사마는 그가 무창의 객잔에서 상대했던 자보다 까다로웠다. 혈조사마가 그자보다 무공이 더 고수라서가 아니었다. 무공의 특성 때문에 그랬다.

객잔에 있던 자는 변화를 위주로 한 무공을 구사하는 자였다. 기의 흐름을 보는 검엽에게 변화에 치중함은 자기 무덤을 파는 격이다. 그러나 혈조사마의 조법은 현란한 변화를 버리고 힘과 속도에 주력한 무공이었다.

객잔의 그자보다 상대하기 어려운 것은 당연했다.

셋 중 한 명의 움직임이라도 놓친다면 그는 생사를 장담할 수 없는 상황에 놓이게 될 것이 분명했다.

'뭐… 그것도 나쁘지는 않은데……'

죽고 사는 거야 아무렇게나 되어도 별 아쉬움이 없는 검엽이었다. 그러나 남의 손에 패해 죽는 건 사양하고 싶었다.

잊고자 노력하지만 그의 영혼에 화인처럼 남아 결코 잊히지 않을 가문.

그는 그 가문의 후예였다.

다른 무맥의 후예들에게 불패(不敗)와 철혈(鐵血)이라는 이름으로 불리던 가문의…….

그래서 더 아픔이 클 수밖에 없었던 위대한 가문의 후예.

검엽의 상체가 비스듬히 틀리며 기대광과 종일해의 손이 가슴과 이마를 스쳐 지나갔다.

전력을 다해 펼친 부운탄섬과 암천유성혼으로 인해 소모된 진력 때문에 자신이 창안한 절기를 쓸 수 없는 검엽의 움직임은 방금 전보다 느릴 수밖에 없었다.

그 속도의 차이가 가져온 손해는 적지 않았다.

검엽이 쓴 죽립이 종일해의 손에 의해 산산이 부서져 허공에 흩어질 때 미처 다 피하지 못한 여귀문의 혈조가 검엽의 옆구리를 훑었다.

찢어진 흑의와 붉은 피가 후두두 튀었다.

다시금 손을 움직이는 혈조삼마와 검엽의 거리는 많게 보아도 넉 자를 넘지 않았다.

그것은 삼마가 의도한 결과였다.

낭건을 죽인 검엽의 암기에 경악한 그들은 그와 거리를 두는 것을 피하고 싶었다. 게다가 그들의 주력 무공은 조법(爪法). 근신공박은 그들이 원하는 바였던 것이다.

그러나 검엽도 근신공박을 마다하지 않을 사람이라는 걸 그들은 몰랐다.

그를 가르친 다섯 노인 가운데 섬전수 이천룽과 개산권 노굉은 근신공박으로 절정의 반열에 오른 고수들이다. 이천룽의 빠른 손[快手]과 노굉의 패도적인 주먹[覇拳]은 누구도 부인하지 못하는 무림의 일대 절기가 아니던가.

검엽은 그들의 진전을 고스란히 이어받았다. 그리고 일 년 전, 그들의 무공에 있어서만큼은 초식의 형(形)에 얽매이지 않을 정도의 성취를 이루었다.

그것은 평생을 고련한 이천룽과 노굉조차 불과 수년 전에 도달한 경지였다.

비록 창안 절기를 쓰기 어려운 상황이라고는 하지만 그가 이천룽과 노굉에게 배운 것마저 쓰지 못하는 건 아니었다.

검엽의 가슴 앞을 스쳐 지나간 우수를 거둔 후 좌수로 검엽의 비틀린 어깨를 찍어가던 기대광은 기겁한 얼굴로 신음을 토했다.

"헉!"

코앞에 있던 검엽의 어깨는 사라진 후였다. 그리고 어느 사이엔가 상체를 지면과 석 자 거리를 두고 수평으로 누이며 솟아오른 검엽의 낫 모양으로 굽혀진 오른쪽 무릎이 그의 목과 가슴 사이를 쳐오고 있었던 것이다.

쭈와악!

그 짧은 거리를 쳐오는 검엽의 무릎 선을 따라 공간이 찢어지며 비명을 질렀다.

가공할 기세.

맞으면 어찌 될 지 자명한 슬격.

기대광은 양손을 교차해 검엽의 슬격을 막으며 두 걸음 뒤로 물러났다.

쿵!

팔뚝과 무릎이 부딪친 소리가 마치 기둥이 무너지는 소리 같았다.

기대광의 악다문 입술 사이로 한줄기 핏물이 흘렀다.

팔뚝으로부터 전해진 철벽과 부딪친 듯한 충격이 그의 심맥을 흔든 것이다. 일시지간 팔뚝의 감각을 잃을 정도로 그가 받은 충격은 컸다.

물러나며 충격을 해소했는데도 그 정도였으니 제자리에서 부딪쳤다면 손해가 막심했을 것이다.

그러나 검엽의 공격은 끝나지 않았다.

기대광의 팔뚝과 부딪친 검엽의 무릎이 펴지며 그의 발끝이 기대광의 정수리로 낙뢰처럼 떨어졌던 것이다.

기대광의 안색이 홱 변했다.

피하기 어려운 속도와 힘이 검엽의 발끝에 실려 있었다.

싸움이 시작되자마자 낭건이 죽고 기대광은 위기에 처한 것이다. 이러한 결과는 누구도 예상치 못한 것이지만 실상 싸움이 시작되기 전에 이미 어느 정도 그 윤곽이 잡혀 있는 것이었다.

싸움에 임한 검엽은 경험 많은 다른 무인들처럼 먼저 상대를 파악하는 사전작업이 전혀 없이 전력을 다해 싸움에 임했고, 검엽을 상대한 후 위무양을 처리할 생각으로 진력의 일부를 남기고 싸움에 임한 혈조사마 사이에는 대전에 임하는 자세에 차이가 있을 수밖에 없었다.

그 차이는 당사자들조차 알아차릴 수 없을 만큼 작았지만 분명히 존재했다. 그리고 그 작은 차이가 낭건을 죽이고 기대광을 위태롭게 만들었다.

그러나 싸움은 기대광과 검엽만 하고 있는 게 아니다.

검엽이 기대광의 가슴에 슬격을 날릴 때 종일해의 혈조와 여귀문의 혈조가 그들 사이에 지면과 수평으로 누운 검엽의 등과 복부로 쇄도했다.

검엽의 발끝이 기대광의 정수리와 다섯 치 떨어진 곳에 도달할 무렵 종일해와 여귀문의 혈조는 검엽의 등과 복부에서 두 치 떨어진 곳에 있었다.

속도는 검엽이 빠르지만 세 치의 거리를 극복할 만큼 차이가 나지는 않았다.

그대로 공격을 가한다면 기대광은 머리가 부서져 죽을 것이다. 그러나 그 대가로 검엽의 상체에는 두 개의 구멍이 날 판이었다. 그것도 앞뒤로.

'쩝.'

다급한 상황에서도 내심 혀를 찬 검엽은 오른발을 회수하며 축이 된 왼발의 무릎을 슬쩍 굽혔다가 폈다. 탄력을 얻은 그는 두 다리를 가슴 앞으로 모으며 몸을 둥글게 말아 허공에서 일 회전을 했다.

그의 움직임은 단순한 회피가 아니었다. 기대광에 대한 그의 공격은 이어졌던 것이다.

탄력을 얻은 그의 신형은 일 회전하며 기대광의 품으로 파고들고 있었다. 회전하며 파고드는 그의 신형이 완전히 일 회전을 하여 기대광과 얼굴을 마주 보게 되었을 무렵 가속을 얻은 그의 오른손 날이 섬광처럼 기대광의 좌측 관자놀이로 비스듬히 날아들었다.

숨 돌릴 틈도 얻지 못한 기대광의 얼굴이 그의 평생 처음이다 싶을 만큼 제멋대로 일그러졌다.

'이… 이… 징그러운 놈, 왜 나만 노려!'

그가 어찌 알랴.

지금 검엽의 뇌리를 떠돌고 있는 노굉의 가르침을.

노굉은 보통 사람보다 두 배는 큰 주먹을 자랑스럽게 검엽의 코앞에 들이대고 말했었다.

"엽아, 상대가 떼거지일 경우에는 말이야, 한 놈만 패. 알았어?

그중에 제일 센 한 놈만 패서 일단 그놈을 무력화시키라고. 약한 놈들은 센 놈을 먼저 처리하고 나서 천천히 처리해도 돼. 센 놈이 박살나는 걸 보고 기가 죽은 놈들 처리하는 거야 일도 아니지. 하지만 약한 놈 처리하다가 센 놈한테 뒤통수 맞으면 바로 가는 거야. 어디로 가는지는 말 안 해도 알지?"

검엽의 수도는 빠르고 강력해서 기대광이 피할 시간적 여유를 주지 않았다.

피할 수 없다면 부딪칠 수밖에.

기대광은 이를 악물며 머리를 틀었다. 그리고 왼손 혈조의 끝을 세워 자신을 쳐오는 검엽의 손과 부딪쳐 갔고, 오른손 혈조로는 검엽의 어깨를 찔러갔다. 혼신을 다한 공격이었다.

그리고 헛손질한 종일해와 여귀문이 기대광의 위기를 보며 검엽을 따라붙었다. 그들의 혈조가 검엽의 등으로 꼬리를 물며 날아들었다.

기대광을 치고 연이어 종일해와 여귀문의 공격을 피하거나 막는 것은 무리였다.

검엽의 표정없던 얼굴에 서늘한 기운이 떠올랐다. 지금 위기를 느낀 그의 육신과 혼 속에서 잠들어 있던 무언가가 깨어나고 있었다.

당사자인 검엽도 모르고 그를 가르친 와호당의 노인들도 모르는 사실이 있었다. 그것은 검엽의 천재성이 배움에 국한되어 있지 않다는 것이었다.
 지존신마기를 타고난 사람들은 다른 것도 함께 가지고 태어난다.
 철혈의 전투 감각과 불굴의 투혼.
 그들은 전장에 발을 딛고 있어야 진정한 꽃을 피우는, 처절하고 격렬하며 어떤 상황에서도 꺾이지 않는 것들이었다.
 언제나 그 수가 일백여 명이 채 되지 않았던 검엽의 가문과 그의 부친 고천강이 다른 무맥의 종사들에게 경원되었던 것은 바로 그 전투 감각과 투혼 때문이었다.
 고천강에게 이어졌던 일족의 피는 검엽에게도 이어졌다.
 기나긴 가문의 역사 속에서도 유래가 드물 정도로 강했다는 고천강의 전투 감각과 투혼도 함께.

 '살을 주고 뼈를 깎는다.'
 검엽은 입술을 물었다.
 뼈와 살로 된 손과 혈조의 예리한 날이 부딪치면 결과야 뻔한 일.
 그러나 그 뻔한 결과는 나오지 않았다.
 결과를 달리 하게 만든 것은 속도였다.
 검엽의 수도는 기대광보다 빨랐다. 그 속도의 차이는 찰나라 불러도 무방할 정도로 적었지만 고수들 간의 싸움에서 그와 같은 차이는 하늘과 땅만큼 다른 결과를 낸다.
 검엽의 수도는 기대광의 혈조가 수도를 막을 수 있는 공간에 도달하기 전 그곳을 지나 기대광의 어깨로 떨어졌다.

콰직!

뼈가 부러지는 음습한 소리가 공터를 울리며 기대광의 입에서 피가 쏟아졌다.

검엽의 수도는 기대광의 어깨에 절반 이상 박혀들었다. 그로 인해 부러진 뼈가 기대광의 장부를 찌르고 으스러뜨렸다. 입에서 쏟아진 피는 그 때문이었다.

기대광의 고통에 젖은 눈이 검엽의 믿을 수 없을 정도로 수려한 얼굴에 꽂힐 때 그의 어깨에 박혀 있던 검엽의 팔이 그대로 반회전하며 팔꿈치가 그의 왼쪽 관자놀이를 쳤다.

'이놈, 눈을 뜬 거야, 감은 거야?'

기대광의 머리에 갑자기 떠오른 생각은 상황과 전혀 어울리지 않는 것이었다. 그리고 더 이상 이어질 수 없는 생각이기도 했다.

쾅!

"으악!"

벼락 치는 듯한 소리와 심금을 울리는 비명 소리가 함께 터졌다.

그리고 머리를 잃은 기대광의 몸이 피를 뿜어 올리며 그 자리에 무너졌다. 그의 머리를 친 힘은 무서운 것이어서 목 위가 날아갔음에도 그의 몸은 뒤로 튕겨나지 않은 것이다.

검엽도 온전한 건 아니었다.

기대광의 머리를 부수며 그를 스쳐 지나는 검엽의 오른쪽 어깨와 등에서 피가 분수처럼 쭈욱 솟구쳤다.
 그는 어깨를 살짝 내렸지만 몸을 틀 상황은 되지 않았다. 덕분에 기대광의 우측 혈조는 검엽의 어깨살을 한 움큼이나 뜯어냈다. 그리고 기대광과 동시에 이루어진 종일해와 여귀문의 혈조가 간발의 차로 그의 등을 찢고 지나갔다.
 등의 상처도 깊었지만 어깨의 상처는 참혹할 정도여서 찢어진 흑의 사이로 피에 젖은 뼈가 드러나 보였다. 반 치만 더 아래쪽을 쳤어도 검엽의 반신은 마비되었을 것이다.
 그러나 그 정도는 검엽도 각오한 바였다.
 그가 앞으로 나가지 않았다면 그의 상체는 종일해와 여귀문의 혈조에 의해 잘 다진 어육처럼 변했으리라.
 강호초출에 두 번째 싸우는 사람의 판단이라고는 믿기지 않을 정도로 과감한 결단력과 보는 사람의 입을 벌리게 만드는 투지였다.
 뼈를 주고 살을 깎는다는 이대도강(李代桃僵)을 실전에 적용하는 건 말처럼 쉬운 게 아니다.
 사람은 본능적으로 자신의 신체에 위험이 닥치는 것을 피하려 한다. 그 위험이 목숨을 위협하는 정도라면 두말할 필요도 없다. 그처럼 위태로운 상황에서 본능을 억제하고 신체의 움직임을 온전히 의지에 종속시킬 만큼 강한 정신력이 전제되지 않으면 이대도강의 실전 적용은 불가능하다.
 순간적으로 피를 너무 많이 흘린 탓인지 검엽은 어지러움과 진기가 원활하게 이어지지 않음을 느꼈다. 그러나 종일해와 여귀문이 그에게 숨 돌릴 틈을 줄 리가 없었다.

머리를 잃은 기대광의 목에서 뿜어진 피와 자신이 흘린 피가 검엽의 전신을 덮었다.

흑의는 어느새 혈의가 되어 있었고 칠흑처럼 검던 머리는 혈발이 되었다.

언뜻 보아도 가볍지 않은 상처를 입은 몸이다. 그러나 검엽의 안색은 물처럼 고요했다.

자신의 것이 아니라는 듯 상처의 고통도, 심지어는 싸움에 임하고 있는 자의 긴장감도 느껴지지 않는 무심함.

무심하고 아름다운 하얀 얼굴과 그 얼굴을 타고 흐르는 진홍빛 핏물, 그리고 가슴 떨리는, 예의 그 설명할 수 없는 미지의 기세가 어우러져 주는 느낌은 마치 현실이 아닌 듯 기괴했다.

"야차 같은… 놈!"

기대광의 시신을 보며 한순간 넋을 잃었던 종일해의 외침에는 누구나 느낄 수 있을 만큼 공포가 완연했다.

낭건이 죽은 후 지금까지 흐른 시간은 열을 셀 정도밖에 되지 않았다. 그 짧은 시간 동안 강호인이라면 누구나 인정하는 사파의 절정고수 혈조사마 중 일마와 이마가 고혼이 된 것이다.

더구나 죽립이 부서지고 드러난 상대의 얼굴은 이제 불과 약관이었다.

누가 이 사실을 믿을 것인가.

직접 검엽을 상대하고 있는 종일해와 여귀문도 자신들이 꿈속에 있는 게 아닌지 의심스러울 지경이었다.

그러나 꿈속일지라도 상대가 중상을 입고 있는 지금이 기회였다. 저 귀신처럼 아름답고 야차처럼 잔혹한 놈이 움직인다면 그들도 먼저 죽어간 형제들과 같은 모습이 될 것이다.

검엽의 등을 횡으로 찢은 종일해의 두 개의 혈조가 반원의 궤적을 그리며 검엽의 목과 등으로 날아들었다.

여귀문은 신형을 허공으로 띄우며 종일해의 혈조를 피해 움직일 수 있는 검엽의 머리 위에서 두 손을 내리쩍었다.

진득한 살기와 무쇠라도 으스러뜨릴 것 같은 기세가 광풍처럼 사방을 휩쓸었다.

검엽이 기대광을 죽이며 받은 충격은 간단치 않았다.

순간적으로 몸이 움직이지 않을 정도였으니까.

종일해와 여귀문이 기대광의 죽음에 놀라 멈칫거리지 않았다면 벌써 승부가 갈렸을지도 몰랐다. 종일해와 여귀문은 천재일우의 기회를 놓친 것이다.

굳었던 몸이 풀리기는 했지만 충격의 여파는 아직도 남아 있었다. 마음먹은 대로 몸을 움직일 수 없는 상황. 게다가 적의 공세는 금방이라도 그를 난자할 태세였다.

아무리 용감한 사람이라도 정상인이라면 공포, 적어도 위기를 느끼고 안색이 변하는 게 자연스러운 상황이었다.

그런데,

종일해와 여귀문 쪽으로 신형을 돌린 검엽은 피가 밴 이를 드러내며 소리없이 웃고 있었다. 눈을 반개하고 웃는 그 얼굴은 더 이상 무심하지 않았다. 그는 유쾌해 보였다.

　다른 사람들에게 등을 돌리고 있는 터라 그의 웃음을 본 사람은 종일해와 여귀문밖에 없었다.

　'이 마당에… 웃어?'

　그들은 한겨울에 물벼락을 맞기라도 한 사람처럼 살 떨리는 한기를 느꼈다.

　강호인 모두가 미친놈이라 손가락질했던 기대광이 살아 있어도 이 상황에 저처럼 유쾌하게 웃지는 못한다.

　그들의 뇌리를 동시에 스쳐 지나간 생각은 토씨 하나 틀리지 않고 똑같았다.

　'제대로 미친 놈이다!'

　검엽은 한 걸음 앞으로 나섰다.

　오른손은 가슴 앞에, 왼손은 허리 아래에 늘어뜨린 자세였다.

　정상이 아닌 몸이다.

　승부의 결과는 빨리 날수록 좋았다.

　정면에서 손을 쓰던 종일해의 낯빛이 시뻘겋게 변했다. 검엽의 일보 전진으로 그와 검엽의 거리는 두 자가 채 되지 않을 정도가 되었다. 검엽이 그의 품으로 뛰어든 형국이다.

　종일해는 이를 악물었다.

　검엽의 목을 노리던 혈조를 거둘 시간은 없었다. 검엽의 움직임은 정확하게 쫓기 어려울 정도로 빨랐다. 혈조를 거두는 것보다 검엽이 그의 몸과 부딪치는 게 더 빠를 것이다. 그러나 그의 손은 두 개고 혈조도 두 개였다.

목을 노리던 혈조는 무용지물이 되었지만 등을 노렸던 혈조, 이제는 검엽이 몸을 돌려 그의 복부를 노리는 혈조는 검엽이 앞으로 전진하자 오히려 더 가까워졌다.

종일해는 검엽의 복부를 쳐가는 혈조에 전 공력을 불어넣었다. 그도 느끼고 있는 것이다.

일 초가 승부를 가르리라는 것을.

그 결과에 따라 검엽과 그 둘 중의 한 명은 더 이상 해를 보지 못하리라는 것도.

검엽의 입가에 드리워진 미소가 짙어졌다. 보는 종일해와 여귀문에게 소름이 돋게 하는 미소다. 그러나 검엽은 자신이 웃고 있다는 것을 깨닫지 못하고 있었다. 그의 미소는 그가 의도한 것이 아니라 본능적인 것이었기 때문이다.

그는 낭건과 기대광을 죽이며 자신의 능력을 어느 정도 파악한 상태였다.

그에게는 보통의 무인들처럼 자신의 능력을 객관적으로 파악하기 위해 수십 차례의 격전을 치러야 하는 과정은 불필요했다.

무창의 객잔에서 있었던 짧은 싸움과 이곳에서의 싸움으로 그는 자신의 능력을 자각하기 시작했다. 아직 완전하다고 말할 정도는 아니었지만.

다시 한 걸음 더 나간 검엽의 복부를 종일해의 혈조가 꿰뚫는 듯했다. 동시에 그의 뒷머리를 여귀문의 혈조가 훑듯이 지나갔다.

검엽의 잘린 머리카락 한 움큼이 여귀문의 혈조에 묻어 흩날렸다. 그 순간 허리 아래에 비스듬히 늘어져 있던 그의 왼손이 번개처럼 움직였다.

잔상이 실재처럼 남을 정도로 빠른 손.

형은 다르지만 이천릉의 추뢰섬전수의 가르침을 따르는 손길이었다.

퍽!

종일해의 혈조가 불쑥 내민 검엽의 손바닥을 꼬치처럼 꿰뚫었다. 살점이 떨어져 나가고 부러진 뼈가 손등으로 튀어나왔다.

그러나 검엽의 얼굴은 무표정했다.

각오했던 것인데다 고통은 나중에 느껴도 되었다.

살아난 다음에.

왼손을 움켜쥐어 종일해의 혈조가 빠져나가는 것을 막으며 그 손을 옆으로 밀어낸 검엽의 상체가 오른쪽 어깨를 정면으로 하며 비틀렸다.

허공을 친 혈조를 거두지 못한데다 검엽의 손에 잡힌 혈조가 옆으로 밀려나면서 종일해의 가슴은 텅 비었다.

사색이 된 종일해가 뒤로 물러나려 했지만 검엽이 움켜쥔 혈조가 그의 움직임을 막았다.

찢어질 듯 부릅뜬 그의 눈에 검엽의 어깨가 가득 찼다.

쾅!

으아아악!

벼락 치는 듯한 소리와 심금을 떨어 울리는 처절한 비명이 공터를 뒤흔들었다.

가슴에 한 자는 됨 직한 구멍이 뻥 뚫린 종일해가 쓰러지지도 못한 채 피를 분수처럼 뿌리며 그 자리에 서 있었다. 눈에 빛이 사라진 것이 즉사했음을 알 수 있었다.

검엽이 펼친 것은 노굉의 개산권 중 절초라 할 수 있는 굉천고의 변형이었다. 굉천고는 어깨와 등을 이용한 공격의 절정이라 할 수 있는 초식이다.

검엽의 머리를 스친 혈조를 따라 검엽의 머리를 타넘은 여귀문의 두 발이 땅을 딛기도 전에 일어난 일이었다.

종일해의 죽음을 본 여귀문의 눈이 돌아갔다.

그와 평생의 고락을 같이한 형제 셋이 찰나지간에 시신이 되었다. 평소에도 광기에 정신을 내맡기며 살아온 그였다.

제정신을 유지하기가 쉬운 일이 아니었다.

흰자위가 눈동자를 덮은 여귀문은 아직도 등을 돌리고 종일해의 시신과 마주서 있는 검엽을 향해 미친 듯이 달려들며 광포하게 외쳤다.

"같이 죽자, 이 악마 같은 놈아!"

분노로 반쯤 돈 여귀문의 공세는 방어를 도외시한 공세 일변도였다. 가슴을 환히 드러낸 채 검엽의 뒷머리를 찍어가는 그의 움직임은 그가 외친 그대로 검엽과 같이 죽자는 동귀어진의 초식이었다.

여귀문의 손은 그의 말이 다 끝나기도 전에 검엽과 두 자 거리에 도달했다.

광인은 힘이 세다.

반쯤 돌아서인지 여귀문의 혈조는 기대광의 것보다 오히려 더 빠르고 강한 기세를 싣고 있었다.

종일해를 죽이며 진력의 삼분지 일을 써버린 데다 왼손에 중상을 입은 검엽은 여귀문의 공세를 피할 틈이 없다는 것을 깨달았다.

그의 몸이 정상이었다면 사정은 달랐을 것이다. 하지만 종일해의 손과 부딪칠 때 그의 내부로 쏟아진 경력은 기대광에게서 받은 충격으로 불안정하던 심맥을 크게 흔들어놓았다.

검엽은 왼손에 힘을 주었다.

그의 손바닥을 꿰뚫은 종일해의 혈조는 아직도 그의 손에 박혀 있었다. 혈조와 이어진 종일해의 몸도 아직 쓰러지지 않고 서 있었고.

아니, 그는 쓰러지는 중이었지만 여귀문의 공세가 너무나 빨라 그의 몸이 다 쓰러지지 않은 형상이라고 해야 옳을 것이다.

검엽은 왼발을 축으로 회전하며 왼손의 손목을 한 치 움직였다.

작은 움직임이었다. 그러나 그 움직임은 손바닥을 뚫은 혈조에 닿으며 조금 커졌고, 혈조에 이어진 종일해의 시신에 닿으며 더욱 커졌다.

 종일해의 시신이 무서운 속도로 몸을 회전하는 검엽을 따라 돌았다. 그리고 여귀문의 혈조가 몸을 돌린 검엽의 한 자 앞에 도달했을 때 그들 사이에 종일해의 시신이 도착했다.

 퍼석!

 여귀문은 자신의 혈조가 종일해의 머리를 두부처럼 부숴 버리는 것을 보았다. 반쯤 돌았다고 해도 의형의 머리를 자신의 손으로 깨버린 것을 모를 수는 없다.

 넋을 잃은 여귀문의 눈에 검은자위가 돌아올 때였다.

 퍽!

 북 치는 듯한 소리와 함께 여귀문은 비명도 지르지 못하고 눈을 찢어져라 홉떴다. 평생 처음 겪는 극렬한 고통이 복부를 타고 올라와 그의 머리를 마비시켰다.

 눈을 내린 여귀문은 자신의 앞에 선 종일해의 뻥 뚫린 가슴을 통과한 다리를 볼 수 있었다. 그리고 그 다리의 끝, 발이 자신의 복부를 그대로 관통한 것도.

 보이지는 않았지만 그 발은 그의 복부를 뚫고 등 뒤로 빠져나갔다.

 "이런… 개… 같은… 일이……."

 중얼거리는 여귀문의 입에서 폭포수처럼 피가 쏟아졌다. 그의 눈에서도 빛이 꺼졌다.

 검엽은 여귀문의 복부를 관통한 발을 거두며 종일해의 혈조를 손바닥에서 뽑아냈다.

그리고 공터를 짓눌렀던 무거운 침묵이 깨졌다.

"커컥!"

"쿨럭!"

"허허헉!"

침묵을 깬 것은 지켜보던 사람들이 막혔던 숨을 거칠게 토해낸 각양각색의 소음이었다.

싸움이 조금 더 길어졌다면 그들 중 여럿이 질식해 쓰러졌을지도 몰랐다.

싸움의 시작과 진행, 그리고 마지막까지 걸린 시간은 길어야 스물을 셀 정도에 불과했다. 그 시간 동안 싸움을 지켜보던 사람들은 숨도 쉬지 못했던 것이다.

움직이는 속도 때문에 싸움을 정확하게 본 사람은 몇 되지 않았다. 그러나 분수처럼 치솟는 피와 폭풍처럼 공터를 휩쓰는 살기는 보는 이들의 전신에 전율을 불러일으키기에 충분했다.

싸움은 그렇게 격렬하고 빨랐다.

검엽의 상처를 보고 위기를 느낀 조운상과 운려, 그리고 금백단의 무인들이 검엽을 도와 손을 써야 한다는 생각을 하기도 전에 끝나 버릴 정도였으니까.

혈조사마의 처참하게 널브러진 시신의 한복판에서 검엽은 내심 깊은 한숨과 함께 혀를 찼다.

상처의 고통은 컸다.

심맥은 갈기갈기 찢어지는 듯했고, 왼손과 등은 감각도 없었다.
 곡과 정가장, 그리고 와호당에서만 살아온 그가 언제 이런 상처를 입어본 적이 있을 것인가.
 그러나 그의 얼굴에서 고통스러워하는 기색은 찾아볼 수 없었다. 곡을 떠난 후 지금까지 한시도 쉬지 않고 그의 마음을 괴롭히는 고통에 비한다면 육신의 고통은 아무것도 아니었다.
 그의 눈가에 보일 듯 말 듯 주름이 졌다.
 '이 늙은이들, 센 놈들인가? 얼마나 센 놈들이지? 개개인은 노야들보다 약했지만 만만치 않았는데. 강호에 이런 자들이 많나? 그냥 밥값 못하겠다고 버틸 걸 그랬나? 젠장, 이 년의 세월이 짧은 건만도 아닐 거 같다는 불길한 예감이 드네.'
 운려와 함께할 미래에 대한 예감은 별로 밝지 않았다. 그러나 그의 마음은 수년간 느낀 적이 없는 유쾌함으로 조금 들떠 있었다. 그 자신도 그런 자신의 마음을 알고 있었다.
 '싸움… 피…….'
 검엽은 성한 오른손을 움켜쥐었다.
 둥… 둥… 둥……!
 그는 자신의 머릿속, 아니, 영혼의 근저를 두드리는 거대한 북소리를 듣고 있었다.
 피가 나도록 움켜쥔 그의 오른손이 가늘게 떨렸다. 심장도 함께 떨렸다. 그 떨림은 운명의 여인을 처음 만난 사내의 그것과도 같은 두근거림이었다.
 지존신마기는 그 힘을 얻은 인간에게 한계를 넘어서는 능력을 주지만 그 폐해도 인간의 한계를 넘어서는 것이었다.

역설적이었지만 신마기가 갖는 폐해 때문에 신마기의 소유자들로 이루어진 검엽의 가문은 언제나 다른 무맥들에게 경원의 대상이었다.

폐해는 여러 가지였다.

자신의 것이든 타인의 것이든 죽음의 공포에 대한 면역, 피에 대한 두려움의 부재, 전투에 대한 치열하고도 절실한 갈망……

칼끝에 목숨을 건 무인(武人)이라면 부러워 마지않을 요소들일지도 모른다.

그러나 그것은 사람의 마성(魔性)을 자극할 뿐만 아니라 강화시키는 것들이고, 태어날 때부터 그런 요소를 혼에 품고 있는 자들의 삶이 정상적으로 유지되는 건 불가능에 가까웠다.

검엽의 유쾌하게 느껴졌던 미소는, 그래서 본능적인 것이었다.

시신이 늦가을 숲의 낙엽처럼 굴러다니고 피가 강처럼 흐르는 전장(戰場)은 지존신마기의 주인에게 축제의 장인 것이다.

'업(業)이야.'

신마기가 이어진 자들에게 주검과 피는 혐오의 대상도 두려움의 대상도 아니었다.

그중에서도 검엽은 특별했다.

그가 심안으로 보는 세상은 흑백의 세상.

피는 붉지 않고 검었다.

죽은 자의 형상은 참혹하지만 그에게는 검은색 그림자에 지나지 않았고, 선홍빛 선혈 또한 검은 물방울일 뿐이었다.

그런 그가 피와 주검을 보며 일반인과 같은 느낌을 받는 것은 가능하지도 않았고, 그에게 기대하는 것 자체가 무리였다.

그리고 검엽은 피와 주검을 받아들이는 자신의 감상이 일반적인 것과 얼마나 다른지 분명하게 알고 있었다. 그는 자신에게 드리워진 운명의 무게를 자각하고 있는 것이다.

검엽의 마음에 한줄기 쓸쓸한 바람이 불었다. 그리고 바람이 지나간 자리에 유쾌함은 더 이상 남아 있지 않았다.

第二章

천마
검섭
전

"하… 하… 하……."

웃는 건지 우는 건지 듣는 사람을 헷갈리게 만드는 기괴한 소리를 입 밖으로 흘리는 위무양의 이마에 식은땀이 쭉 흘렀다. 싸움은 그가 예상한 것과 천지 차이라 할 만큼 다른 방향으로 결론이 났다.

생전 듣도 보도 못했던 약관의 청년이 단신으로 혈조사마를 패사시키다니……. 그걸 그가 어떻게 예상할 수 있었겠는가. 그가 아니라 누구라도 마찬가지였을 것이다.

검엽이 나섰을 때 위무양은 검엽이 혈조사마를 상대로 대등하게 싸워 그들의 운신을 묶어두기만 해도 다행이라고 생각했다.

그는 무림에서 산전수전 다 겪으며 오늘날의 위치에 오른 절정고수, 남들과 다른 것을 볼 수 있다.

그런 그가 본 검엽은 산장의 다른 젊은이들과는 격이 완전히 다른 기세를 갖고 있었다. 그래서 그는 혈조사마와의 대등한 싸움이라는, 약관의 청년에게 바랄 수 없는 무리한 기대를 품을 수 있었다. 그런데 검엽은 그의 기대를 넘어선, 그리고 상상을 뛰어넘는 능력을 보여준 것이다.

그래서 멍하니 검엽을 보는 그의 입은 반쯤 벌어져 있었다.

금백단의 무사들이 보기에 위무양은 정신줄 놓은 사람 같았다. 하지만 그들의 모양새도 위무양과 별다를 게 없었다. 방금 전에 본 싸움의 충격은 아직도 남아서 그들의 눈은 평소보다 두 배는 커져 있었고, 얼굴을 시뻘겋게 상기되어 있었다.

"괜찮아?"

걱정 어린 음성이 넋을 잃었던 사람들의 정신을 현실로 되돌려 놓았다.

운려였다.

"괜찮아 보여?"

검엽은 자신의 허리를 감아 부축하는 운려에게 몸을 기대며 물었다.

등과 어깨, 손의 부러진 뼈가 튀어나온 것이 눈에 들어올 정도인데다 전신은 피를 뒤집어쓴 모습이다.

운려는 자신의 질문이 얼마나 어리석은 것이었는지 깨닫고 쓰게 웃었다.

"아니."

"맞아. 안 괜찮다."

검엽은 천천히 그 자리에 주저앉았다.

아프지 않은 곳이 없었다. 뼈와 살이 부러지고 찢어진데다 오장육부는 뒤흔들렸고 심맥은 여기저기가 막혔다. 범인이라면 혼절했어도 벌써 했을 중상이다.

운려도 걱정스런 가운데 신기한지 검엽의 상처를 살피며 물었다.

"죽지는 않는 거지?"

검엽의 상체가 휘청거렸다.

"그게 죽을 것처럼 상처 입은 사람한테 할 질문이냐?"

"……."

할 말을 잃은 운려는 어색하게 웃으며 품에서 요상약과 금창약을 꺼냈다. 산장을 떠날 때 소진악이 직접 챙겨준 것이라 효과는 의심하지 않아도 좋을 약들이었다.

검엽은 상체를 운려의 가슴에 묻듯이 기댔다.

산장의 후인들 중 몇몇의 눈에 불똥이 튀었다. 그러나 당사자인 검엽이나 운려는 자신들의 행동을 전혀 이상하게도 어색하게도 여기지 않았다.

운려가 검엽을 상처를 돌보자 혁만호도 뛰는 심장을 진정시켰다. 그들에게는 할 일이 있는 것이다.

"위 대협, 싸움도 승부가 났으니 이제 우리를 따라가는 게 좋을 듯하오만……."

위무양은 입맛을 다시며 혁만호를 째려보았다.

강호에 새로운 신진고수, 그것도 무림의 정세에 변수가 될지도 모를 신진고수가 등장하는 현장을 직접 지켜보았다는 나름의 감상에 젖어 있던 그다.

질기게 그의 뒤를 추적해 와 가뜩이나 마음에 들지 않았던 혁만호가 지금은 두 번 다시 보고 싶지 않을 정도로 싫어졌다. 하지만 그는 자신이 아무리 노려보아도 혁만호 같은 외골수가 신경을 쓸 리 없다는 걸 곧 깨달아야 했다.

그가 퉁명스럽게 말했다.

"시간만 있다면 나도 무맹의 심처를 구경하고 싶네만, 안타깝게도 시간이 없구먼. 게다가……."

그가 뜸을 들이자 혁만호는 긴장했다.

위무양의 전신에서는 정신없이 쫓길 때 볼 수 없던 여유가 흘러나오고 있었다.

이제 혁만호도 그것을 느낀 것이다.

그는 공력을 끌어올렸다.

무림의 대화는 말로만 이루어지지 않는다. 칼로도 대화가 가능한 세상. 그것이 무림이다.

그 와중에도 위무양의 태평한 음성은 계속 이어졌다.

"…난 남에게 강제당하는 것을 싫어한다네. 그리고 내겐… 친구가 다른 사람에게 무언가를 강요당하는 걸 보고 싶어하지 않는 친구들이 있지."

히죽 웃은 위무양이 검엽을 돌아보았다.

"저 친구가 손을 쓸 수 있다면 사정이 좀 달라졌겠지만 자네들만으로는 날 강요할 수 없게 된 듯하이."

순간적으로 위무양의 말을 이해하지 못한 혁만호가 눈살을 찌푸릴 때 십여 장 떨어진 그의 오른쪽 숲에서 굉량한 웃음이 터졌다.

"우하하하하, 위가의 말이 맞다네. 사정은 모르지만 오늘은 무맹에서 양보를 해주게나!"

쾅!

채채챙!

흡!

웃음의 여운이 사라지기도 전, 공터는 미친 듯이 일어나는 흙먼지와 가루가 되어 흩날리는 풀잎, 그리고 번개처럼 움직이는 인영들로 뒤덮였다.

"거기, 실눈을 뜨는 젊은 친구, 나중에 또 보세!"

먼지가 가라앉았을 때 위무양과 금백단 무사들의 모습은 보이지 않았다.

삐, 삐, 삐이이익!

귀를 찢는 태전각 소리가 귀신의 호곡처럼 정신없이 울리며 무서운 속도로 멀어져 갔다.

장내의 변화는 창졸간이어서 산장의 후인들과 척천대 무사 대부분은 어리둥절한 얼굴로 사방을 돌아보고 있었다.

변화를 제대로 본 사람은 조운상과 운려, 그리고 정신을 잃어가던 검엽뿐이었다.

조운상이 놀란 눈으로 침음성을 토했다.
"허, 상산초부 조규… 장강포룡객 운자허… 까지… 대체 무슨 일이기에 강호삼괴가 한자리에……?"
조운상의 아연한 중얼거림을 듣는 그 순간 검엽의 뇌리에 떠오른 생각은 엉뚱한 것이었다.
'아무래도 이 자리에서 죽거나 다칠 사람은 내가 아니었던 거 같은데… 아니, 차라리 나서서 다행인가?'
뜬금없는 생각에 실소를 흘리려던 검엽은 무언가에 생각이 미친 듯 소스라쳤다.
검엽을 안고 있던 운려는 검엽이 전신을 떠는 것을 느끼고 긴장했다.
깜짝 놀란 그녀가 검엽의 성한 오른손을 부여잡으며 물었다.
"왜 그래?"
"나… 기절하면 안 되는데……."
"뭐?"
요령부득의 말이라 운려가 되물었다.
하지만 대답은 없었다.
"'그것'을… 보게 돼……."
그 말을 끝으로 검엽은 정신을 잃었다. 운려는 멍한 얼굴로 혼절한 검엽을 내려다보았고.

그날 밤 척천산장 일행은 막간산을 넘었다.

운려가 강력하게 주장했고, 조운상도 동의했다. 상부로부터 별도의 지시를 받은 조운상도 더 이상 노숙을 강행할 수는 없었다. 무엇보다도 산에서 하룻밤을 보내기에는 검엽의 상태가 가볍지 않았다.

급조한 들것에 검엽을 뉘이고 막간산을 넘은 일행이 최초의 마을에 도착했을 때는 새벽녘이 되어 있었다.

검엽은 운려와 조운상이 새벽의 주민들을 강제로 깨워 알아낸 마을에서 제일 용하다는 의원의 집으로 직행했다. 그리고 자다가 반강제로 끌려 나온 용하다는 의원 허반은 피를 뒤집어쓴 환자를 보고 기겁을 해야 했다.

…….

"의원님, 그의 상태가 어떻습니까?"

운려는 허반의 옆에서 물었다.

허반이 검엽을 돌본 지 이각 정도가 지났다.

운려만큼이나 궁금했는지 조운상도 허반을 보며 눈을 빛냈다.

허반은 육십이 다 된 중노인이었는데, 몸이 가늘고 눈매가 날카로워 예민한 성격이라는 걸 한눈에 알 수 있는 외모의 소유자였다.

검엽은 정신을 잃고 침상에 누워 있었다. 대충 피를 닦아내고 옷을 갈아입힌 상태였다. 상처를 보기 위해 벗긴 상체는 붕대로 둘둘 말아놓아서 오동통한 누에고치를 연상시켰다.

그러나 웃을 수는 없는 일이다.

피에 젖은 붕대는 온통 붉은색이었다. 그리고 피를 얼마나 많이 흘렸는지 그의 얼굴은 푸른빛을 띠고 있는데다가 포도송이만큼이나 큰 식은땀이 쉴 새 없이 흘러내리고 있어 전신은 물에 빠진 것처럼 푹 젖어 있었다.

눈살을 찌푸리고 검엽을 내려다보고 있던 허반은 신경질적으로 운려를 돌아보았다.

새벽에 강제로 끌려나온 터라 기분이 좋지 않은 그였다. 환자의 상세가 중하지 않았다면 상대가 칼을 찬 무인들이라 해도 손을 쓰지 않았을 것이다. 하지만 의원 된 자로 죽어가는 사람을 눈앞에 두고 모른 척할 수는 없는 일이었다.

그가 뱉듯이 말했다.

"이 젊은이는 무공이 무척 높은 모양이오. 무림인을 치료한 적이 몇 번 있지만 이 젊은이처럼 자가 치유력이 강한 사람은 처음 봤소."

높은 무공의 소유자는 오랜 수련의 결과로 얻은 강인한 체력을 갖고 있다. 그리고 두터운 내력은 기맥을 강하게 만들어서 어지간한 병은 걸리지도 않고, 상처를 입으면 일반인보다 몇 배나 빠른 회복 속도를 낸다.

무인의 신체 능력이 일반인보다 월등히 뛰어나다는 것은 의원에게 상식이다.

그러나 검엽을 살펴본 허반은 놀라고 있었다.

그는 부친에게서 네 살 때부터 의술을 배웠고, 젊은 시절 무림세가의 의당(醫堂)에서 일한 적도 있어서 무림인을 치료한 경험이 풍부했다.

그런 그를 놀라게 만들 만큼 검엽의 자가 치유력은 탁월했다. 그가 설령 세상에 드문 절세의 고수라 해도 이런 현상은 의학의 상궤를 벗어난 일이었다.

숨죽이고 귀를 기울이는 운려와 조운상을 일별한 그의 설명이 이어졌다.

"뭐라 말해야 할지 조금 난감한데…… 지금 이 젊은이는 내가 손을 쓸 여지가 별로 없소. 기껏해야 침으로 기력을 북돋고 붕대나 갈아주는 정도…… 더해서 보약 한두 첩 지어주는 일이면 모를까."

"그게 무슨 말이죠?"

운려가 어리둥절해하며 물었다.

"무엇이 그런 작용을 하는지 알 수는 없지만 이 젊은이의 몸은 그 스스로가 치료하고 있다는 말이외다. 외상은 아물고 있고, 장부와 맥의 기능도 조금씩 정상을 되찾아가고 있소. 아마도 무림인들이 내공이라 부르는 기공 중에서도 아주 특출 난 것을 익힌 젊은이 같소이다."

운려는 안도의 한숨을 내쉬며 사내처럼 어깨를 으쓱했다.

그녀와 어깨를 나란히 하고 서 있던 조운상이 묵직한 음성으로 물었다.

"흠, 회복하는 데 시간이 얼마나 걸리겠소?"

"이 회복 속도를 유지한다면 사흘 뒤에는 혼자 움직이는 것이 가능하지 않을까 싶소이다만, 원체 상궤를 벗어난 일이라 장담하기는 어렵소이다."

조운상의 미간에 골이 파였다.

무맹이 코앞이었다. 사흘이나 이곳에서 지체하는 건 곤란했다. 도착 시한까지 시간이 빠듯한 것이다.

그러나 그건 조운상의 고민이었다.

운려는 검엽의 회복 속도가 비정상적으로 빠르다는 허반의 말에 활짝 미소를 짓고 있었다.

그때 허반이 이마에 주름을 잔뜩 잡으며 말했다.

"한 가지 이상한 건 이 젊은 친구가 흘리는 식은땀인데……."

"상처가 힘들어 흘리는 게 아닙니까?"

조운상이 묻자 허반은 가볍게 고개를 저었다.

"그런 것도 있겠지만 전부는 아닌 듯싶소. 내가 보기에 이 젊은이는 지금 악몽을 꾸고 있는 듯하오만…… 이런 상처의 자가 치유력을 가질 만큼 강한 사람이 대체 무슨 꿈을 꾸기에 이렇게 힘들어하는 건지 정말 이상하구려."

무공이 강한 무인은 범인보다 강한 정신력을 소유하고 있다. 항상 죽음을 옆에 두고 사는 사람들의 정신이 범인과 같을 수는 없는 일이기도 했고.

그래서 무인은 악몽을 잘 꾸지 않는다. 더구나 꿈을 꾸며 검엽처럼 굵은 식은땀을 흘리는 경우는 극히 드물다.

그제야 운려와 조운상은 고개를 갸웃하며 검엽을 보았다. 그러나 검엽이 무슨 꿈을 꾸는지 그들이 알 수는 없는 일이다.

"어쨌든 이 젊은이의 상처는 시간이 치료해 줄 거라는 점은 분명하오. 그러니까 그리 염려하지 않아도 될 것 같소."

허반이 말과 함께 방문을 향했다.

운려와 조운상도 허반과 함께 방을 나섰다.

방을 나선 허반은 종종걸음으로 조운상과 운려의 곁을 떠났다.

멀어지는 허반의 등을 일별한 후 입을 꾹 다문 채 묵묵히 걸음을 옮기던 조운상은 운려의 얼굴을 슬쩍 보았다.

그녀의 얼굴에는 안도의 미소가 떠올라 있었다.

조운상은 마음에 드리워졌던 일말의 불안감이 희미해지는 것을 느꼈다.

그가 운려를 불렀다.

"소장주님."

"예?"

"고 공자님이 어떤 사람인지 여쭈어보아도 되겠습니까?"

호기심으로 가득 차 있는 조운상의 음성은 조심스러웠다. 혈조사마와의 싸움을 본 후라 검엽에 대한 호칭도 정중하기 이를 데 없었다.

출발할 때 그가 파악하지 못했던 유일한 인물이 검엽이다. 그저 와호당에서 왔다는 것만 알았을 뿐이다. 검엽에 대한 그 외의 설명은 전무했고, 행로 내내 소장주인 운려가 검엽을 끼고돌다시피 한 터라 궁금증을 풀 방법도 없었다.

그가 검엽의 얼굴을 본 것은 막간산의 야영지에서가 처음이었다. 상황이 그러니 검엽에 대한 궁금증이 금방이라도 목구멍에서 튀어나올 지경인 것도 그를 탓하기 어려운 일이었다.

운려는 잠시 생각에 잠겼다. 그리고 심드렁한 얼굴로 툭 던지듯 말했다.

"묻지 마세요."

조운상은 멍한 얼굴이 되었다. 대놓고 묻지 말라니, 하지만 그는 꿋꿋한 면이 있었다.

"그래도 여쭙고 싶습니다."

운려는 입맛을 다셨다. 어색한 기색이 역력한 얼굴이다.

"나도 잘 몰라요."

"예?"

"산장을 떠나기 전에는 잘 안다고 생각했는데… 지금은 잘 모르겠어요."

조운상은 눈살을 찌푸렸다. 운려가 하는 말을 이해하기 힘들었기 때문이다.

운려의 성격을 몰랐다면 연인 사이라고 오해하기 충분할 만큼 그렇게 끼고돌았으면서 자기도 잘 모르겠다고 말하면 듣는 사람이 어떻게 이해를 하겠느냐는 말이다.

조운상은 당연히 운려의 말을 믿지 않았다.

"아는 것만이라도……."

운려가 조운상을 이상하다는 듯 쳐다보았다.

"뭐가 그렇게 궁금해요?"

"험험."

헛기침을 한 조운상이 정색을 했다.

"소장주님, 제 생각이 틀리지 않는다면 현재 산장에서 고 공자님의 무위에 대해 정확하게 알고 계신 분은 소장주님과 와호당에 계신 분들 외에 아무도 없는 듯합니다."

"아마도 그럴 거예요."

운려가 고개를 주억거렸다. 그녀도 알지 못했던 검엽의 무위다. 다른 사람이라면 두말할 필요도 없었다.

운려의 성의없는 대답에 조운상은 열이 났다. 물론 표현은 하지 않았고.

조운상에게는 안된 일이지만 검엽에 대한 그의 관심이 얼마나 열렬한지에 대해 그녀는 전혀 관심이 없었다. 검엽이라는 사람은 잘 알아도 그 능력은 잘 모르는 그녀였기에 해줄 말도 별로 없었고.

그녀의 말을 받는 조운상의 언성이 약간 높아졌다.

"소장주님, 고 공자님이 혈조사마를 패사시킨 일은 조만간 장강 이남에 소문날 것이고, 무맹에서도 공자님을 주목할 겁니다. 산장의 위상도 조금은 올라갈 것이고 말입니다."

"그래서요?"

조운상은 답답해 가슴을 치고 싶다는 얼굴이었다.

"그런데 정작 그가 소속된 산장에서 그에 대해 제대로 알고 있지 못하다는 건 말이 되지 않습니다."

"와호당의 노야들이 알고, 내가 알잖아요. 그럼 된 거 아닌

가요?"

"장주님께서 잘 모르시지 않습니까!"

그제야 운려는 조운상이 왜 검엽에게 관심을 갖는지 온전히 알게 되었다.

그녀가 피식 웃었다.

"훗, 조 대주님은 그가 산장의 전력이 될 거라는 기대를 갖고 계시군요."

"그럼 아닙니까?"

조운상은 어리둥절해하며 되물었다. 운려의 말은 묘하게 해석될 여지를 담고 있었다.

운려는 망설임없이 고개를 끄덕였다.

"그런 기대는 하지 마세요. 그는 산장에 머물렀던 사람이지만 산장에 속한 사람은 아니니까요."

조운상이 이해를 하든 말든 상관없이 그녀의 말은 계속되었다.

"검엽은 산장의 손님이에요. 와호당의 노야들께서 그를 가르친 건 맞지만 그분들과 검엽이 사승 관계로 얽혀 있는 것도 아니고요. 노야들께서 왜 제자로 삼지 않은 검엽에게 비전을 가르치는, 그런 선택을 하셨는지는 저도 몰라요. 그러니까 묻지 마세요. 중요한 것은 검엽이 산장에 소속된 무인이 아니란 거예요. 그리고 그가 무맹으로 가는 것은 저의 요청 때문이에요. 제가 요청하지 않았다면 그는 산장을 나서지 않았을 거고, 아마 이 년 정도 후에는 산장을 떠났을 거예요. 혈조사마와의 싸움도 저 때문에 일어난 것이었어요. 제가 곤란한 상황이 아니었다면 그는 나서지 않았을 거예요. 그러니까 조 대주님이 생각하시고 바라는 것처럼 검엽이 산장의 전력이 될 가능성 같은 건 아예 없어요."

조운상은 혼란에 빠졌다. 그녀의 말은 어렵지 않았다. 그러나 알아듣기는 정말 어려웠다.

그가 물었다.

"이해가 되지 않는 점이 있습니다."

방금 전과는 달리 이제는 운려도 진지한 얼굴이었다.

"물어보세요."

"제가 듣기로 공자님이 산장에서 머문 기간이 칠 년이라고 하더군요. 그런데도 공자님이 그저 손님에 불과할 뿐이란 말씀입니까?"

"예."

운려의 대답은 간결하면서도 단호했다.

조운상의 혼란은 더 커졌다.

"와호당의 호법 어르신들께서 공자님을 가르치셨다고 했는데 몇 분이나……? 저는 언뜻 이 대협께서만 가르쳤다고 들었습니다만……."

"아니에요. 이 노사 외에도 네 분이 더 계세요."

조운상의 눈이 커졌다. 그는 검엽의 주변에 얽힌 저간의 사정은 몰랐다. 하지만 검엽과 같은 절정의 고수 한 명을 키워내기가 얼마나 어려운지는 잘 알았다.

검엽의 무공이 어느 정도인지를 코앞에서 본 그다.

검엽의 나이에 그만한 성취를 얻기 위해서는 천부적인 자질과 본인의 치열한 노력, 그리고 훌륭한 스승의 가르침이 절묘하게 어우러져야 한다. 그리고 그렇게 삼박자가 잘 어우러져도 검엽의 나이에 그만한 성취를 이룰 가능성은 극히 희박했다.

'호법님들이 들인 정성이 눈에 보이는군.'

와호당의 호법 다섯 명이 심혈을 다해 키운 사람이라면 사승 관계를 떠나 이미 산장의 요인이라 할 수 있는 수준이다.

"장주님도 아십니까?"

"이천룽 노사께서만 가르친 줄 아실 거예요, 아마."

확신을 하지 못하는지 운려의 말끝이 낮아졌다.

그녀가 아는 부친 소진악은 담대하고 호탕하지만 어리석은 사람은 아니었다. 아니, 외모에 가려진 그의 본모습은 치밀하고 주의 깊을 뿐만 아니라 신중했다. 그런 부친이 과연 검엽의 능력을 모르고 있었을까. 그녀는 확신하지 못했다.

조운상의 질문은 계속되었다.

"장주님께 공자님에 대해 말씀하시지 않은 것은, 그래야만 하는 이유가 있으셨던 겁니까, 소장주님?"

조운상의 진지한 얼굴을 보며 운려는 고개를 저었다.

"그렇지는 않아요. 솔직히 별생각이 없었어요. 굳이 그래야 할 필요를 느끼지 못했으니까요."

"그럼 저도 부담없이 이번 일에 대해 장주님께 보고하겠습니다. 공자님과 같은 고수가 산장 내에 존재하고 있다는 것을 장주님께서 모르셔서는 안 되기 때문입니다. 소장주님께서 제 입장을 이해해 주시기 바랍니다."

운려는 잠시 눈살을 찌푸렸지만 곧 고개를 끄덕였다. 돌아서는 조운상의 등을 보는 그녀의 눈빛이 묘하게 빛났다.

검엽에 대해 지금까지 그들이 나눈 대화는 마지막 말을 위한 것이었다.

'조 대주가 말재간이 있다는 말은 들어보지 못했는데……그건 그렇고, 검엽이 깨어나 이 사실을 알게 되면 별로 좋아할 것 같지 않은데 어떡하지?'

그녀가 하지 말라고 뜯어말려도 조운상은 보고를 할 것이다. 딱히 막아야 할 이유도 없었지만 막는 것이 가능하지도 않았다. 그것은 그의 임무였으니까.

대화를 통해 검엽을 알고자 한 것, 그리고 마지막의 보고할 것이란 언급은 조운상이 그녀를 소장주로 예우했기 때문이다.

현재 일행의 실질적인 수뇌가 그라고 해도 검엽은 운려의 친구였다. 그 사실은 차치하고라도 일행의 표면적인 수뇌는 그가 아니라 운려였다.

그녀를 무시하고 자신의 결정대로만 할 수는 없는 일이었다. 그리고 그것은 조직에 속한 자가 마땅히 지켜야 하는 절차이기도 했다.

'거참…….'

검엽은 방문 밖의 대화를 들으며 내심 혀를 찼다.

그는 운려와 조운상이 방을 나갈 때 정신을 차렸다. 하지만 그가 정신을 차렸다는 것을 운려와 조운상은 몰랐다.

'조 대주가 장주에게 싸움의 결과를 보고하려는 걸 보면 그놈들, 센 놈들이었나 보군. 내가 고수라 이건가? 뭐, 어차피 시간이 지나면 내 무공이야 드러날 것이었으니 조금 빨리 알게 된다 해도 상관은 없다만…… 그런데 그놈들을 꺾은 게 그렇게 놀라운 일이었나? 조 대주는 나도 거의 죽을 정도로 다친 건 보이지 않나 봐. 이만큼 상처를 입으면서 꺾은 게 뭐 그리 대단한 일이라고.'

그의 입가에 씁쓸한 미소가 떠올랐다.

'산장을 나서는 걸 너무 쉽게 생각했다. 노야들께서는 무림에 고수가 장강의 모래알처럼 많다고 했지. 노야들의 말을 한 귀로 듣고 흘렸는데 그 대가를 아주 톡톡히 치렀다. 훗.'

헛웃음을 흘리던 그의 얼굴이 침울해졌다.

'…꿈… 전보다 더 선명해졌어. 그렇게 꿈을 꾸기 싫어서 오 년간 잠도 자지 않았는데…….'

검엽은 심상에 보이는 천장에 울적한 마음을 맡겼다.

그의 구환공이 그것을 창안한 사람도 상상하지 못했던 경이로운 진경을 보이고, 무공의 일대종사들도 어려운 독자적인 무공을 그가 창안하게 된 것에는 비밀이 있었다.

그는 열세 살이 되던 해부터 지금까지 잠을 자지 않았다. 졸리면 구환공으로 수면을 떨쳤고, 수면이 더 이상 찾아오지 않게 되자 무공을 창안하며 밤을 보냈다. 예민해진 기감과 후각을 벗어나기 위한 것만이 목적의 전부는 아니었던 것이다.

꿈의 내용이 무엇인지 알 수는 없었다. 잠에서 깨면 아무것도 기억나지 않았다. 내용을 기억하려고 여러 방법을 동원했지만 한 가지도 성공하지 못했다. 그러나 두 가지만은 분명하게 기억할 수 있었다.

공포.

믿기지 않을 만큼 처절한 공포.

그리고 전율을 불러일으키는 검붉은 눈동자.

꿈속에서 그는 두려움에 떨어야 했고, 잠에서 깨어난 이후에도 그 영향을 벗어나지 못했다.

그의 가문에 흐르는 피는 공포와는 상극이라 할 수 있을 정도였는데도 알 수 없는 꿈이 그의 마음에 드리운 두려움에 몸을 떨어야만 했다.

무엇이 두려운 것인지 그 대상이라도 안다면 공포를 벗어날 방법을 찾을 수도 있을 텐데 꿈은 그것을 허락하지 않았다. 오직 공포만을 느끼게 할 뿐.

그래서 그는 잠을 자지 않기로 결정했고, 그 결정대로 자신의 육체를 통제했다.

잠이 들지 않기 위해 그가 쏟은 노력은 실로 초인적이었다. 아무도 그것을 알지 못했지만.

'대체 '그것' 은 무엇일까.'

그는 머리를 가볍게 흔들었다. 상처가 나아가고 있다고는 해도 아직 중상의 상태다. 머리를 흔드는 그 가벼운 동작에도 전신이 부서져 나가는 것처럼 고통스러웠다.

정신이 번쩍 든 그는 상념을 중단했다. 고민한다고 해서 해결될 일이 아니었다. 그렇게 해결될 수 있는 일이었다면 벌써 해결했을 것이다.

잡념을 떨친 그는 신중하게 내기의 흐름을 살폈다.

싸울 때 받은 충격이 적지 않았던 것을 기억하는 터라 기와 맥이 정상이 아닐 거라고 생각했기 때문이다.

'…응?'

그의 예상은 틀렸다.

기맥은 정상이었다. 평소보다 약하긴 했지만 내기의 흐름은 도도하게 이어졌고, 맥과 장부는 상처를 입은 흔적조차 없었다. 범인이라면 폐인이 되어도 이상하지 않았을 외상도 견딜 만한 수준까지 나아졌다는 것을 그는 느낌으로 깨달았다.

'구환공 덕인가?'

자신의 신체에 일어난 현상임에도 그는 그 원인이 무엇인지 정확하게 알 수가 없었다.

구환공이 이단계인 구환득련의 경지에 들면서 신체 능력이 강화되고 의식적으로 운기하지 않아도 호심진기가 심맥과 장부를 보호하긴 했다. 하지만 그가 입은 상처는 대단히 중한 것이었다. 그런 상처가 구환공의 공능만으로 이처럼 수월하게 호전되었다고 생각하는 건 무리가 있었다.

검엽은 혀를 찼다.

'쩝, 내 몸이지만 나도 모르는 게 이렇게 많아서야……'
그는 다시 천장에 멍하니 심상을 맡겼다.

정상을 내려오는 위무양과 금백단의 추격전은 평화롭고 고요하던 막간산의 자연스러움을 깨뜨렸다. 그리고 멀리 떨어져 있던 검엽은 그 부자연스러움을 바로 앞에 있는 것처럼 확연하게 느낄 수 있었다.

그가 추격전이 벌어지고 있다는 것까지 안 것은 아니었다. 그러나 좋지 않은 일이 벌어지고 있다는 것, 그리고 그 일련의 부자연스러움과 불안한 느낌이 자신이 있는 곳을 향해 빠르게 가까워지고 있다는 건 분명히 알 수 있었다.

구환공을 수련하며 극복했던, 견딜 수 없을 정도로 예민했던 기감과 후각은 그를 절대고수조차 가능하다고 장담하지 못하는 초인적인 감각의 영역으로 인도한 것이다.

그러나 그 원인과 과정이 왜, 그리고 어떻게 진행되었는지 당사자인 검엽은 알지 못했다.

지금 그의 상처를 경이로울 만큼 빨리 회복시키고 있는 것의 정체가 무엇인지 모르는 것처럼.

단지 그 과정에 구환공이 일정한 역할을 하지 않았을까 하는 추정을 할 수 있을 뿐인 것이다.

검엽은 당시에 느꼈던 감각을 되살려 보려고 했다. 하지만 그것은 가능하지 않았다. 현재의 그로서는 그 느낌을 인위적으로 되살릴 수 없는 것이다.

정신을 멍하니 놓아두었던 검엽은 한 가지 생각이 미치자 정신이 번쩍 들었다.

그는 힘겹게 상체를 일으켜 침상에 앉았다. 그리고 가부좌를 틀었다. 그의 이마에 굵은 땀방울이 송골송골 솟았다.

가부좌를 튼 그의 심상에 침상 옆의 탁자 위가 들어왔다. 그곳에는 그의 소지품이 가지런히 놓여 있었는데, 그의 심안(心眼)이 닿은 것은 그들 중 은은한 묵빛을 발하고 있는 목걸이였다.

'이 상황을 만들어낸 자가 올 것이다, 무맹에 도착하기 전에. 기회는 지금뿐이니까.'

그는 알 수 없는 말을 속으로 중얼거리며 구환공을 운기했다. 따스하고 구름처럼 부드러운 기운이 단전에서 일어나 허리를 띠처럼 휘감은 대맥을 타고 흘렀다. 대맥을 돌아 기의 바다에 되돌아온 기운은 방향을 아래로 틀었다. 회음을 지난 기운이 용문을 거슬러 올라간다는 잉어처럼 꿈틀거리며 독맥을 타고 움직여 갔다.

잠시 후 그의 전신은 보일 듯 말 듯한 아지랑이에 휩싸였다. 방은 바늘 떨어지는 소리도 들릴 것만 같은 신비로운 정적에 잠겼다.

*　　*　　*

검엽은 자신을 운려의 호위무사라고 생각했다. 그러나 산장이나 무맹에 속한 무사라고 생각하지는 않았다. 지금의 그는 오직 운려에게만 속한 사람이었다.

 산장이나 무맹은 그의 관심 밖이었다. 산장이 망하고 무맹이 붕괴된다고 해도 그는 전혀 신경 쓰지 않을 것이다. 그러나 운려는 달랐다. 그는 그녀의 친구이고 호위무사였다. 운려에게 닥칠지 모르는 위험은 좌시할 수 없는 것이다.

 그는 의식하지 못했지만 지금의 그에게 운려는 그와 세상을 연결해 주는 유일한 끈이었다.

第三章

천마검섭전

오십을 넘긴 지 얼마 안 되어 보이는 초로의 백삼문사는 보고 있던 서류에서 시선을 떼고 고개를 들었다. 창을 넘어 들어온 햇살이 의자에 앉은 그의 등 뒤에서 부서졌다.
　그는 온화한 눈매를 찌푸리며 물었다.
　"혈조사마가 척천산장의 무사에게 죽임을 당했다고?"
　혈조사마는 절정으로 공인된 고수들이다.
　무공의 수준은 대개 삼류에서 이류, 일류, 절정, 초절정 정도로 나누어진다. 각 단계별로 상중하의 차이도 있다. 물론 이와 다르게 분류하는 자들도 적지 않다.
　분류상 최상급에 속하는 초절정 이상의 경지도 분명 존재한다. 하지만 그 경지를 나누는 특별한 명칭은 존재하지 않는다.

사람들마다 자연경, 대홍락, 무형검, 연허합도, 초인지경, 절대경 등등 제각각 부를 뿐.

어느 시대든 한 시대에 절정고수의 수는 오백을 넘긴 적이 드물고 초절정고수의 수는 백여 명 남짓했다. 그리고 그들을 넘어선 자는 언제나 천하제일을 다투는 자로 무림사에 거대한 족적을 남겼다. 그런 자들의 경지를 특정한 명칭으로 논하는 게 무슨 의미가 있겠는가.

게다가 누군가의 무공을 자로 잰 듯 어느 경지라고 자신있게 말할 수 있는 사람도 없다. 하나의 경지는 무공이라는 요소만으로 이루어지지 않기 때문이다.

일례로 무공은 절정인데 실전엔 약한 무인이 적지 않다.

드물긴 하지만 간혹 절정고수라 회자되던 사람이 일류로 분류되던 무인에게 패하는 경우가 벌어진다. 싸움은 익힌 무공만으로 승부가 나는 것이 아니기 때문이다.

실전 경험이 받쳐 주지 않는 무공은 설사 희대의 절학이라도 빛 좋은 개살구인 것이다.

물론 이런 경우가 흔하지는 않다. 그러나 아주 드물다고 말하기도 어렵다.

결론적으로 그가 익히고 있는 무공이 절정의 절학이니까 그 사람도 절정고수라고 말하는 사람은 그야말로 강호 무림에 대해 아무것도 모르는 문외한이다.

하지만 혈조사마는 무공보다 오히려 실전에 더 강한 부류의 인물들이다.

사마외도라 불리는 흑도는 속세의 욕망을 충족시키기 위해 무공을 익힌 자들이고, 대부분 욕망을 실현하기 위해 싸움을 밥 먹듯 하기 때문이다.

그런 인물들을 패사시킨 자라면 무공뿐만 아니라 실전에도 강한 진정한 고수라고 보아야 했다. 그리고 그런 고수가 척천산장에 있다는 건 백삼문사에게 그리 유쾌한 일이 아니었다.

검엽에 관한 심각한 정보 부재로 인해 초래된 어마어마한 착각이었지만 백삼문사가 알 턱이 없었다.

청의 유삼을 입은 중년인은 탁자 너머의 백삼문사가 어려운지 굳은 안색이었다.

그가 대답했다.

"그렇습니다, 총군사."

"한 사람에게?"

백삼문사의 음성에서 여전히 믿을 수 없다는 심정이 그대로 묻어 나왔다.

"혁만호 대주가 보내온 전서에는 그렇게 적혀 있었습니다."

"그가 많게 봐주어도 약관을 넘지 않은 무사라고?"

"예."

"나보고 그걸 믿으라는 말인가?"

"하좌도 믿기 어렵습니다만… 혁 대주는 허위 보고를 할 사람이 아닙니다."

청의중년인은 고개를 조아렸다. 보고하는 그의 말투엔 확신이 없었다. 그러나 그가 확신을 하는 것이든 그렇지 않은 것이든 보고는 해야 했다.

그는 무맹의 정보를 총괄하고 있는 산운전(散雲殿)의 부전주였고, 그의 눈앞에 앉아 있는 백삼문사는 산운전의 직속 상부 조직, 무맹의 군사부(軍師府) 수장인 총군사였기 때문이다.

사람 좋아 보이는 편안한 인상의 백삼문사, 그는 구주삼패세의 한자리를 차지하고 있는 대륙무맹의 총군사이자 당대 무림에서 가장 뛰어난 두뇌를 가진 세 사람 가운데 한 명이라는 천호(天狐) 구양일기(歐陽一己)였다.

산운전 부전주 장석초는 절로 솟아나는 등골의 땀에 짜증이 났다. 그가 보고한 내용은 식은땀을 흘릴 정도로 중요한 것이 아니었다. 그럼에도 식은땀이 자연스럽게 솟는다.

긴장이 심한 탓이었다.

물론 내색은 하지 않았다.

어떤 경우라도 구양일기 앞에서 속을 온전히 드러내는 건 위험했다. 구양일기의 청수하고 온화해 보이는 외모에 마음을 놓으면 안 된다는 건 강호에 공인된 사실이니까. 구양일기의 별호가 천호(天狐)인 데는 이유가 있는 것이다.

구양일기의 찌푸려진 눈매는 펴질 줄을 몰랐다.

그도 혁만호가 누군지 안다. 그리고 그가 아는 혁만호는 업무에 임했을 때 감정에 휩쓸리지 않을뿐더러 과장하는 것도 모르는 사람이다.

찌푸려진 눈매는 미간의 내천 자로 발전했다.

'혈조사마를 단신으로 죽일 정도의 고수가 이번 행로에 포함되어 있단 말인가……. 설마 소진악이 맹주님의 계획을 알고서? 그럴 리는 없다. 이번 행사의 진정한 의미는 맹주님과 나 외에 아무도 알지 못한다. 그럼 그자는 뭐냐?'

그는 이마를 짚었다.

단신으로 혈조사마를 패사시킬 수 있는 고수는, 고수가 발에 채일 만큼 많다는 무맹 총타 내에서도 흔치 않다. 최대치로 잡는다 해도 이십여 명.

'이십 명도 많지.'

그는 한숨을 내쉬었다.

그런 고수는 총타 외의 오대세력을 통틀어도 오십 명을 넘지 않을 것이 확실하다.

무림은 무인들로 이루어진 세상이다. 강자가 존경받는 세상이고 힘이 법을 대신하는 세상이다. 그런 세상에서 강자는 그가 원치 않더라도 크든 작든 주변에 영향을 미친다.

머리가 지끈거렸다.

예상에 없던 변수가 등장한 것이다.

혈조사마를 패사시킨 자에 대한 언급 이전에 있었던 보고, 혁만호가 위무양을 놓쳤고 강호삼괴가 한자리에 등장했다는 것은 벌써 그의 뇌리에서 사라지고 없었다.

강호삼괴의 비중은 적지 않았다. 그러나 조만간 무맹의 총타에 도착할 새로운 변수에 비하면 그 비중은 신경 쓰지 않아도 좋을 만큼 작았다.

"그들은 지금 어디 있는가?"

"막간산 아래 도안현에 머물고 있습니다."

"흠, 그래? 자네는 그들이 언제쯤 맹에 도착할 것으로 예상하고 있나?"

"그 무사가 심한 상처를 입어 행로가 늦어지고 있다 합니다. 닷새가량 걸리지 않을까 생각합니다."

"닷새라……."

막간산 아래에서 항주까지는 이틀거리다. 그럼에도 사흘이 더 소요될 것으로 예상된다면 혈조사마를 패사시킨 무사의 상처가 상당히 중하다고 보아야 했다.

"앞으로 척천산장 일행의 움직임을 하나도 빠뜨리지 말고 보고하도록 하게. 그들을 살피는 사람들의 숫자도 두 배로 늘리도록 하고."

지시가 떨어지면 행할 뿐이다.

장석초는 고개를 조아렸다.

"알겠습니다, 총군사."

"위무양에 대한 추적은 별명이 있을 때까지 계속하게. 삼괴가 한자리에 모인 이상 신병을 확보하는 게 쉬운 일은 아니지만… 아가씨의 노여움이 가라앉지 않으니 별수없네. 그렇다고 무리하지는 말고. 위무양 혼자라면 희생없이 처리할 수 있겠지만 삼괴가 함께 있는 지금 무리하면 희생이 커질 걸세. 이런 일로 사람을 잃을 수는 없는 일이 아닌가."

"그리 전하겠습니다."

"금백단과 위무양의 일은 절대 소문나면 안 된다는 걸 명심하고."
 "한시도 잊지 않고 있습니다, 총군사."
 "나가보게."
 "예."
 집무실을 나가는 장석초의 등에 꽂힌 구양일기의 시선은 밉살스러운 고양이를 노려보는 주인의 눈매였다. 최근 산운전에서 가져오는 소식들은 언제나 그에게 두통을 유발시켰다. 그러니 무리도 아닌 시선이었다.
 '아가씨의 비위를 맞추기가 점점 더 힘들어지니… 위무양이 무슨 짓을 했는지 소문이 나면 본 맹 사람들은 얼굴을 들고 강호의 친구들을 볼 수 없게 될 거야.'
 누군가를 떠올린 구양일기의 이맛살이 와락 구겨졌다. 하지만 그 얼굴은 곧 사라졌다. 보기 싫은 얼굴이기도 했지만 그보다 더 그의 생각을 잡아끄는 일이 있었기 때문이다.
 구양일기는 자리에서 일어났다. 가능한 모든 변수를 검토한 후 밀어붙인 일이었다. 그럼에도 불구하고 그를 비웃듯 새로운 변수가 나타났다.
 '맹주님을 뵈어야겠다.'
 그는 이마에 흘러내린 몇 올의 머리카락을 손가락으로 잡아 눈앞에 가져다 댔다. 간간이 흰머리가 섞여 있는 게 보였다. 그는 길게 한숨을 내쉬었다.
 '하루가 다르게 흰머리가 느는군.'

검엽의 운기행공은 길었다.

이틀 동안 식사를 가져왔던 의방의 하인은 검엽의 방문 앞을 지키는 척천대 무사에 의해 제지당했다. 그는 음식이 차려진 상을 그대로 들고 돌아서야 했다.

검엽이 운기에서 깨어났을 때 서편 하늘은 타오르는 붉은 노을로 뒤덮여 있었다.

그는 살갗에 닿는 서늘한 바람을 느꼈다. 한낮의 강남은 오월 말이라도 찌는 듯 무덥다.

'저녁이군.'

아침에 운기행공에 들었는데 눈을 떠보니 저녁이었다. 그는 다섯 시진 정도가 지났다고 생각했다. 실제로는 하루 반나절이 넘게 지났지만 그는 그것을 깨닫지 못했다.

검엽은 시야에 들어오는 것이 흑백이라는 것을 제외하면 정상적인 눈이 도저히 따라올 수 없는 공능을 보이는 심안으로 방 안을 둘러보았다.

'아직 오지 않은 건가?'

탁자 위의 목걸이는 그가 운기행공에 들기 전과 같은 자리에서 같은 빛을 발하고 있었다.

평소의 그라면 운기행공 중이라도 외부의 기척을 느낄 수 있었다. 그러나 이번 운기행공은 달라서 그는 온전한 몰아경에 빠졌고, 외부를 감지하는 모든 감각은 그 기능을 잃었다.

'기회였을 텐데?'

그는 알 수 없는 말을 속으로 중얼거렸다.

'밤이 깊은 후에야 올 생각인가 보구만.'

그는 속편하게 생각했다.

알 수 없는 중얼거림을 멈춘 그는 몸 상태를 점검했다. 행공에 들기 전보다 확연하게 나아진 상처가 느껴졌다.

그는 상체를 조금씩 좌우로 움직였다. 어깨와 등이 뻐근했지만 혼절에서 깨어났을 때와 같은 극렬한 통증은 없었다.

자리에서 일어난 그는 가볍게 움직이기 시작했다. 손의 움직임은 눈에 보이지 않을 정도로 빨랐고, 내딛는 발걸음엔 사방을 찍어 누르는 무거운 기세가 담겼다.

이천룡의 추뢰섬전수와 노괭의 철산보(鐵山步)의 비결에 따른 움직임이었다.

운려나 조운상이 보았다면 기겁을 하고 말렸을 일이다. 그들이 보기에 검엽의 행동은 자살하고 싶은 사람이나 할 짓이었을 테니까. 그가 상처를 입은 지 이틀이 채 지나지 않은 것이다.

처음에는 조금 딱딱하고 부자연스럽던 검엽의 움직임은 반각도 지나기 전에 물이 흐르듯 유연하고 자연스러워졌다.

좁은 방 안에 가득 찼던 손 그림자들은 이각가량이 흐른 어느 순간 씻은 듯이 사라졌다.

콧잔등에 맺혔던 땀이 입으로 흘러들어 찝찔했다. 그러나 기분 좋은 땀이었다.

탁자 위에 소지품과 함께 놓여 있던 수건으로 땀을 닦은 검엽은 침상에 앉았다.

'정상인 상태의 칠 할 수준……. 이만하면 크게 손해는 보지 않아도 되겠군.'

그는 싱긋 웃으며 다시 가부좌를 틀었다.

그의 감각은 외부로 활짝 열렸다.

성현산은 기대고 있던 담장에서 등을 뗐다.

어둠이 내린 골목은 적막에 잠겨 있었다.

그는 기지개를 켰다.

이틀 동안 담장의 그림자에 은신해 있었더니 온몸이 쑤셨다. 젊은 시절에야 칠 일 동안 한 자세로 은신해 있던 적도 수없이 많았지만 다 젊은 시절 얘기다.

그의 나이도 벌써 육십이 넘었고, 왜 그래야 하는지 이유도 모른 채 직접 이런 촌락의 담장 그늘에 웅크린 채 이틀을 보낼 신분도 아니었다.

그러나 불만은 없었다.

그가 모시기로 맹세한 사람의 지시였다. 그리고 그 사람은 헛된 일에 수하를 부릴 만큼 어리석지 않았다.

의방은 담장을 빙 둘러 일 장 간격으로 꽂혀 있는 횃불들로 인해 대낮처럼 환했다. 그 횃불 하나하나의 밑에는 허리에 대검을 찬 무사들이 서서 경비를 하고 있었다.

무사들의 자세는 절도가 있고 흐트러짐이 없었다. 한눈에도 범상한 훈련을 받은 무사들이 아님을 알 수 있을 정도였다.

그러나 성현산은 무사들이 처음 마을에 들어섰을 때 보았던 것처럼 철저하게 경비를 서고 있지 않다는 것을 알고 있었다.
이틀 만에 무사들의 경계심이 풀어진 것도 이상한 일은 아니었다.
무사들은 척천산장에 속한 자들이었고, 이곳은 대륙무맹을 지척에 둔 마을이다.
무사들이 경비를 서는 것은 안에 중환자가 있기 때문이지, 적이 있기 때문은 아닌 것이다. 그들이 긴장하고 경비를 설 이유가 없었다.
'은밀하게 움직이라는 공자님의 지시가 없었다면 너희들은 다 죽었을 거다. 공자님한테 감사해라. 흐흐흐.'
성현산의 입가에 음악한 미소가 떠올랐다.
성질대로 했다면 그는 의방에 있는 자들 전부를 죽이고 벌써 원하는 것을 손에 넣었을 것이다. 그러나 그렇게 해서는 안 되었다. 그가 모시는 사람은 소란이 일어나는 걸 원하지 않았기 때문이다.
그래서 성현산은 이틀 동안 이렇게 웅크리고 있어야 했다.
의방은 작았고, 안에 있는 사람은 많았다.
수준이야 천박하기 이를 데 없다 해도 무공을 익힌 자들의 숫자만 팔십여 명이었다. 그들 중 단일한 복색의 무사 삼십여 명이 경비를 섰고, 방을 차지하지 못한 젊은이들 대부분은 마당에 머물렀다.
성현산의 경공은 은밀함으로 강호 일절이라 공인된 지 수십 년이다. 그러나 그의 신법으로도 경계심을 풀지 않은 저들 모두의 눈을 피해 은밀하게 침투하는 것은 가능하지 않았다. 게다가 저 안에는 그조차 꺼려지는 자가 있는 것이다.

그래서 그는 무사들의 긴장이 풀어질 때까지 기다렸다.

어둠도 같은 두께를 갖고 있지는 않다. 어둠과 그림자가 겹치면 더 어두워진다.

성현산은 그것을 잘 아는 자였다.

'전부 죽일 수 있었으면 벌써 끝났을 일인데……'

혀를 찬 그의 신형이 골목의 담장이 만든 그림자 속으로 허깨비처럼 사라졌다. 뱀처럼 영활한 신법이었다.

검엽은 운기행공을 멈췄다.

그의 개방된 감각은 이질적인 기운이 의방의 담장 밑으로 스며드는 것을 포착했다.

'왔군.'

탁자 위의 목걸이를 손에 쥔 그의 신형은 한줄기 바람이 되었다.

창문을 통해 지붕으로 올라선 그는 십여 장 떨어진 담장의 그늘을 향해 기세를 집중했다.

찰나의 순간 송곳 같은 기운이 십여 장의 공간을 뛰어넘었다. 흠칫하며 경직되는 기운이 느껴졌다. 그가 쏘아 보낸 기운에 직격당한 자의 기운이었다.

그는 싱긋 웃으며 손에 든 목걸이를 보란 듯이 슬쩍 흔들고는 신형을 뽑아 올렸다.

그의 신형은 삼 장을 수직으로 솟구쳤고, 허공에서 직각으로 방향을 틀며 칠 장을 날았다. 그리고 지붕을 한 번 밟은 다음 순간 의방의 담장을 넘어 골목을 번개처럼 내달리고 있었다.

의방 내에 있던 사람들 중 그가 빠져나가는 것을 본 사람은 아무도 없었다.

어둠이 사위를 덮은 때문이기도 했지만 그것만으로는 설명이 불충분했다.

그의 운신은 지켜보고 있던 성현산의 입이 벌어질 정도로 빨랐다.

절세의 부운탄섬과 암귀행이 연이어 펼쳐진 것이다.

…….

"나를 보러 온 거 아니었소?"

마을을 막 벗어난 지점의 언덕 아래에서 신형을 멈춘 검엽은 손에 든 목걸이를 흔들며 말했다.

오 장 떨어진 곳에서 성현산이 무서운 눈으로 그를 보고 있었다.

"너는 누구냐?"

성현산은 딱딱하게 굳은 음성으로 물었다.

그는 검엽을 이백여 장 추적했다.

전력으로.

그러나 검엽을 따라잡는 데는 실패했다.

그것이 그의 얼굴을 돌처럼 굳게 만든 것이다.

얼굴 양옆에 늘어진 숱이 많은 머리카락이 얼굴 대부분을 가려 눈도 제대로 보이지 않는 자였지만 낯이 익었다. 혈조사마와 싸운 그놈이었다.

당시 그도 현장에 있었다.

물론 사람들의 눈에 띄지 않는 곳에.

혈조사마는 그도 혼자서 상대하기 어려운 자들이었다. 그러나 눈앞의 젊은 놈은 비록 큰 상처를 입었지만 혈조사마를 단신으로 패사시켰다. 그리고 불과 하루도 지나지 않아서 경공으로 그를 경악시킨 것이다.

'이 자식은 대체 어디서 튀어나온 괴물이냐. 흠흠, 공자님께서 절대로 싸우지 말고 목적을 달성하라고 하셨지.'

성현산은 절로 위축되는 마음을 진정시키려 노력했다. 몰래 지켜볼 때는 몰랐는데 젊은 놈을 정면에서 마주 보고 있자 기괴한 두려움이 스멀스멀 등골을 타고 올라왔다. 아마도 젊은 놈의 무공을 두 번이나 직접 봤기 때문이리라. 신마기의 존재를 모르는 그는 그렇게 생각할 수밖에 없었다.

검엽은 시중 어디서나 흔히 볼 수 있는 외모의 노인에게서 심안을 떼지 않았다. 그리고 겉으로 드러내지 않으려 노력하며 진기를 가다듬었다.

현재의 그가 지닌 내공으로는 부운탄섬과 암귀행을 지속적으로 펼쳐서는 안 되었다.

탈진하기 때문이다.

그런데도 그가 두 가지 경공을 펼치며 이백 장을 가로지른 것은 기세의 선점 때문이었다.

 그가 기다린 자는 싸움을 목적으로 하지 않고 있었다. 만약 그자가 싸움을 원했다면 일이 그가 추측한 것처럼 복잡하게 꼬였을 리가 없었다.

 그는 자신의 추측과 판단을 믿었다.

 "나야 뭐…… 계속 지켜봤으면서 왜 묻는 거요?"

 심드렁한 어투.

 검엽이 와호당의 노인들 속을 뒤집어놓을 때 쓰던 말투다.

 "……!"

 말문이 박힌 성현산은 입만 떡 벌릴 뿐이었다.

 검엽이 말을 이었다.

 "잔머리를 심하게 굴리던데, 노인장이 머리를 굴린 사람 같지는 않고 이 상황을 꾸민 사람은 오지 않는 거요?"

 '이 자식… 뭐야? 어디까지 알고 있는 거야?'

 성현산은 당황한 표정이 완연했다.

 검엽의 말을 들어보니 자신이 그동안 쭉 산장의 일행을 지켜보았다는 걸 아는 눈치였다. 게다가 그가 모시는 분에 대해서도 아는 기색이 아닌가.

 그의 얼굴이 딱딱하게 굳었다.

 "너는 누구냐?"

 "같은 말 반복해서 듣는 건 내 취향이 아니오, 노인장."

 "젊은 놈! 내 속을 뒤집지 마라. 지시만 없었다면 네놈은 벌써 죽었어!"

"그거야 노인장 바람이고."

검엽은 혀를 찼다.

그는 자신의 손에 죽은 엄호태가 '공자님'이라고 언급했던 자가 나타났으면 하는 기대를 품고 있었다. 그러나 그 기대는 가볍게 어그러졌다. 나타난 건 뱀처럼 번들거리는 눈을 가진 쥐 상의 노인이었다. 그러니 심사가 꼬일 수밖에.

검엽은 목걸이를 쥔 손을 들어 올려 활짝 폈다.

"원하는 게 이거 맞죠?"

성현산은 침을 꿀꺽 삼켰다.

검엽의 손바닥 위에 은은한 묵광을 뿌리는 목걸이가 놓여 있었다.

그는 고개를 끄덕였다.

"이리 다오. 그러면 조용히 물러가겠다."

"흐흐흐."

검엽의 입술 사이로 낮은 웃음소리가 흘러나왔다. 그는 목걸이를 다시 움켜쥐며 말했다.

"지나치게 불공평하다는 생각이 들지 않소, 노인장?"

반복되는 노인장 소리에 성현산의 얼굴이 일그러졌다. 이길 수 있다는 확신만 있었으면 눈앞에 있는 젊은 놈의 포를 떠 씹어 먹었을 것이다.

그러나 그는 마음에 몸을 맡길 수 없었다. 그가 받은 지시는 그의 감정보다 천 배는 더 중요했다.

그는 화를 눌러 참으며 말했다.

"뭐가 말이냐?"

"몇 명은 발바닥에 땀이 나도록 뛰고, 몇 명은 죽고, 누구는 죽을 거 같은 상처를 입었소. 하지만 사람들을 장기판의 졸처럼 이리저리 움직인 놈은 머리카락도 보이지 않고 있지. 이 상황이 불공평하지 않으면 뭐가 불공평한 거겠소? 그런데도 내가 노인장이 원하는 대로 이 물건을 줘야 한단 말이오?"

성현산의 얼굴빛이 음침해졌다.

그는 손을 내밀며 말했다.

"마지막으로 경고하겠다. 더 이상 말장난은 용납하지 않겠다. 물건을 이리 내라."

스산한 음성.

검엽은 속으로 한숨을 내쉬었다.

심안에 잡힌 쥐 상의 노인은 어린 시절 운려가 떼를 쓸 때를 꼭 닮아 있었다. 나잇값을 못하는 노인이었다.

"늙으면 어린애 같아진다고 하더니 노인장이 딱 그렇구만. 영문도 모르고 손해를 입은 사람에게 그렇게 막무가내로 물건만 달라고 억지를 부리면 어쩌자는 거요? 한번 붙어보자는 거요?"

성현산의 정수리에서 김이 펄펄 솟았다. 그는 상대가 혈조사마를 패사시킨 자라는 것도, 자신의 목적이 무엇인지도 잊었다.

검엽은 그를 떼쓰는 어린애에 비유했다. 더구나 뒤에 이어진 말은 그를 완전히 뒷골목 왈패 취급하는 것이 아닌가. 그런 말을 듣고 제정신을 유지할 정도로 성현산의 수양은 깊지 않았다.

강호초출을 벗어난 후 지난 삼십여 년 동안 그는 남에게 이런 대접을 받은 적이 없었다. 초출을 벗어날 즈음 그의 악명은 장강 이남에 자자했다. 사람 죽이기를 파리 잡듯 하는 그를 누가 감히 무시할 수 있었겠는가.

"이 개 잡종이!"

마침내 성현산의 입에서 노성이 터져 나왔다. 돌아가 처벌을 받을지 몰라도 눈앞의 젊은 놈을 그냥 두고서는 갈 수 없었다. 그랬다가는 화병으로 죽을지도 몰랐다.

성현산의 오른손이 허리띠를 잡았다. 다음 순간 길이 이 장에 달하는 푸른빛 채찍이 나타나 지면에 똬리를 틀었다.

속을 긁어대는 검엽의 말을 더 이상 참지 못한 그가 애병 청린사편(靑鱗蛇鞭)을 꺼내 든 것이다.

진득한 살기가 늪처럼 깔렸다. 그러나 살기를 대하는 검엽의 반응은 성현산의 예상과 완전히 다른 것이었다.

"이래도 안 나오냐?"

그의 말은 뜬금없기도 했지만 상황과 너무 동떨어진 것이어서 대노했던 성현산을 어리둥절하게 만들었다.

'…뭔 소리지?'

검엽의 말은 성현산의 고조되어 가던 살기의 흐름을 끊었다.

청린사편을 쥔 성현산의 손에 맥이 빠졌다. 그 상태로 적을 공격하면 오히려 자신이 위험해진다는 걸 모를 리 없는 그의 인상이 구겨졌다.

"하하하하하."

그때 나직한 웃음소리와 함께 두 사람이 검엽의 뒤 언덕 너머에서 모습을 드러냈다.

회의중년인과 이목구비가 수려한 이십대 후반의 은의청년.

성현산의 안색이 변했다.

그는 청린사편을 쥔 손을 어쩔 줄 몰라 하다가 얼굴에 웃음이 남아 있는 은의청년을 향해 정중하게 읍을 했다.

"공자님……."

"됐소. 성 노사가 상대하기엔 조금 까다로운 자니까."

은의청년은 담담하게 웃으며 말했다.

모습을 드러낸 자는 모추와 사마결이었다.

사마결의 시선이 검엽을 향했다. 깊은 눈이었다. 그리고 호기심으로 가득 찬 눈이기도 했다.

"내가 있다는 것을 알고 있었나?"

"알고 모르고가 중요한 건 아니잖아? 당신이 여기 있다는 게 중요한 거지."

검엽은 심드렁한 어투로 말했다.

모추와 성현산의 눈에 날이 섰다. 사마결이 반말을 했다고 같이 반말을 하다니. 눈빛으로 사람을 죽일 수 있다면 검엽은 바로 난도질당했을 것이다.

"그런가? 하하하."

사마결은 예의 나직한 웃음을 터뜨렸다. 그러나 호기심으로 빛나던 그의 눈은 얼음처럼 차갑게 변해 있었다.

그는 찬찬히 검엽을 훑어보았다. 첫인상은 좋지 않았다. 밤이 깊은데다 숱이 많고 긴 머리카락으로 인해 얼굴 윤곽도 제대로 보이지 않는 것이다.

'눈을 뜬 거야, 감은 거야? 음침한 놈이로군.'

하지만 상대의 성격이 어떻든 가볍게 봐서는 안 되었다.

혈조사마를 패사시킨 자가 산장의 일행 중에 있다는 말을 들은 후 보고 싶었던 자다. 그리고 직접 본 검엽은 무공만 강한 게 아니라 머리도 좋았다.

그가 꾸몄던 일련의 일들을 꿰뚫어 보고 있었으니까.

사마결이 그를 볼 때 검엽도 말없이 심안으로 사마결을 훑었다.

사마결의 등장을 예상했던 듯 그는 놀란 빛을 보이지 않았다. 그러나 그건 겉모습일 뿐이었다.

내심 그는 충분히 놀라고 있었다.

그는 쥐 상의 노인에게 지시를 내린 인물이 근처에 있을 거라 예상했다. 그처럼 일을 복잡하게 꾸민 자가 뒷짐을 지고 수하의 보고만 기다리고 있지는 않을 거라 생각했기 때문이다.

쥐 상의 노인과 대화를 하는 와중에도 그는 전신의 감각을 개방해 은신자를 찾으려고 노력했다. 그러나 그의 시도는 실패했다. 그의 경이로운 감각으로도 이십여 장 이내에 은신하고 있는 자의 기척을 잡아내지는 못했다.

그래서 은신자가 있더라도 자신과의 거리가 상당할 거라 나름 생각하고 있었는데 그 판단은 잘못된 것이었다.

은의청년과 회의중년인이 나타난 장소는 그와 십여 장 정도밖에 떨어지지 않았다. 그런데도 그는 은의청년뿐만 아니라 무창에서 한번 심안으로 보았던 모추의 기척도 느끼지 못했다.

물론 그의 감각은 경이로울 정도로 예민할 뿐만 아니라 무공과는 상관없는 것이어서 무공이 강하다고 온전히 피해낼 수 있는 것이 아니다.

그러나 그것을 피할 수 있는 능력자가 전무할 거라고는 당사자인 검엽도 믿지 않았다. 그래서 그는 은의청년이 자신의 이목을 피하는 능력을 갖고 있다는 것을 어렵지 않게 인정할 수 있었다. 어떻게 그럴 수 있는지는 알 수 없었지만.

그러나 백번 양보해 은의청년이야 그럴 수 있다 쳐도 회의중년인은 그의 이목을 피할 수 있는 능력을 갖고 있지 않았다.

생각할 수 있는 가능성은 하나뿐이었다. 은의청년이 회의중년인의 기척까지도 제어한 것이다.

'일을 꾸미는 재주에… 내 감각을 피하는 무공이라……. 센 놈일 거라고는 생각했지만 생각보다 더한 놈인걸.'

검엽의 이마에 희미한 주름이 잡혔다.

십여 장의 지근거리에서 다른 사람의 기척까지 제어하며 그의 이목을 피하는 무공의 소유자라면 의심할 여지 없이 고수였다. 그것도 그보다 강할 가능성이 충분한 고수라고 보아야 했다. 인정하기에는 입안이 많이 썼지만 인정할 건 인정해야 했다.

그도 아직 나타난 자와 같은 능력은 없었으니까.

산장을 나선 지 보름이 다 되어간다. 그동안 두 번의 싸움을 치렀다. 거기에 비록 중구난방이고 귓등으로 들은 것이긴 하지만 척천대 무사들과 산장의 후예들이 무림에 대해 나눈 대화도 지겹게 들었다.

그런 시간을 보름이나 보냈는데 그와 같은 천재가 보름 전과 마찬가지로 자신의 무공이 당대 무림에서 어느 정도의 수준에 있는지 감을 잡지 못하리라 생각한다면 그건 그를 무시하는 것이다.

'솔직히… 저자는 나보다 강하다. 게다가 정기와 마기가 한 몸에 공존하고 있는 자라……. 어디에서 저런 자를 키웠을까. 쩝.'

검엽은 쓴 물을 한 잔 들이켠 기분이었다.

절정고수라는 혈조사마의 싸움을 거치며 무공에 은근히 자신감을 가졌던 그다. 그러나 눈앞의 은의청년은 그의 자신감이 얼마나 허황된 것인지를 깨닫게 만들었다.

'노력했다고 말할 수 없긴 해도 나도 상당한 수준이라고 생각했는데… 착각이었나.'

가는 한숨이 그의 입에서 흘러나왔다.

'이거야 원… 산장을 나온 후 만난 자들 중에 만만한 놈이라곤 하나도 없네. 당금 무림이 수백 년래 찾아보기 힘든 융성기라고 노야들이 침을 튀기며 말씀하시긴 했어도 이건 좀 심하지 않나. 설마 개나 소나 고수인 그런 무림? 이 년 동안 목숨 건사하려면 무공 수련을 본격적으로 해야 하는 거 아냐? 그거… 귀찮은데…….'

검엽은 자신이 무림을 모르고 있다는 사실을 다시 한 번 깨달아야 했다. 그의 경험은 일천하기 그지없다. 제아무리 천재라도 부족한 경험을 머리로 메우는 것은 한계가 있다.

"생각 다 했나? 방해해서 미안하긴 한데 내가 시간이 없어서 말이야."

은의청년의 말이 검엽의 짧은 상념을 깼다.

검엽의 심안에 들어온 은의청년의 눈에는 어이없다는 빛이 가득했다. 그제야 검엽은 자신의 실수를 자각했다.

'적을 앞에 두고 딴생각을 하다니…….'

말이 필요없는 치명적인 실수였다. 만약 은의청년이 살의를 갖고 있었다면 상황은 급전직하했을 것이다.

검엽은 가슴이 서늘해졌다. 하지만 지금 그런 속내를 드러내는 건 바보나 할 짓이다.

검엽은 무표정한 얼굴로 은의청년, 사마결의 말을 받았다.

"미안한 줄 알면 됐어."

사마결은 웃었다.

"허, 네가 지나치게 도발적이라는 거 알고 있나? 좀 전에 네가 말한 대로 나는 소란을 피우기 싫다. 하지만 너의 도발이 계속되면 내 생각이 바뀔 수도 있어. 그러니 너무 나를 자극하지 마라."

말과 함께 그의 전신에서 한 자루 잘 갈린 보검의 날과 같은 삼엄한 예기가 흘러나왔다.

그 예기에 직격당한 검엽은 자신의 목이 단숨에 잘려 나가는 듯한 위기감을 느껴야 했다.

검엽은 입맛을 다셨다.

인정하기가 껄끄러워 그렇지 상대의 말이 옳았다.

사마결은 그보다 고수였다. 그를 자극하는 건 불필요한 일일뿐더러 어리석은 짓이었다. 적어도 양쪽 모두 싸울 생각이 없는 것이 분명한 상황에서는.

상대가 자신보다 강하다고 두려움을 느낀다면 검엽이 아니다. 하지만 굳이 말로 풀 수 있는 일을 힘들게 꼬아 몸을 수고롭게 만들 이유는 없었다.

검엽은 목걸이를 불쑥 내밀었다.

"원하는 게 이게 맞지?"

사마결은 혀를 차며 고개를 끄덕였다.

말끝마다 반말이다.

머리털 나고 한 번도 받아본 적이 없는 대접이다. 그런데도 사마결은 이상하게 화가 나지 않았다.

"이걸 주면 더 이상 우릴 귀찮게 하지 않을 거라고 약속해 줄 수 있나?"

"그게 없었으면 너를 볼 일도 없었을 거야."

검엽은 목걸이를 만지작거렸다.

눈앞의 사마결은 여유가 넘쳤다. 진정한 강자가 아니라면 가능하지 않은 여유였고 그래서 더 위험한 여유였다. 게다가 다수의 절정고수를 수하로 부리는 자다. 은의청년이 꾸민 일은 혼자서는 절대 가능하지 않은 일이었으니까.

'목걸이에 대해 이자가 얼마나 알고 있을까? 전부 알고 있다면 다시 찾아올 것이고, 그때는 이렇게 대화로 풀 수 없을 게 분명한데…….'

그가 목걸이 내부에 존재하던 기이한 통로를 무너뜨린 게 불과 수일 전이다.

검엽은 혀를 찼다. 패는 그의 손에 들려 있었다. 그러나 그 패는 외통수 패나 다름없었다. 그에게도 선택지는 둘뿐이었다. 싸우든지 물건을 넘겨주든지.

'목걸이 자체가 목적일까… 아니면 그 안에 있던 통로가 목적일까.'

둘 다 가능성이 있었다.

"한 가지 대답만 해주면 이 목걸이를 주지."

"훗."

사마결은 헛웃음을 흘렸다. 두 손으로 바쳐도 시원찮을 판에 조건을 건다. 정말 주제 파악을 못하는 자였다.

옆의 모추와 성현산은 터지기 직전의 화산과 비슷한 얼굴로 검엽을 보고 있었다. 그가 눈빛으로 제지하지 않았다면 벌써 뛰쳐나갔을 것이다.

그가 말했다.

"말해봐라."

"왜 그렇게 복잡하게 머리를 쓴 거지? 위무양에게 청부를 하고, 아마도 그 사실을 무맹에 슬쩍 알려 금백단으로 하여금 위무양을 추적하게 하고, 위무양과 은원이 있던 혈조사마에게 그의 행적을 알려 막간산으로 그들을 부르고… 아마도 삼괴의 다른 두 사람을 막간산으로 부른 것도 너인 것 같은데… 이 목걸이 하나를 얻기 위해 지나치게 심력을 쏟은 거 아닌가? 당신이나 옆에 있는 사람들 능력이라면 정면에서 우리를 쳐도 어렵지 않게 얻을 수 있는 물건이잖아?"

사마결의 안색이 살짝 변하며 눈빛이 강해졌다.

"정말 알고 있군. 어떻게 알았지?"

"먼저 대답부터 하면 알려주지."

"어차피 알고 있는 마당이니 못 알려줄 것도 없지."

빙긋 웃으며 사마결이 말을 이었다.

"특별한 이유는 없어. 단지 내가 직접 손을 쓰기 곤란한 문제가 있기 때문이었을 뿐."

사마결의 대답은 뜬구름 잡는 것처럼 모호했다. 그러나 검엽에게는 그 대답만으로 충분했다.

그는 자신의 추측이 틀리지 않았다는 것을 알 수 있었다. 검엽은 자신이 움켜쥔 패가 선명하게 빛을 발하는 것을 보았다.

검엽은 더 이상 묻지 않았다. 그리고 미뤄두었던 대답을 해주었다.

"일이 너무 공교로웠어. 막간산은 무맹의 지척이지. 그런 곳에 무맹과 관련이 없는 혈조사마나 강호삼괴와 같은 고수들이 한꺼번에 나타날 가능성이 과연 얼마나 될까? 그것도 절묘한 시간 차를 두고서. 강호가 그렇게 좁은 곳이던가? 말이 안 되지. 더구나 위무양이나 혈조사마가 했던 말을 곱씹어보면 그들이 그곳에 있게 된 것이 그들의 뜻이나 능력에 따른 게 아니라는 걸 알 수 있지. 그렇다면 답은 나오지 않겠어? 누군가가 그런 상황을 유도한 거지. 한 가지 마음에 걸렸던 건 그 정도로 일을 꾸밀 만한 능력자가 대체 무엇을 노리고 그랬을까 하는 점이었는데……."

목걸이를 만지작거리는 검엽의 입가에 소리없이 미소가 떠올랐다.

"이것에 생각이 미치더군."

검엽의 말을 듣는 사마결의 안색은 바위처럼 굳어갔다. 그것은 숨길 수 없는 놀람의 표현이었다.

상대의 설명은 짧았다. 그러나 그가 만든 상황을 일목요연하게 꿰뚫어 보고 있지 않다면 가능하지 않은 요약이었다.

상대에게 주어진 정보는 몇 마디 말과 그가 꾸민 대로 움직인 인물 몇 명 외에는 아무것도 없었다. 그런 상황에서 상대는 모든 상황을 마치 눈으로 본 것처럼 파악한 것이다. 그런 상대의 통찰력은 그를 경악시켰다.

그의 마음이 흔들렸다.

손을 쓰지 않겠다는 자신의 결심이 과연 옳은 것인지 자신할 수가 없었기 때문이다. 흑의인의 나이는 그보다 어렸다. 그는 자신보다 어린 자들 중에 그를 놀라게 만들 정도의 능력을 가진 자를 아직까지 만나본 적이 없었다.

그는 갈등하며 물었다.

"그 목걸이가 어떤 물건인지 알고 있나?"

검엽의 통찰력은 그를 경악시킬 정도였다. 마치 전부터 그를 알고 있는 듯한 느낌을 받을 정도로. 그러나 그는 무창에서 엄호태를 죽인 자가 검엽일 거라고는 생각지 못했다. 엄호태는 저항도 제대로 하지 못하고 살해당했다.

혈조사마를 패사시킨 검엽은 분명 고수였다. 그러나 검엽은 그 싸움의 결과로 기식이 엄엄할 정도의 중상을 입었다. 그런 솜씨로는 엄호태를 저항할 틈도 없이 죽일 수 없었다.

만약 성현산으로부터 보고를 받지 않고 그가 직접 검엽과 혈조사마가 싸우는 모습을 보았다면 그의 태도는 지금과 확연히 달라졌을지도 몰랐다.

비록 한두 번에 불과하지만 검엽은 자신의 창안 무공을 쓸 수 있다. 그가 창안 무공을 사용할 때와 그렇지 않을 때의 능력 사이에는 믿어지지 않는 차이가 있다.

사마결은 그것을 목격하지 못했다. 그리고 그것이 검엽에 대한 그의 판단에 치명적인 실수를 유발시켰다.

그는 엄호태를 죽인 자가 자신을 아는 사람의 하수인이라 생각했고, 그 때문에 극도로 조심하고 있었다. 일을 복잡하게 꾸민 것도 그 때문이었고.

검엽은 가볍게 고개를 저었다.

"범상한 물건이 아니라는 건 알지. 하지만 무엇에 쓰는 물건인지는 몰라."

검엽의 음성은 심드렁했다. 그러나 거짓이 아니라는 건 어렵지 않게 알 수 있었다. 목걸이가 어떤 물건인지 알고 있었다면 저렇게 쉽게 이 자리에 나올 리가 없는 것이다.

검엽의 대답이 사마결의 결심을 굳혔다.

일이 묘하게 풀려서 혈조사마를 패사시킨 검엽은 무맹과 산장 양측의 관심을 받는 대상이 되었다. 지금 그를 제거하면 무맹과 산장은 일의 경위를 조사할 것이 틀림없었다.

그건 두렵지 않았다, 조금 귀찮을 뿐.

그러나 그 과정에서 사마결이 경계하는 자들의 호기심을 자극할 우려가 있었다. 그건 피해야만 했다.

검엽을 굳이 제거하고 싶다는 생각이 들지도 않았지만 그러려 해도 주변의 상황이 녹록치 않은 것이다.

그가 말했다.

"너무 많은 것을 알려 하지 마라. 보지 않아도 좋은 피를 보게 될 테니까."

"겁줄 필요 없어. 그러고 싶지 않아서 들고 나온 거니까."

검엽은 목걸이를 던졌다.

은은한 묵광이 포물선을 그리며 느리게 공간을 갈랐다.

사마결은 손을 내밀어 목걸이를 받았다.

'드디어……'

그의 눈은 희열로 빛났고, 손은 미세하게 떨렸다.
그는 목걸이를 품에 넣은 후 고개를 들어 검엽을 보았다.
"너만 알고 있는 게 좋을 거다."
'지금도 충분히 귀찮아. 알려서 더 귀찮아질 이유야 없지 않겠나? 그건 그렇고, 이놈 혹시 나중에 찾아오는 거 아닐까? 그건 그때 가서 생각하지, 뭐.'
"그럴 생각이야."
검엽은 심드렁하게 대꾸하며 고개를 끄덕였다.
두 사람 모두 상대에게 약속을 하지도 강요하지도 않았다. 그러나 그들은 상대가 약속을 지킬 거라는 걸 믿었다. 그 약속이 깨졌을 경우 일의 여파는 그들이 감당할 수준을 넘어서게 될 것이 분명했으니까.
등을 돌린 사마결과 수하들은 바람처럼 사라졌고, 검엽도 마을로 돌아갔다.
그들의 만남은 일각여도 되지 않았다. 그리고 양측 모두 이 만남의 의미를 대수롭지 않게 생각했다.
그러나 두 사람 앞에 놓여 있는 운명의 길은 평행을 그리도록 되어 있지 않았다.
지금의 두 사람은 상상조차 하지 못하고 있었지만.

第四章

천마검섭전

구주삼패세의 한 축이자 지난 삼십 년간 대륙 중동부 무림과 상권을 지배해 온 대륙무맹의 총타는 항주의 동쪽 외곽 야산지대에 위치하고 있다.

 하루 종일 걸어도 시작한 자리로 돌아오기 어려울 정도로 넓다는 드넓은 대지에 가득 찬 수백 채의 고루거각들은 보는 이들을 압도하며 거주하는 인원은 삼만에 달한다.

 삼만의 거주 인원 중 무사의 수는 총 오천여 명이다.

 그중 육백은 일류고수이고 절정고수의 수는 오십여 명이다. 하지만 그들 모두가 총타에 머무는 것은 아니다. 항상 총타에 머무는 무사의 수는 대략 이천, 나머지 삼천여 명의 무사는 서른여섯 곳의 지부에 나가 있다.

무사들을 제외한 이만 오천 명은 그들의 가족이거나 그들을 지원하는 업무를 맡은 사람들이다.
  총타는 내원과 외원으로 나누어져 있는데, 일 장 높이의 기다란 담장이 그 경계를 지킨다.
  맹주부와 군사부, 산운전, 오단, 이름만 알려져 있을 뿐 실체가 확인되지 않은 맹주친위대와 같은 중요 부서는 내원에 있고, 요인들도 내원에 거처가 있다. 외원은 중, 하급 무사들과 가족들의 거처와 행정을 담당하는 부서 건물들이 자리 잡고 있다.

  "아파서 꼼짝도 못한다고 해."
  "맹주님이 보고 싶어하신다고!"
  "마음껏 보고 싶어하라고 해. 난 저어언혀 보고 싶지 않다고."
  "야!"
  퍽
  운려가 침상을 걷어찼다.
  얼마나 세게 걷어찼는지 침상이 기우뚱한다.
  새로 만든 죽립으로 얼굴을 덮고 누워 있던 검엽이 화들짝 놀라 상체를 일으켰다.
  움직임에 걸림이 없었고, 조금 창백하긴 해도 얼굴빛은 나쁘지 않았다. 불과 수일 전 죽기 직전까지 갔던 사람임을 아무도 믿지 못할 모습이었다.

운려는 씩씩거리며 그를 노려보았다.

"거의 다 나은 거 알아, 이 괴물!"

침상에 걸터앉은 검엽은 얼굴을 찡그렸다. 그는 가슴께를 손바닥으로 덮으며 금방 쓰러질 것처럼 상체를 휘청거렸다.

"나, 괴물 아니다. 그리고 다 낫지도 않았어. 봐라, 몸도 가누지 못하잖아."

"시답잖은 소리 하지 말고. 내 얼굴 봐서라도 한 번만 맹주님 만나주라."

"나, 앞을 보지 못하거든! 그리고 네 얼굴, 뭐 볼 게 있다고."

"뭐!"

"그렇다는 말이지, 뭐."

운려의 목소리에 날이 서자 그에 비례해서 검엽의 말꼬리는 낮아졌다.

그들이 무맹의 총타에 도착한 것은 한 시진 전이었다.

삼백 평이 넘는 거대한 연무장을 중심으로 빙 둘러 세워져 있는 다섯 개의 건물 중 하나로 안내받은 사람들은 그곳에서 짐을 풀며 쉬었고, 운려와 조운상은 보고를 하러 총타의 내원으로 들어갔다.

그리고 돌아온 운려는 바로 검엽을 찾았다.

반 각 전의 일이었다.

검엽은 미간을 찌푸리며 물었다.

"그 사람이 왜 나를 보고 싶어하는 거야? 맹주라는 자리가 그렇게 한가해?"

"혈조사마를 죽인 너에 대한 소문이 벌써 무맹 내에 파다하더라. 무맹 소속의 신진고수가 등장한 건데 맹주님이 그 소문의 당사자를 보고 싶어하는 거야 당연한 거 아니겠어?"

"당연히긴……."

혀를 찬 검엽은 어깨를 늘어뜨렸다.

당시는 그가 나서는 것 외에 다른 방법이 없어 나섰다. 그리고 그 결과가 이렇게 귀찮을 거라고는 생각지도 못했다.

그가 물었다.

"네가 장주님의 일점혈육이라 하지만 도착 즉시 맹주가 친견할 정도의 무게가 있는 사람이 맞아?"

"그거야……."

운려는 대답을 제대로 하지 못하고 말문이 막혔다.

척천산장이 무맹 오대세력의 하나이고 그녀가 산장의 직계이긴 했다. 그러나 도착 즉시 맹주가 직접 보자고 할 정도의 거물은 아니었다. 당대 무맹주와 그녀가 친분이 있는 것도 아니었고.

그녀의 신분과 비중을 고려할 때 도착 즉시 맹주와의 친견은 파격이라고 보는 게 옳았다. 다른 세력의 후인들과 함께 만나는 게 오히려 격식에 맞는 절차였을 것이다.

척천산장은 이백 년의 역사를 가진 지역의 패자다.

권문세가라 불리는 가문은 이대만 흘러도 가문을 운영함에 있어 엄격한 예와 격식을 갖추게 된다. 허례가 아니라 그런 예와 격식을 내부에 구축하지 못하면 그 가문은 오래갈 수 없기 때문이다. 역대 황조들이 예를 강조하는 공자의 유학을 국가 경영의 기본 학문으로 삼은 데는 다 그럴 만한 이유가 있는 것이다.

하물며 이백 년을 이어온 가문의 후예인 그녀가 그런 예와 격식을 모를 리 없다.

검엽의 질문이 이어졌다.

"혈조사마와 무맹 사이에 은원이 있었나?"

"…그런 얘기는 들어보지 못했어."

"무맹이 은원이 없는 사파 고수들이라도 찾아 죽여 무림 정의를 수호하는 세력이야?"

"…그렇다고 말하기는… 어렵지."

대륙무맹은 정무총련과 천추군림성의 세력 확장에 존망의 위기를 느낀 문파들의 연합이다.

무맹의 주축이 된 오대세력 중 백화궁은 공인된 흑도 문파이고, 무맹과 직간접적으로 관련있는 중소 문파들 가운데는 정사 중간 소리를 듣는 문파도 적지 않았다.

얼굴에 철판을 깔지 않는 한 무맹이 무림 정의를 수호하는 세력이라고 말하지는 못한다.

"그들이 사파의 절정고수라고 했었지?"

"응."

"그자들을 죽인 나도 절정고수 축에 들겠지?"

"아마… 그럴걸."

"절정고수 한 명이 늘어났어. 힘이 불어나는 건데 분명 좋은 일이겠지. 자, 그럼 절정고수 한 명이 늘어날 때마다 무맹에서는 맹주가 직접 그를 만나보나?"

"……."

운려의 말문이 다시 막혔다.

휘하의 오대세력을 차치하고 대륙무맹에 거주하는 무사들의 수는 이천여 명가량 된다.

그중 일류로 분류될 만한 고수는 육백여 명이고, 알려진 바로 절정고수의 수는 대략 오십여 명가량이다. 무맹은 절정고수 한 명을 아쉬워하지 않아도 될 충분한 전력을 갖고 있는 것이다.

비약이 있긴 하지만 무맹에 가입하는 절정고수가 있을 때마다 맹주가 만나준다고 생각할 수도 있다. 유비는 제갈량을 얻기 위해 삼고초려도 했다는데 무맹에 새로 가입하는 절정고수를 맹주가 직접 만나볼 수도 있는 일이 아닌가.

하지만 백번 양보해도 검엽은 경우가 달랐다.

그는 새로 무맹에 가입한 사람이 아니라 이미 척천산장에 적을 두고 있는 사람이다.

당사자는 전혀 그렇게 생각하지 않지만 어차피 무맹에 소속된 무인이라는 말이다. 혈조사마가 무맹의 대적이었다면 또 몰라도 그렇지 않은데 맹주가 직접 그를 불러 만나려 한다는 건 이상한 일이었다.

검엽에 대한 호기심 때문이라고 하기에도 이유가 궁색하다. 무맹의 맹주 정도 되는 인물이 신진고수 한 명에 대한 호기심 때문에 파격을 행한다는 건 지나치게 무리한 비약이었다.

운려는 검엽의 옆에 털썩 주저앉았다.

"네 말을 듣고 보니 좀 이상하긴 하네."

무맹의 맹주라는 지위에 있는 사람의 일거수일투족은 개인의 것과는 주변에 미치는 영향이 완전히 다르다. 그래서 그의 말과 행동은 사전에 모두 계획된다.

검엽의 경우도 그렇다고 봐야 했다. 맹주가 검엽을 만나는 것을 주변에서 어떻게 볼지 계산하지 않았을 리가 없다. 머리 좋기로 천하에서 세 손가락 안에 든다는 사람을 측근으로 두고 있는 사람이 무맹의 맹주 아니던가.

그가 검엽을 공식적으로 만나면 무맹 내에서 검엽의 위상은 이전과 비교할 수 없을 정도로 높아진다. 그리고 그것은 검엽이 소속된 척천산장의 위상을 올려주는 것과 다름없었다.

생각이 그에 미친 운려는 떨떠름한 얼굴이 되었다.

'산장과 맹주님 사이는 그렇게 좋은 편이라고 할 수 없는데… 맹주님이 산장의 위상을 일부러 높여주려 한단 말이지.'

검엽은 다시 팔베개를 하고 누우며 말했다.

"상대의 속을 모를 때는 상대가 원하는 대로 움직여 주지 않는 것이 좋아. 그러면 속을 드러낼지도 모르잖아. 아니면 말고."

운려가 그를 내려다보며 말을 받았다.

"그래서 어쩌자고?"

"상처가 도져서 죽을 것처럼 아파하고 있다고 그래. 설마 들

것에 실어서라도 데려오라고는 하지 않겠지. 흐흐흐."

운려는 자리를 툭툭 털고 일어났다. 검엽을 데려가겠다는 생각도 함께 털어내 버렸다.

검엽의 말을 들으며 마음이 바뀌기도 했다. 하지만 그렇지 않았다 해도 그를 데려갈 방법이 없다는 걸 그녀는 잘 알고 있었다.

검엽은 고집을 잘 부리지 않았다. 그러나 한번 고집을 부리면 어떤 방법으로도 그것을 꺾을 수 없었다.

"드러누워 꼼짝도 하지 않는다고?"

어이없어하는 기색이 완연한 음성이 대전에 낮게 깔렸다. 듣기만 해도 가슴이 내려앉는 기분을 느끼게 하는 장중한 음성이다.

"예, 맹주님."

구양일기는 미간에 내천 자를 그리며 대답했다.

"소장주의 전언으로는 죽을 것처럼 아파서 움직일 수가 없다더군요."

"상처는 많이 나았다고 하지 않았던가?"

"그는 막간산 아래 마을에서부터 산장의 일행과 함께 말을 타고 총타까지 온 것으로 알고 있습니다."

"꾀병이라는 말이군."

장중한 음성의 주인은 나이를 추정하기 어려운 노인이었다. 가슴 앞까지 내려온 탐스러운 반백의 수염과 가지런히 틀어 올려 통천관을 쓴 반백의 머리는 육십이 넘어 보인다. 그러나 한창때의 청년이 무색할 만큼 탄력이 넘치는 장대한 체구와 활력이 가득한 눈, 주름 하나 보이지 않는 홍안은 삼십대로 보아도 무방할 정도로 정력이 넘쳤다.

그가 당대 무림을 삼분하고 있는 초거대 세력 구주삼패세의 하나인 대륙무맹의 맹주이자 천외천의 고수들이라는 천공삼좌의 일인 대륙무제(大陸武帝) 단목천(檀木天)이었다.

그들이 있는 곳은 맹주부의 내전, 단목천의 집무실이었다.

중원무림의 삼분지 일을 지배한다는 거인의 집무실이라는 생각이 들지 않을 정도로 내부는 단출했다.

거대한 책상과 의자가 창을 등지고 놓여 있었고, 십여 명이 둘러앉기에 충분한 원형의 탁자 하나가 중앙에 놓여 있을 뿐이었다. 장식이 아예 배제되어 썰렁하기까지 했다.

의자에 등을 기댄 단목천은 굵은 눈썹을 찌푸렸다.

이해가 가지 않았다.

자신을 직접 만나는 것은 강호의 후기지수들에게 더할 나위 없는 영광이다. 만나기 전과 만난 후에 당사자를 보는 사람들의 시선이 바뀔 정도인 것이다.

맨발로 뛰어와 머리를 조아려도 모자랄 판에 꾀병을 핑계로 한 거절이라니.

전혀 염두에 두지 않았던 전개라 단목천은 어처구니가 없었다. 하지만 근래에 드물게 재미있는 것도 사실이었다.

"허허허, 그렇게 나오니까 더 보고 싶구먼그래."

구양일기는 조심스럽게 단목천의 분위기를 살폈다.

그는 단목천이 누군가에게 강한 호기심을 느낄 때 어떤 분위기가 되는지 누구보다도 잘 알았다. 최측근에서 그를 보필한 세월이 벌써 이십 년인 것이다.

"저는 웃어넘기기 어렵습니다, 맹주님."

"왜 그런가?"

단목천은 빙긋 웃으며 물었다.

"알게 모르게 소문이 퍼진 터라 그를 주목하는 자들이 적지 않습니다."

"주목해 봤자 아닌가. 그 나이에 비해 놀라운 무위인 건 사실이지만 혈조사마 정도를 죽이면서 본인도 생사가 위태로운 중상을 입었네. 대세에 영향을 미칠 수 있는 아이가 아니야."

"당장은 그렇습니다만······."

"가능성 때문인가?"

"그렇습니다. 파악한 바로 고검엽이라는 그의 나이는 척천산장의 소장주인 소운려와 동갑인 열여덟이라고 합니다. 그 나이에 혈조사마를 패사시킬 정도의 무위를 성취한 자입니다. 앞으로 얼마나 더 발전할 것인지 누가 알겠습니까."

"흠······."

구양일기의 말에 일리가 있다고 생각한 듯 단목천은 잠시 침묵했다. 그가 입을 열었을 때 입가에 떠돌던 미소는 어느새 사라지고 보이지 않았다.

"열여덟이라……. 자네 심정을 이해하네. 그 나이의 나와 비견되는 무위니까 말일세. 총군사!"

"예, 맹주님."

"척천산장이 마지막이었지?"

"그렇습니다. 다른 세력에서 보낸 후인들은 이미 도착해 있습니다."

"수련 준비는?"

"완벽합니다."

"약속이 일 년 뒤였지?"

"예."

"일 년 정도의 수련으로 그 아이들이 얼마나 강해질 거라고 생각하는가?"

"최소한 모두 일류의 경지에 오를 것이고, 그들 가운데 몇 명은 절정에 입문할 수 있으리라 봅니다."

"좋군. 처음 구상한 대로 그들을 모두 다섯 개의 대(隊)로 나누고 척천산장의 후예들은 승룡일대로 삼도록 하게."

구양일기는 만족스러운 듯 환하게 웃었다.

"알겠습니다, 맹주님."

단목천도 마주 웃으며 중얼거렸다.

"그 아이가 맹룡인지 이무기인지는 시간이 알게 해주겠지."

"그럴 것입니다."

"그리고 내려진 명령이었으니 몸이 낫는 대로 내게 오라 전하게. 한번 보긴 해야지. 하지만 싫다는 걸 억지로 끌고 올 필요까지는 없네."
"예, 맹주님."
대답을 끝으로 구양일기는 몸을 돌렸다.

방 한가운데 정좌하고 있던 검엽이 자리에서 일어났다. 느린 동작이었고, 물처럼 자연스럽고 고요해서 움직인다는 생각이 들지 않는 기묘한 운신이었다.
일어서며 무릎을 직각으로 굽히고 마보를 취한 검엽의 두 손이 전방의 공간을 쓸어갔다.
머리를 빗어 넘기기라도 하는 듯 조심스럽고 부드러운 손길.
그러나 그 손의 움직임은 눈으로 볼 수 없을 만큼 빨랐다. 한순간 그의 손 그림자가 만들어낸 잔상으로 방 안은 가득 찼다.
그리고 소리없이 일그러지며 참혹하게 터져 나가는 공간.
내력을 싣지 않았음에도 그 위세는 놀라운 것이었다.
이천룽의 추뢰섬전수다.
……
제자리에 선 채로 손을 쳐내던 검엽이 움직임을 멈춘 것은 반 각 후였다.
그의 그린 듯 수려한 얼굴은 돌처럼 굳어 있었다.
"뭐야, 이건?"
'혼자서 중얼거리는 건 바보나 할 짓이다' 라는 지론을 가진 그다. 당연히 좀처럼 독백을 하지 않는 그였는데, 무언가 말을 뱉지 않고는 견딜 수 없는 일이 생긴 듯했다.

검엽의 심안은 자신의 양손을 보고 있었다.

크지만 않다면 여인의 것이라 여겨도 무방할 만큼 아름다운 손. 길고 고운 손가락, 잡티 하나 보이지 않는 매끄러운 살결. 그러나 그 손이 움직이면 공간이 터져 나간다.

혈조사마와 싸울 때보다 확연하게 나아진 위력.

내가무공은 일정한 수준을 넘어서면 내력이 뒷받침되어야만 위력이 강해진다.

내가무공의 절정인 추뢰섬전수의 위력이 전보다 강해진 현실은 한 가지를 의미했다.

"내공이 늘었다. 그것도 거의 일성 가까이. 어떻게?"

검엽의 미간에 깊은 내천 자가 나타났다.

운려가 방을 나간 후 그는 운공에 들었다.

막간산 아랫마을에서 사흘간 운공을 했고 무맹까지 오는 동안에도 시간 날 때마다 운공을 했지만 그것은 요상 치료를 위한 운공이었다. 그래서 운용 가능한 모든 내력은 상처를 치료하는 데 써야 했다.

당연히 그때는 내력의 축적 상태에 신경을 쓸 여력이 없었다. 하지만 무시해도 좋을 만큼 상처가 나은 지금의 운공은 내력을 상처로 보낼 필요가 없었다.

방금 전 행한 운공은 막간산을 넘은 후 처음으로 온전히 운기행공 본래의 목적에 충실할 수 있었던 시간이다. 그리고 운공을 행하던 그는 도저히 이해할 수 없는 현상과 직면해야 했다.

그가 지난 칠 년의 수련으로 축적한 공력은 일 갑자 반가량이었다. 그는 그냥 그러려니 하며 넘어갔지만 누군가 그 사실을 알았다면 기절초풍할 일이었다.

내공 수련법이 나타난 초기와는 의미가 약간 변형되긴 했지만 무림에서는 통상 여섯 시진의 운기로 얻을 수 있는 공력을 하루로 본다. 먹고 자고 다른 무공도 수련해야 하기 때문에 온전히 내공 수련에 쏟을 수 있는 가용 시간의 최대치를 여섯 시진 정도로 보는 것이다.

무림의 내공 수련법이 지속적으로 발전해 왔다고는 해도 영약이나 기물의 도움을 받지 않고 순수한 운기만으로 칠 년을 수련하여 백 년에 가까운 공력을 얻을 수 있는 내공법은 존재하지 않는다는 게 정설이기 때문이다.

수백 년간 다듬어지고 검증된 대문파나 세가의 내공 수련법으로도 갑자의 내공을 얻기 위해서는 이십 년의 수련이 필요하다. 그리고 수련 기간이 길어질수록 내공의 증진 속도는 느려진다.

폭주와 자멸의 위험이 상존하지만 그 위험을 극복할 수 있다면 무림에서 가장 빠르게 공력을 축적할 수 있다고 공인된 전설의 마공, 만겁혈라마공(萬劫血羅魔功)조차도 일 갑자의 공력을 얻기 위해서는 십 년의 수련이 필요하다고 전해지지 않던가.

그렇게 그가 축적한 공력은 상궤를 벗어나는 것이었다. 그런데 그렇게 상궤를 벗어나는 일에 이해할 수 없는 일이 하나 더 추가되었다.

공력이 불어나 있었던 것이다.

그것도 일성에 가까운 공력이.

현재 검엽의 내공에서 일성이라면 칠팔 년 정도의 공력이다. 정상적인 경우라면 십여 개월을 수련해야 얻을 수 있는 공력이 수삼 일 사이에 불어났다.

공력이라는 게 눈사태가 난 눈덩이도 아닌데 그렇게 불어날 수는 없는 일이다.

'내가 혹시 나도 모르는 사이에 흡성대법 같은 걸 배운 적이 있나?'

미간을 찌푸린 채로 검엽은 고개를 갸우뚱했다.

말도 되지 않는 생각이다. 그러나 그렇게라도 생각하지 않으면 이해가 되지 않는 상황이었다.

그는 침상에 걸터앉았다.

'원인을 알 수 없는 부작용만으로도 충분히 머리가 아픈데 내공까지 갑자기 늘어나다니…… 이놈의 몸은 대체 어떻게 된 거야?'

그는 투덜거리며 심안으로 자신의 몸을 내관했다.

정좌나 집중과 같은 중간 과정이 생략되었지만 그의 심안은 육체의 세맥까지 손으로 짚듯 훑어나갔다.

심안의 공능 가운데 하나였다.

그러나 그런 능력으로도 그의 몸에서 이전과 다른 것은 아무것도 발견되지 않았다.

'왜 늘었지?'

원인없는 결과는 없다.

'흡성대법!'

검엽은 고개를 번쩍 들었다.

조금 전 무심중에 중얼거렸던 말이 떠오른 것이다.

흡성대법은 인구에 회자되는 마도의 무공으로 타인의 내력을 흡수해 자신의 내력으로 삼는다는 마공이다. 그러나 그 무공이 실재했는지는 누구도 알지 못한다.

더불어 내력의 특성상 싸우는 와중에 타인의 내력을 자신의 것으로 만드는 건 불가능한 일이라는 게 절대고수들의 한결같은 의견이어서 얘기하기 좋아하는 사람들이 만들어낸 것이라는 게 정설인 마공이기도 했다.

'혈조사마와의 싸움 외에 특별한 사건은 없었다. 내공이 불어난 건 그들과의 싸움과 어떤 식으로든 연관이 있어. 하지만 난 혈조사마의 내공을 흡수한 적이 없는데?'

검엽은 한숨을 내쉬었다.

'휴우, 이런 말도 안 되는 생각이나 하고. 갑자기 바보가 된 기분이구만.'

분명 무공 중에는 격체전력이라고, 타인에게 내공을 전해주는 수법이 존재한다. 그러나 그렇게 전해준 내공이 받은 사람의 내공과 하나가 되는 건 아니다. 일정 시간 그 사람의 단전에 머물 수는 있지만 시간이 지나면 받은 내공은 사라지고 자신의 내공만 남는다.

전설의 흡성대법이 가능하다고 믿는 자가 있을 수도 있다. 그러나 타인의 내공을 자신의 것과 무리하게 합일시키려 할 경우 최소한 주화입마를 각오해야 한다.

대부분의 경우 죽을 가능성은 구 할 구 푼 구 리다.

그런 현상이 일어나는 것은 내공의 특성 때문에 그렇다.

내공이란 단순한 기의 집적물이 아니다.

그것은 어느 한 사람의 의념 집중으로 인해 축적된 결과물이며, 그 의념은 그 사람의 혼이 담긴 것이다. 내공에도 당연히 당사자의 혼이 머문다.

게다가 수련하는 내공의 종류와 수련자의 체질에 따라 축적되는 내공은 독자적인 개성을 갖는다.

내공에 무지한 자들은 내공을 기의 덩어리 정도로 이해하지만 실상은 전혀 다르다.

내공은 본래 선도(仙道)에서 유래한 것이다.

선도에서 말하는 내공은 천인합일의 경지에 도달하면 단(丹)을 형성하고 영성(靈性)을 띠게 된다고 한다. 무림의 전설 중에는 그런 경지에 도달한 사람들에 대한 것도 있다.

그런 가능성을 내포한 내공이 그저 단순한 기의 덩어리일 리가 있겠는가.

내공은 수련자의 혼과 개성이 녹아 있는 수련의 결과물인 것이다.

그런 내공을 흡수하거나 타인에게 전해주어 그의 내공과 하나로 만드는 것이 쉽게 가능할 리가 없다.

만약 그것이 쉽게 가능했다면 대문파나 세가의 원로들은 죽기 전에 자신의 내공을 후인에게 전했을 것이고, 무림은 무한의 내공을 가진 자들로 넘쳐 났을 것이다.

그렇다고 내공을 타인에게 전하는 것이 아예 불가능한 것은 아니다. 하지만 불가능에 가깝다는 것에는 누구도 이의를 제기하지 않는다.

격체전력을 시전하기 위해서는 일 개월에 가까운 준비 기간이 필요했다. 주는 자와 받는 자의 심신이 최상의 상태여야 했고, 주변이 완벽하게 정리되어야 했기 때문이다. 일호라도 잡념이 끼어들 수 있는 여지를 원천적으로 차단하는 것이다.

그런 과정을 걸쳐도 실패 확률이 구 할이 넘는데다 전하는 내공은 진원이어야 하고, 최상의 결과를 얻은 경우도 받는 자가 풀어낼 수 있는 건 전해 받은 내공의 일 할이 채 되지 못했으며, 전해주는 자는 십중팔구 죽거나 최소한 폐인이 된다.

그러니 생사가 오고 가는 싸움의 와중에 상대의 내력을 흡수할 수 있다는 흡성대법을 무림의 절대고수들이 불가능한 무공이라 한결같이 치부하고, 세인들은 그저 이야기꾼이 만들어낸 것이라 말하며 믿지 않는 것이다.

검엽은 침상에 벌렁 누웠다.

'혈조사마와 싸운 후 공력이 늘었다. 하지만 그 와중에 내가 그들의 공력을 흡수했다는 건 말이 안 돼. 만약 싸움을 통해 상대의 내력을 흡수하는 능력이 내게 있었다면 노야들과의 비무나 무창에서 죽였던 자와 싸운 후에도 이런 현상이 일어났어야 한다. 하지만 이전에는 지금과 같은 현상이 일어난 적이 없어.'

그는 혀를 찼다.

아무리 생각해 보아도 답이 나오지 않았다.

이천룡 등과의 비무와 엄호태와의 싸움은 혈조사마의 싸움과 중대한 차이가 있었다. 그러나 검엽은 그 차이를 깨닫지 못했다. 그의 탓만은 아니었다. 그가 아니라 다른 어느 누구라도 그 차이를 알 수는 없을 터이다. 너무나 미묘한 차이였으니까.

'후우, 싸움이 어떤 식으로든 이 현상과 관련이 있다고밖에는 생각할 수 없다. 알아보려면 싸워야겠지.'

그는 게으르지 않다. 하려고 마음먹으면 초인적인 의지를 갖고 움직인다. 냄새를 피하기 위해서 그러했고, 잠을 자지 않기 위해서도 그러했다.

그러나 그뿐이었다.

그를 적극적으로 움직이게 했던 것은.

내공이 늘어난 것은 작지 않은 의문이었다. 하지만 그런 정도로는 그를 움직이게 할 수 없었다. 죽는 것도 별거 아니라 생각하는 그인 것이다.

'혈조사마와의 싸움이 예상한 일이 아니었던 것처럼 이 년 동안, 아니, 이제는 일 년 십일 개월 정도지. 그동안 또 싸울 일이 없겠어? 싸우기 싫어도 싸우게 될 걸 뭐 하러 귀찮게 싸움

을 찾아다녀. 그냥 운공이나 하자.'

속편하게 생각을 정리한 검엽은 침상 밖에 나가 있던 다리를 거두어들였다.

정좌를 한 그의 숨소리가 조금씩 길고 낮아졌다. 그리고 어느 순간 숨소리가 사라진 방 안은 깊은 정적에 잠겼다.

* * *

흑색 유삼을 입고 틀어 올린 머리를 같은 색의 유생건으로 단정하게 묶은 삼십대 문사는 큰 걸음으로 복도를 걸어갔다.

복도는 폭이 일 장, 높이가 이 장이었다.

바닥에는 광동 특산의 대리석이 깔려 있었고, 양쪽 벽은 귀한 자단목을 깎아 세운 것이었다.

부(富)와 귀(貴)가 함께하는 복도.

흑의문사는 복도의 끝을 막고 있는 문 앞에 섰다.

표면에 제석천의 머리를 밟고 선 아수라가 하늘을 향해 광소를 터뜨리는 광경이 실재처럼 양각된 문.

무표정한 얼굴로 그 앞을 지키던 장년의 무사 두 명이 그를 향해 읍을 했다.

정중하되 삼엄한 예기가 흘러나오는 자세.

일개 문지기라고는 믿어지지 않는 기세가 무사들에게 있었다.

흑의문사는 오연한 얼굴로 말했다.

"전해주시게."

"예."

우측의 무사가 몸을 돌려 문 안쪽을 향해 허리를 굽히며 소리쳤다.

"유마원주(有魔院主)께서 오셨습니다."

잠시 후 안에서 창노한 음성이 새어 나왔다.

"들라 하게."

"예."

두 명의 무사가 한 걸음 옆으로 비키며 문을 열었다.

소리없이 문의 중앙이 갈라지며 길이 났다.

열린 문 뒤로 보이는 것은 일렁이는 연록색의 흐릿한 안개였다.

기이하게도 문밖으로 새어 나오지 않는 안개.

흑의문사가 안으로 들어서자 문은 소리없이 닫혔다.

그때까지 오연하기만 하던 흑의문사의 얼굴에 숙연한 빛이 떠올랐다. 그것은 경외의 염(念)이었다.

문의 안쪽은 대전이었다.

천장과 사방의 벽이 보이지 않을 정도로 넓은 대전.

그러나 실재로 얼마나 높고 넓은지는 알 수 없었다.

흐릿한 안개로 인해 사물을 분간할 수 없었기 때문이다.

보이는 것은 대전을 떠받치고 있는 수십 개의 아름드리 석주들뿐.

그마저도 신기루처럼 모호했다.

연록색의 안개는 세상에 존재하지 않는다. 절정고수조차 그 너머를 볼 수 없는 안개는 더욱더.

안개는 인위적인 것이었다.

흑의문사는 눈에 보이지 않는 맞은편을 향해 읍을 했다.

그때 예의 그 창노한 음성이 다시 들려왔다.

"그에게서 연락이 왔느냐?"

연록색의 안개가 음성에 맞추어 출렁였다.

"예, 성주님."

흑의문사는 허리를 숙인 채로 대답했다.

"그럼 우리도 준비를 해야겠구나."

"방향만 지시해 주신다면 원하시는 모든 것을 최단 시일 내에 보실 수 있을 것입니다."

"어련하겠느냐."

창노한 음성은 만족스러운 기색을 띠고 있었다.

잠시 침묵하던 음성이 다시 대전을 울렸.

"너는 내가 왜 그들의 제의를 받아들였는지 아느냐?"

흑의문사의 허리가 세 치는 더 아래로 내려갔다.

"하좌가 감히 어찌 성주님의 심모원려를 모두 헤아릴 수 있겠습니까."

"허허허, 지나친 겸손은 상대에 대한 무시가 될 수도 있다. 네가 나를 모른다면 천하의 누가 있어 나를 알 수 있단 말이더냐. 네가 생각한 것을 말해보아라."

흑의문사는 허리를 숙인 채로 대답했다.

"하좌는… 성주님께서 평화를 원하시기 때문이라 생각하고 있습니다."

"너는 언제나 나를 실망시키지 않는구나. 네가 본 것이 옳도다. 허허허허."

창노한 음성은 기꺼운 듯 너털웃음을 터뜨리며 말을 이었다.

"지난날 흘린 피만으로도 내 삶은 충분히 붉다. 그리고 앞으로 내 앞에 남은 날이 그리 많지도 않은 터. 더 이상의 피는 내키지 않는구나."

안색이 변한 흑의문사가 그 자리에 털썩 부복했다.

"성주님께서는 영원토록 만수무강하실 것입니다. 어찌 그런 말씀을 하십니까."

"네 충성심은 안다만 영원은 사람에게 허락된 영역이 아니다. 그래도 네 말은 고맙구나. 허허허."

웃음소리가 그치길 기다린 흑의문사는 부복한 채 우려가 깃든 음성으로 말했다.

"…그의 제의를 수락한 이상 상당한 피가 흐를 것입니다."

앞서 한 노인의 말과 그의 지시에 의해 앞으로 행해질 일 사이에는 큰 괴리가 있었다.

"물론 그렇다. 하지만 더 많은 피가 흐르는 것을 막기 위해서 적은 피는 감수해야 한다. 그러기 위해서 녀석을 보좌하는데 진력을 다하도록 하거라. 녀석은 뛰어나지만 오만하다. 상대가 자신만큼 능력이 있다는 것을 잘 인정하지 않아. 그로 인한 실수를 하지 않도록 살펴야 한다. 나는 네가 잘하리라 믿는다."

그 말을 끝으로 대전은 침묵에 잠겼다.

흑의문사는 천천히 자리에서 일어났다.

대전을 나가야 할 시간이 된 것이다.

第五章

천마
검섭
전

대륙무맹은 삼십여 년 전 정무총련과 천추군림성의 세력 확장에 존망의 위기를 느낀 다섯 개의 문파가 자신들을 추종하는 중소 문파와 합종연횡하며 힘을 모아 만들었다.

초기에 무맹을 창업한 오대세력의 영향력은 막강했다. 그들의 무력은 무맹 내에서 가장 강력했고, 그 힘의 총량은 무맹의 전부나 다를 바 없었으니까. 그러나 세월이 흐르며 무맹의 세력 구도는 미묘하게 변화했다.

조직은 일단 만들어지고 어느 정도의 세월이 흐르면 그 자체만의 힘으로 생장소멸하려는 속성이 있다, 마치 생물처럼.

그것은 조직 안에 속해 있는 자들의 이해관계가 복잡하게 얽히고설키기 때문인데, 조직이 그렇게 굴러가기 시작하면 개

개인의 힘으로는 그 방향성을 쉽게 제어하기 어렵게 된다.

무맹은 당대 무림을 지배하는 삼대세력 중의 하나이고, 무림사에 드물 정도로 거대한 조직이다.

무맹의 미묘한 변화는 그 조직의 거대함 때문에 필연적으로 발생할 수밖에 없었다.

그 거대한 힘을 이용하려는 사람들의 욕망과 맞물리면서 변화의 속도는 더욱 빨라졌고.

초기 무맹의 수뇌부는 육 인이었다.

맹주와 오대세력의 수장이 그들이다.

오대세력의 수장들은 무맹평의회의 의원들이고 그들은 맹주의 결정에 대해 반대할 수 있는 권한을 갖고 있었다. 세월이 흐른 현재도 그 권한은 여전히 유효하다.

그러나 무맹평의회의 힘이 초기에 비해 현저하게 약화된 것도 부인할 수 없는 사실이었다.

무맹의 창업을 실질적으로 주도했던 맹주, 대륙무제 단목천은 절강의 패자인 철기문의 문주로 철기문 역사상 최강자일뿐만 아니라 백 년래 중원무림에서 가장 강한 십 인의 무인 중한 명으로 꼽힐 정도의 절대고수였다.

다른 네 개 세력의 당주들도 강자였으나 단목천과 비교하기에는 무리가 있었고, 그처럼 강한 고수가 삼십 년 동안 지배한 무맹 내의 세력 균형이 초기와 같이 유지될 수는 없었다.

현재 무맹의 총타는 초기 오대세력으로부터 무사들을 공급 받아 무력편제를 하였던 것에서 벗어나 독자적으로 무사들을 뽑아 운용했다. 무맹 예산의 절대액을 지원하는 것은 여전히 오대세력이었지만 총타의 무력에 대한 지휘권은 온전히 총타에 귀속되고 있었다.

*   *   *

밖은 비라도 오려는지 먹구름이 몰려들고 있었다.
진한 습기가 방 안을 눅눅하게 만들었다.
그래서일까.
방 안에 모인 젊은이들은 조금은 긴장한 기색들이었다.
그들 중 차종헌이 말문을 열었다.
"소장주, 아무래도 오대세력의 차기 후계자들이 모두 온 모양입니다."
그는 이맛살을 찌푸리고 있었다.
그는 탁자를 사이에 두고 운려의 맞은편에 앉아 있었는데 방 안에 있는 사람은 그들만이 아니었다.
위천곡과 진월성, 석자연과 오유진 등 산장의 후예 중 요인급에 해당하는 젊은이 여덟 명이 모두 있었다. 이 자리는 차종헌의 제의에 의해 전격적으로 이루어졌다.
그들이 무맹에 도착한 것은 이틀 전이고, 도착 후 다 함께 모인 건 지금이 처음이었다.
무맹에서 그들에게 내어준 건물은 열다섯 개의 방이 있는 삼층 건물로 운려의 방은 건물의 삼층 끝에 있었다. 지금 그들이 모여 있는 방이 그곳이었다.

운려가 생각에 잠긴 눈으로 차종헌의 말을 받았다.

"확인한 건가요?"

"물론입니다. 제 눈으로 직접 그들을 보았습니다."

차종헌은 망설임없이 고개를 끄덕이며 대답했다.

그는 척천산장의 정보를 관장하는 밀각주 차미중의 아들이다. 그래서인지 정보 수집과 분석 능력은 비슷한 또래에서 따라갈 사람이 없을 정도라고 소문이 나 있었다.

마천중이 고개를 갸웃하며 물었다.

"야, 너, 전에 그 사람들 직접 본 적 있어?"

금사원주 마유렴의 장자인 마천중과 차종헌은 둘도 없는 친구 사이다.

"없어."

"그런데 그들이 차기 후계자인 줄 어떻게 장담해?"

"직접은 없어. 하지만 간접적으로 그들을 본 적은 있어. 아버님을 통해서."

차종헌은 구체적으로 그 간접적인 경험이 무엇인지 설명하지 않았다. 하지만 방에 있던 사람들은 모두 그가 말한 간접 경험이 무엇인지 알아차렸다.

차미중이 밀각에 모아놓은 자료 중에는 당금 무림에서 중요한 인사로 분류되는 자들의 초상화도 적지 않게 포함되어 있는 것이다.

마천중이 중얼거리듯 물었다.

"진짜 차기 후계자들이었어?"

"그래. 구양세가의 룡이라 불리는 신수옥룡(神手玉龍) 구양운, 적양마곡의 마화서생(魔火書生) 혁련후, 철기문의 철협(鐵俠) 단목린, 백화궁의 백화선자(白花仙子) 이서연. 그들이 틀림없었어. 워낙 군계일학의 기도라 모르려야 모를 수도 없었고."

장내에 침묵이 흘렀다.

차종헌이 말한 구양세가, 적양마곡, 철기문, 백화궁에 척천산장을 더하면 무맹을 떠받치고 있는 오대세력이 된다.

그리고 차종헌이 언급한 인물들은 각 세력의 정식 후계자로 내정되었다고 알려진 사람들이다. 운려의 신분도 그러했고.

그들 세력의 차기 후계자들이 전부 한자리에 모인다는 것, 그리고 모이기만 한 것이 아니라 하나의 조직, 그것도 무맹의 말단 조직에 소속될 것이란 현실은 그냥 한 귀로 듣고 흘릴 일이 아니었다.

운려의 우측에서 말없이 앉아 있던 진월성이 운려에게 고개를 돌렸다. 언제나 차갑게 굳어 있는 그의 얼굴에 의혹의 그림자가 떠올라 있었다.

"소장주, 이번 행사에 우리가 알지 못하는 부분이 있습니까?"

"응? 성아, 그게 무슨 소리냐?"

끼어든 사람은 운려가 아니라 위천곡이었다.

진월성이 위천곡을 일별한 후 재차 운려에게 물었다.

"소장주가 이번 행사에 뛰어들었을 때 저는 소장주의 성격 때문이라고 생각했습니다. 아마 다른 사람도 저와 다르지 않을 겁니다."

말을 듣던 사람들은 기다렸다는 듯이 일제히 고개를 끄덕였다. 산장을 답답해하고 도전과 모험을 마다하지 않는 운려의 성격을 모르는 사람은 아무도 없었다.

진월성의 말이 이어졌다.

"하지만 다른 세력의 차기 후계자들까지 왔다면 그렇게만 생각하기는 어렵지 않겠습니까?"

물끄러미 진월성을 응시하던 운려가 입술을 뗐다.

"숨겨진 부분이라······. 무맹이 순찰부의 사자를 통해 보낸 서신에는 철혼단 휘하에 승룡단이라는, 무맹 후인들로 구성된 외단 조직을 신설할 것이고, 승룡단에 소속될 후인들은 일 년간 무맹의 전폭적인 후원 아래 수련을 받게 될 거라고 되어 있었어요. 수련을 마친 후에는 일 년이라는 제한된 시간 동안 철혼단 휘하에서 경험을 쌓게 될 것이라는 내용과 함께."

운려는 진월성을 비롯한 사람들을 훑어보았다. 모두 눈을 빛내며 그녀의 말에 귀를 기울이고 있었다.

"그 내용은 여러분도 알고 있을 거예요. 후인을 선별해 달라는 요청을 하면서 서신의 담긴 내용도 함께 통보했으니까요."

모두 고개를 끄덕였다.

익히 아는 내용이다.

"여기까지는 공식적인 것들이에요. 하지만 서신을 가지고 온 무맹순찰사자는 아버님께 비공식적인 언질을 몇 마디 주고 갔어요. 다른 세력들에게도 마찬가지였을 거예요. 그들의 후인들이 빠짐없이 온 것을 보면……."

운려는 심호흡을 했다.

그녀의 눈빛이 강해졌다.

"맹주님께서 네 세력의 수장 분들과 연합해 무맹을 만든 지 삼십 년이 지났어요. 맹주님을 비롯한 다섯 수장 분은 연로해 졌죠. 아버님이 그중 가장 젊으시지만 당신의 연세도 쉰여섯이에요. 맹주님은 칠십이 넘으셨고요."

진월성 등의 안색이 극심한 긴장으로 인해 퍼렇게 변했다.

운려가 말하려고 하는 것은 다들 생각하고 있지만 감히 입 밖으로 내뱉지 못하는 것이었다.

언제나 차분함을 유지하던 미녀 석자연이 창백한 얼굴이 되어 중얼거렸다. 제대로 들리지 않을 정도로 작은 목소리였다.

"세대교체……?"

운려가 석자연을 보며 고개를 끄덕였다.

"그래요, 언니."

"아!"

"그런……!"

탄성이 여기저기서 터져 나왔다.

운려가 그런 일행에게 말했다.

"무맹은 오 개 세력의 연맹체예요. 오 개 세력의 후인들은 누구나 맹주 위에 오를 권리를 갖고 있죠. 하지만 그러기 위해서는 다른 세력들의 진정한 승복과 동의를 얻어야만 해요. 문제는 승복과 동의를 하기에 현재 각 세력과 무맹의 수뇌부가 후인들에 대해 아는 것이 너무 적다는 것이죠. 삼패세가 정립된 후 평화가 지속된 터라 후인들의 능력을 객관적으로 볼 수 있는 기회가 너무 적었던 게 사실이니까요."

운려는 목이 마른지 침을 삼켰다.

"고슴도치도 자기 자식은 귀엽다고 해요. 각 세력의 수뇌부도 고슴도치와 다를 바가 없어요. 누구나 자신의 후인이 최고라 생각하죠. 후인들의 능력이 객관적으로 검증되지 않은 이런 상황에서 누가 맹주 후계자가 되든 그 외의 세력들이 불만을 가지게 될 것은 자명해요. 그리고 그 불만이 무맹 내부의 혼란으로 이어질 가능성도 충분하죠. 혼란은 분열을 부르고 분열은 멸망으로 이어지게 될 거예요. 그래서 무맹 수뇌부와 세력의 수장 분들이 생각해 낸 것이 승룡단이에요. 무맹순찰사자가 전한 비공식적인 언질은 제가 한 말과 약간 다르지만 본질은 제가 말한 대로예요."

석자연이 눈을 반짝였다.

그녀의 총명이 과인함은 산장의 모든 사람이 인정하는 바다.

그녀가 말했다.

"승룡단은 사실상 맹주 후계자 검증을 위해 마련된 것이라는 거야? 하지만 그럴 거라면 왜 굳이 승룡단을 가장 험한 일을 하는 철혼단 휘하에 두려 하지? 만약 이 년 내에 불상사가 생겨 맹주 후계자 후보에 오른 사람들 가운데 사상자가 나오면 어떡해? 검증을 위해서는 자력으로 난관을 뚫으라고 할 거고 암중에 도와주지도 않을 텐데. 조금 이상해. 검증을 위한 거라면 좀 더 안전한 곳에서 해도 되지 않아?"

운려는 싱긋 웃었다.

그녀도 석자연과 같은 생각을 한 적이 있는 것이다.

"언니, 수뇌부의 의중을 제가 명확하게 파악하고 있는 건 아니에요. 그저 짐작만 할 뿐이죠. 아마도 수뇌부에 계신 분들은 험한 상황이라야 그 사람의 진정한 능력을 볼 수 있다고 생각하시는 거 같아요. 그 와중에 발생하는 희생은 감수할 생각이고요. 온실 속의 화초가 아무리 아름다워도 들꽃보다 생명력이 강하지는 않죠. 그와 비슷한 맥락이 아닐까요?"

석자연은 고개를 끄덕였다. 일리가 있는 말이었다. 그러나 온전히 수긍한 것은 아니었다.

그녀가 말했다.

"한 가지만 더, 이 년이라면 충분히 살필 수 있는 시간이 되겠지. 하지만 이 년 후에 승룡단에 있는 사람들의 나이는 이십대야. 제일 나이 많은 사람도 서른이 되지 않을걸. 세대교체를 논하기엔 너무 젊지 않아? 무맹의 수뇌부를 구성하고 있는 분들과 우리 사이에는 능력있는 사오십대의 중년 분들도 많잖아."

운려는 빙긋 웃었다.

"언니는 너무 급하게 보시는 거 같네요. 승룡단은 능력의 일단을 보기 위한 조직일 뿐이에요. 전부가 아닐 거라는 말이죠. 저는 이 년 후에 다른 단계가 우리 앞에 놓일 거라고 생각해요. 그리고… 언니 말처럼 중년의 나이 대에 능력있는 분들이 많은 건 사실이에요. 하지만 제가 알기로 그분들도 세대교체를 위한 이번 승룡단 계획에 동의한 것으로 알고 있어요. 이유는… 저도 몰라요. 아마 당사자들과 수뇌부에 계신 분들만 알겠죠. 추측이지만 수뇌 분들은 무맹을 젊고 역동적인 조직으로 만들고 싶어하시지 않나 싶어요. 수뇌 분들은 십 년은 더 무맹을 지휘하실 수 있어요. 원하시기만 한다면 그 이상도 가능할 테고요. 승룡단에 속한 사람들이 어느 정도 역량을 갖출 정도가 되려면 짧게 잡아도 그 정도 세월은 필요하죠. 그리고 그때쯤이면 지금 중년이신 분들은 모두 노인이 되겠죠."

그녀는 웃으며 말을 이었다.

"분명한 것은 승룡단은 우리 모두에게 놓칠 수 없는, 그리고 놓쳐서도 안 되는 기회라는 거죠. 이변이 없는 한 이백오십 명의 젊은이 가운데서 다음 대의 무맹주가 나올 거예요. 그리고 후일 우리 중 많은 분들이 무맹의 요인 자리에 오르겠죠. 승룡단은… 위험할 거예요. 하지만 저는 도전할 가치가 충분하다고 생각해요. 여러분도 각오를 새롭게 하기 바라요."

운려의 입술이 닫혔다.

그리고 방 안은 방금 전의 경악이 무색할 정도로 뜨거운 열기를 띠기 시작했다.

그들은 피가 끓는 나이다.
무한한 가능성이 있는 나이다.
운려의 말은 그런 그들의 젊음을 강하게 자극한 것이다.

꽈르르릉! 꽈르르릉!
천지가 터져 나가는 굉음이 사방을 뒤흔든다.
뒤이어 먹구름으로 뒤덮인 하늘을 갈기갈기 찢으며 치달리는 시퍼런 빛줄기들.
쏴아아아아아!
온 세상을 집어삼키기라도 하려는 듯 쏟아지는 굵은 빗방울이 대지를 두드렸다.
내공으로 안력을 돋우지 않는다면 일 장 밖을 보기 어려울 정도의 폭우였다.
검엽은 운려와 함께 천둥과 번개가 쉴 새 없이 작렬하는 것을 온몸으로 느끼며 창가에 서 있었다.
팔짱을 낀 그는 언제나처럼 고요한 분위기였는데, 그게 묘하게도 뇌성벽력에 몸을 맡기기라도 한 것 같은 느낌을 주었다.
등을 벽에 붙이고 고개만 돌린 채 창밖을 보던 운려가 물바다로 변한 연무장을 보며 혀를 끌끌 찼다.
"징하게도 오시네."
그 말에 동의한다는 듯 검엽은 고개를 끄덕였다.
"엽아, 너 아직도 이런 날이 좋은 거야?"

운려는 기억하고 있었다, 천둥과 번개가 오늘처럼 심했던 날은 어김없이 정자에 앉아 있던 검엽을.

"왜?"

"음침하잖아."

검엽은 쓰게 웃었다.

"비 오는 날 좋아하는 사람 성격이 다 음침하다는 그 어이없는 발상은 어디서 나온 거냐?"

운려는 손가락으로 자신의 머리를 가리켰다.

"여기지, 뭐."

손가락을 내린 그녀가 물었다.

"속에 쌓인 게 많은 사람들이 천둥과 번개를 좋아한다는 말이 있던데, 들어본 적 있어?"

"없다. 누군지 몰라도 정말 하릴없는 사람이었나 보구만, 그런 쓸데없는 말이나 만들어내고."

운려의 눈이 가늘게 휘어졌다. 웃음이 깃들었지만 호수처럼 깊은 눈이었다.

"널 보면 아예 흰소리는 아닌 거 같은걸."

"내가 어때서?"

"쌓인 게 많아 보여서."

소리없이 웃는 검엽의 흰 이가 드러났다.

"아까 회의하는 거 같던데, 내용이 좋지 않았냐? 뜬금없이 남의 방 찾아와서 애먼 소리만 하고."

"회의야 뭐……."

입만 놀릴 뿐 미동도 없던 검엽의 고개가 운려를 향해 돌아갔다. 반개한 그의 눈에서 빛이 흘러나왔다.
"산장을 떠나기 전에 네가 했던 말, 아직 유효한 거냐?"
검엽의 눈에서 흘러나오는 빛을 보며 잠깐이나마 저 눈이 앞을 보지 못하는 눈이라는 걸 누가 믿을까 하는 잡생각을 하던 운려가 움찔하며 되물었다.
"승룡단?"
"응."
"단이라면 아직 유효해."
운려는 고개를 아래위로 주억거리며 대답했다.
검엽이 계속해서 물었다.
"그렇게 느낌이 이상해?"
"왜, 자세히 알고 싶어?"
검엽은 당연하다는 듯 고개를 저었다.
"아니."
"그럴 걸 왜 물어?"
"조금 걱정돼서."
운려가 싱긋 웃었다.
"걱정씩이나 해주시고. 고맙군."
"아직도 네 꿈… 포기하지 않은 거냐?"
운려는 창턱을 두 손으로 짚었다.
처마 밑으로 들이친 몇 개의 빗방울이 상체를 창밖으로 내민 그녀의 이마를 적셨다.

"나는 무인이야. 포기하고 자시고가 있겠어?"

검엽은 침묵했다.

그는 어린 시절 운려가 자신의 꿈에 대해 말했던 순간을 어제 일처럼 선명하게 기억하고 있었다.

허리를 편 운려가 손바닥으로 빗방울을 쓸어내리며 말했다.

"강호잖아."

"주인집 딸, 목숨을 소중히 여겨라."

"말 안 해도 그럴 거야. 옆에서 지켜주지도 않을 거면서 생색내지 마!"

"호호호."

검엽이 낮게 웃자 운려도 웃었다.

언제까지나 옆을 지켜주겠다고 말하지 않는 검엽이 서운할 법도 한데 운려에게서 서운한 기색은 찾아볼 수 없었다. 두 사람은 서로의 마음을 자신의 마음처럼 아는 것이다.

그녀는 검엽의 어깨를 짚으며 말했다.

"남 말 하지 말고 너나 네 목숨 아껴."

검엽은 담담하게 웃었다.

천지는 먹물을 뿌려놓은 것처럼 어두웠다.

* * *

단목천은 흐뭇한 미소를 지었다.

자랑스러운 그의 손자가 앞에 있었다.

"강녕하신 모습을 뵈오니 소손은 정말 기쁩니다."

"녀석, 이 년 만이로구나."

"예, 할아버님."

공손히 손을 모으고 서 있는 단목린을 보며 단목천은 절로 고개를 끄덕였다.

육 척이 넘는 장신, 남아의 기상이 물씬 풍기는 선 굵은 얼굴, 곰의 어깨와 호랑이의 허리라는 말이 어색하지 않을 단단한 몸, 스물여섯이라는 나이가 믿어지지 않는 장쾌한 기도.

당금 무림의 후기지수 가운데 가장 뛰어나다는 신주육기린(神州六麒麟)의 수위를 다투는 기재, 철협 단목린이 그의 앞에 있는 것이다.

"아비의 말로는 네 철기십단공(鐵氣十段功)이 벌써 오단에 도달했다던데 사실이더냐?"

"간신히 발을 들여놓은 정도에 불과합니다, 할아버님."

"허허허허, 지나친 겸손은 오만의 다른 말에 불과하다. 네 나이에 나도 사단공이었거늘, 어찌 오단공에 이른 너의 성취가 가볍다 할 수 있겠느냐."

철기십단공은 철기문의 사대조인 철기대제 단목우가 가전의 절학과 평생의 심득을 더해 말년에 창안한 무공이다.

하나의 단계가 완전한 하나의 무공 체계를 구성하고 있는 철기십단공은 난해하기가 수많은 신공류의 절학 중 열 손가락 안에 들 정도라고 알려져 있다.

그래서 죽을 때까지 수련해도 범재는 삼단공을 넘기 어렵다는 게 정설처럼 되어 있는 무공이다.
 그렇게 난해한 무공을 이제 스물여섯의 단목린이 오단공까지 성취하였다 함은 그의 뛰어남이 어느 정도인지를 웅변하는 것이다.
 눈에 넣어도 아프지 않을 손자의 자질이 일세에 드물 정도였으니 단목린을 보는 단목천의 마음이 얼마나 흐뭇할지 말해 무엇 하랴.
 단목천은 자애롭게 단목린을 보며 말했다.
 "승룡단 생활은 집에서와 다를 것이야. 누구도 너를 특별 대접하지 않을 거라는 걸 알고 있겠지?"
 "물론입니다, 할아버님. 소손은 그런 대접을 받으리라 생각하지도 않았고, 원하지도 않습니다."
 "오냐."
 단목천은 미소를 지었다.
 그의 말은 단목린이 행여나 자신을 믿고 덜 긴장하지 않을까 하는 우려에서 나온 형식적인 것이었다.
 단목린은 어릴 때부터 남다른 아이였다.
 성실할 뿐만 아니라 노력의 중요성과 그 대가의 달콤함을 알고 있었다. 무엇보다도 그는 남에게 의존하려 하지 않았다.
 단목린이 태어난 후 한시도 눈을 떼지 않은 단목천이 그런 그의 성격을 모를 리 없었다.
 "네가 노력하는 아이라는 것을 잘 안다. 하지만 네 문파의 후손들 또한 너 못지않게 자질이 비범하다. 그들은 네가 그동안 주변에서 보아온 아이들과는 다를 것이야. 그들 속에서 네가 원하는 것을 얻기 위해서는 배전의 노력이 필요하다는 것을 명심해야 한다."

"각골명심하겠습니다, 할아버님."

"수련은 칠 일 뒤에 시작될 예정이다. 준비를 소홀히 하지 않도록 해라."

"예."

"나가보아라."

온화한 음성.

허리를 깊게 숙이는 단목린의 얼굴은 굳어 있었다. 단목천은 그의 우상이었고, 삶의 목표였다. 그를 실망시키지 않기 위해서 그는 무엇이든 할 각오가 되어 있었다.

"오래 뵙지 못할 것입니다, 할아버님. 그동안 강녕하십시오."

"조심하거라."

단목린은 따스한 조부의 음성을 뒤로하고 맹주 집무실을 나섰다. 그래서 그는 그의 등에 꽂힌 채 태양처럼 강렬하게 빛나는 단목천의 눈을 보지 못했다.

*　　　*　　　*

오대세력에서 보낸 이백오십 명의 젊은 남녀와 대륙무맹 요인들과의 공식적인 만남은 척천산장 일행이 무맹에 도착하고 나서 사흘 후에 마련되었다.
　내원의 대회의청에서 이루어진 행사 절차는 불과 반 시진 만에 끝났다. 그렇게 행사는 간략하고 단출했다.
　참석한 요인들도 많지 않았다. 그러나 참석한 요인의 수가 적다고 행사의 무게마저 가벼운 건 아니었다.
　요인 중에는 대륙무제 단목천을 비롯, 군사부 수장 구양일기와 오대세력에서 보낸 대표자들, 그리고 무맹 오단주가 포함되어 있었기 때문이다.
　여러 절차가 지난 후 마지막으로 젊은이들 앞에 나선 단목천은 무맹은 여러분을 믿고 있다는 짧은 한마디만을 남기고 대회의청을 떠났다.
　단목천의 시선이 검엽에게 닿았다가 멀어졌다는 걸 눈치챈 사람은 당사자인 검엽뿐이었다. 검엽은 그때까지도 몸이 아프다는 핑계를 대며 단목천의 부름을 피했다.
　그 자리가 단목천과 검엽이 서로를 처음 본 자리였다.
　그 시간부로 승룡단은 토의단 소속의 외단이 되었다.
　승룡단의 조직 구성은 무맹 수뇌부가 이미 구상해 둔 터라 일사천리로 진행되었다.
　일 년간의 수련을 마치기 전까지 승룡단의 관리 책임은 군사부와 철혼단이 함께 맡았다. 군사부는 수련을, 철혼단은 생활을 책임졌다.
　승룡단은 단주 휘하에 일대부터 오대까지 다섯 명의 대주를 두었다. 그리고 각 대는 오대세력이 하나씩을 맡았다.

각 대 소속 무인은 오십 명.

검엽이 속한 척천산장도 하나의 대를 이루었고, 명칭은 승룡일대였다.

승룡단주는 정해지지 않았다. 수련이 끝날 때 단주가 정해질 것이라는 게 수뇌부의 전언이었다. 그래서 대주들만 정해졌고 누구나 예상했던 것처럼 각 대주는 각 세력의 직계 후계자들이 맡았다.

당연히 일대주는 운려였다.

자신의 집무실에서 책상 맞은편에 선 자를 죽일 듯이 노려보고 있는 악우곤의 별호는 호담혈부(虎膽血斧)다.

말보다 주먹이 빠르다고 정평이 난 다혈질이고 적을 두고 물러선 적이 없는데다가, 날의 길이만 한 자에 달하는 대부(大斧)는 피가 마를 날이 없다고 강호의 호사가들이 붙여준 별호.

그가 강호에 발을 딛고 칼밥은 먹은 세월만 삼십 년.

그중 이십오 년을 대륙무맹에서 보냈다.

그는 무맹오단주 중 일인이었고, 금수목화토의 오단 중 토의단을 맡고 있었다.

"야! 너 계속 고집 부릴 거야!"

악우곤은 거친 콧김을 뿜어내며 소리쳤다.

목소리가 얼마나 컸는지 사방 삼 장의 그리 좁지 않은 그의 집무실이 금방이라도 무너질 듯 뒤흔들렸다.

검엽은 죽립 면사로 가려져 보이지 않는 눈매를 살짝 찡그리며 한 걸음 뒤로 물러섰다.

악우곤의 입에서 분수처럼 뿜어져 나온 침이 그가 있던 자리를 사정없이 덮쳤다.

그가 말했다.

"단주님, 저도 척천산장에서 승룡단 소속으로 뽑힌 사람입니다. 그들과 수련을 함께하는 건 산장을 출발할 때부터 정해진 일인데 이제 와서 그들과 함께하지 말라니 무슨 말씀입니까?"

승룡단이 토의단 휘하 조직이 된 이상 악우곤은 그의 상관이다. 그래서 악우곤을 대하는 그의 어조는 나름 정중했다.

하지만 완연히 드러나는 시큰둥한 기색.

숨기려 하지 않으니 악우곤이 그 기색을 모를 리 없다.

악우곤의 얼굴이 시뻘겋게 변했다. 말이 통하지 않는 상대를 만나자 노화가 삼천 장을 뻗친 것이다.

그가 검엽을 부른 것은 일각 전이다.

당연히 첫 만남이었고.

대화가 시작되었을 때의 그는 방금 전처럼 거칠게 소리치지도 않았다.

그는 부글부글 끓는 속을 진정하려 애썼다.

"혈조사마를 혼자 죽인 무공의 소유자가 무엇 때문에 풋내들과 같이 수련을 받으려고 하냔 말이다. 수련은 자네 같은 사람을 단련시키기 위해 준비된 게 아니야. 알겠냐고!"

악우곤의 말은 충분한 설득력을 갖고 있었다. 혈조사마는 악우곤도 혼자서는 승리를 장담할 수 없는 자들이었다. 그들을 죽인 검엽이 한참 하수들과 함께 수련을 받다니 말이 안 되는 것이다.

그러나 그가 말하는 대상은 상식과는 거리가 먼 검엽이었다.

검엽은 간단하게 고개를 저었다.

"모르겠습니다."

"……"

악우곤의 아랫입술이 부들부들 떨렸다.

'뭐, 이따위 자식이 다 있어!'

"왜 몰라!"

"알려준 사람이 없었거든요."

심드렁한 어투.

"……"

할 말을 잃은 악우곤의 턱이 뚝 떨어졌다.

그는 검엽이 조직 생활을 해본 적이 없다는 걸 깨달았다. 자신의 판단을 걸고 내기를 하라면 목을 걸 자신도 있을 정도였다. 조직 생활을 조금이라도 해본 자라면 검엽처럼 말하고 행동하지는 못한다.

'이 자식을… 두드려 팰 수도 없고…….'

악우곤은 이를 악물었다. 혈조사마를 패사시킨 자다. 버릇 고친다고 손을 대기엔 버거운 상대였다. 거꾸로 당하기라도 하면 생애 두 번 다시 없을 개망신이다.
 가슴에 한숨이 쌓여가는 소리가 들릴 지경이었다.
 혈조사마를 죽인 고수가 자신의 휘하에 배속된다는 소리를 들었을 때 얼마나 즐거웠던가.
 승룡단의 수련을 책임지고 있는 군사부에 그런 고수를 하수들과 함께 수련시키는 건 무맹의 전력을 낭비하는 것이라고 강변해서 그를 당장 현장에서 써도 좋다는 허락을 받아낸 그였다.
 그러기 위해 자신이 얼마나 애를 썼던가.
 다른 곳에서 검엽을 데려가려는 것까지 막아야 해서 그가 쏟은 노력은 그야말로 눈물 나는 것이었다. 그렇게 데려온 놈이 지금 그의 앞에서 시답잖은 태도로 그를 보고 있는 것이다.
 그는 개망신당할 가능성을 감수하고 죽립 면사 안에 숨어 있는 검엽의 얼굴을 한 대 후려칠까 말까를 심각하고 진지하게 고민했다.
 '한 대 갈겼으면 소원이 없겠다만… 참는다. 으드득.'
 어느 조직이나 마찬가지지만 어렵고 힘든 부서에 오래 있으려고 하는 사람은 없다.
 토의단, 아니, 철혼단도 마찬가지였다.
 철혼단에서 써먹을 만하다 싶을 만큼 사람을 키워두면 다른 단에서 냉큼 데려가 버렸다. 무사들도 상급의 단이나 부서에서 오라고 하면 마다하지 않고 갔다.
 삼패세의 정립 후 지속된 삼십 년의 평화는 길었다. 그동안 작은 국지전은 심심치 않게 발생했다. 하지만 규모는 말 그대로 국지전이어서 참가한다고 해도 명성을 드날릴 수 있는 정도는 되지 못했다.

철혼단의 일이라는 게 험하고 위험하지만 대가는 크지 않았던 것이다.

오죽하면 무맹의 오물 처리장이라는 소리까지 들을까.

무맹은 무인들의 조직이다. 평화가 길어지면서 무공이 약한 사람도 요직에 진출하긴 했지만 기본적인 골격이 변할 정도는 아니었다.

그리고 무맹에 소속된 사람들은 무공으로 입신양명을 꾀하는 사람이 구 할 이상이다.

물론 무맹의 창설 당시에는 그렇지 않았다.

무맹은 정무총련과 천추군림성의 세력 확장으로 생존의 기로에 섰던 문파들의 연합이었기에 초기 무맹의 최대 과제는 생존이었다.

그런 시절에 무(武)를 통한 입신양명을 꿈꿀 틈 같은 게 있을 리 없었다. 필요도 없었다. 싸우다 보면 명성은 저절로 따라왔고 지위는 높아졌다.

그러나 세월이 흐르며 정무총련, 천추군림성과 대등한 힘을 갖게 되고, 생존의 위협이 어느 정도 사라지자 무맹의 성격은 조금씩 바뀌어갔다.

협(俠)이나 무림정의(武林正義)라는 말은 그저 입에 발린 소리가 된 지 오래다.

그런 상황은 무맹이 정사 중간의 집단이기 때문만은 아니었다. 그리고 무맹에만 해당되는 상황도 아니었다.
 그렇게 된 데에는 몇 가지 이유가 있었는데…….
 아무튼 무맹에서 성공하기 위해서는 자신의 무공이 뛰어나다는 걸 증명해야 했다. 그러나 무공이 아무리 뛰어나면 무엇하랴. 그것을 드러낼 기회가 없는데.
 이런저런 이유로 인해 철혼단의 쓸 만한 인물들은 계속해서 빠져나가고 있어서 악우곤은 늘 인물난에 시달렸다.
 그런 마당에 검엽이 나타났으니 그의 눈이 번쩍 뜨이지 않을 수 있겠는가.
 검엽을 노려보던 악우곤이 씩씩거리며 말을 뱉었다.
 "그래그래, 방금 전까지는 몰랐다고 쳐. 하지만 이제 내가 말했으니 알겠지?"
 "알겠습니다만 왜 저한테만 이러는 겁니까? 오대세력의 후계자 중에도 고수들이 있지 않습니까? 그들도 저와 동일한 제안을 받았습니까?"
 말하는 검엽도 억지라는 걸 알았다. 하지만 악우곤의 제안은 정말 마음에 들지 않았기에 이런 억지라도 부려야 했다.
 "그들은 너하고 경우가 달라. 모르지 않을 텐데 왜 그래?"
 오대세력의 후계자들은 무맹의 차세대를 책임질 인물들이라고 모두가 인정하는 영재들이다. 갑자기 수면 위로 튀어나온 물고기와 같은 검엽과는 애초부터 모든 것이 달랐다.
 악우곤은 몰아치듯 말을 이었다.

"가능하면 대화로 풀어보려고 했는데 안 되겠다. 이제부터 하는 말은 명령이야. 자네는 수련에 참여하지 않는다. 대신 내일부터 본 단의 업무에 동참한다. 알겠나!"

"……."

이번엔 검엽이 침묵했다.

악우곤이 직위로 핍박하면 검엽으로서는 상대하기 곤란했다. 무맹까지 오며 그가 운려에게 들은 얘기는 적지 않았다.

무맹 총타의 지휘 체계는 통상의 문파보다는 군(軍)에 가까웠다. 정사 중간의 문파가 연합한 조직이라는 특성상 지휘 계통의 힘이 강력하지 않으면 통솔이 쉽지 않았기 때문이다.

그래서 항명에 대한 처벌은 무거웠다.

항명은 하극상이고, 하극상을 용납하면 무맹과 같은 거대 조직은 모래성처럼 무너진다.

하지만 직위로 밀어붙인다고 순순히 응할 검엽이 아니었다. 검엽도 숨겨둔 한 수가 있었다.

"단주님께서 제게 계속 강요하신다면 저는 돌아가겠습니다."

"……."

승룡단은 자발적으로 참여한 무맹 후인들의 조직이다. 수련이 시작되면 임의로 탈퇴하는 것이 불가능했다. 하지만 지금은 자유로이 탈퇴가 가능했다. 억지로 잡아둘 이유도 없었고, 그래서는 제 역량을 발휘할 수 없기에 무맹 수뇌부가 결정한 일이었다.

그러니까 검엽이 승룡단을 떠나 산장으로 돌아가겠다고 하면 악우곤으로서는 검엽을 잡아둘 수 없는 것이다.

악우곤은 어깨를 늘어뜨리며 의자에 상체를 털썩 기댔다.

무맹 휘하 문파의 젊은이들에게 승룡단은 커다란 유혹이고 기회였다. 공식적으로 발표한 적은 없어도 승룡단에서 자신의 능력을 드러내면 무맹 수뇌부가 중용할 것이란 소문은 벌써부터 돌았다.

그런 기회를 눈앞의 괴상한 고집불통 자식은 가볍게 던져 버리겠다고 하는 것이다.

어이가 너무 없으면 오히려 평정을 되찾게 된다.

지금 악우곤의 심정이 그랬다.

그는 허탈한 눈빛으로 검엽을 올려다보며 물었다.

"야, 너, 대체 왜 그렇게 고집을 부리는 거냐? 풋내 나는 애들하고 같이 수련해서 네게 무슨 도움이 되겠어? 차라리 그 시간에 본단에서 일을 하는 게 경험도 쌓을 수 있고, 네 미래를 위해서도 훨씬 낫지 않냐? 듣기로 넌 척천산장을 벗어난 게 처음이라면서? 하지만 네게는 벌써 철혈권마(鐵血拳魔)라는 으스스한 별호가 붙었다고. 조만간 장강 이남에서 네 별호를 모르는 무림인은 흔치 않게 될 거다. 알고는 있는 거냐? 그런 네가 회계산의 수련장에서 일 년을 보내는 건 정말 시간낭비야. 무엇이 정말 너 자신을 위하는 건지 잘 생각해 봐, 임마."

검엽은 내심 혀를 찼다.

악우곤의 속내야 뻔했다.

굳이 머리를 굴릴 필요도 없었다.

자신이 악우곤의 자리에 있어도 자신을 다른 데 쓰려고 했을 테니까.

검엽은 심안으로 악우곤을 보았다.

악우곤은 그보다 반 자는 더 크다.

칠 척에 육박하는 키에 이백오십 근은 나가는 거구.

의자에 앉은 모습만으로도 마주한 사람의 마음을 거북하게 만들 만큼 박력이 넘친다. 더구나 심안으로 보는 악우곤은 거구의 윤곽선만 밝을 뿐 온통 시커멓다.

그가 일말의 기대가 담긴 눈으로 자신을 보며 대답을 기다리고 있었다.

'철혈권마? 날 보지 못한 사람이 들으면 삼두육비의 괴물인 줄 알겠네. 누군지 별호 짓는 거 하고는. 그건 그렇고, 저 사람 이해시키는 게 참 어렵구만.'

검엽은 이름을 날리고 싶은 생각도 없었고, 무맹 내에서 권력을 얻고 싶은 마음도 없었다.

강호초출의 무인이라면 누구나 바라 마지않는 별호조차 달갑지 않았다. 그도 모르는 사이에 붙은 별호라서가 아니었다. 그는 사람들 사이에 자신의 이름이 오르내리는 것 자체를 원하지 않았다.

계단을 밟아 오르듯 위를 보며 치열하게 살아온 악우곤으로서는 이해할 수 없는 사고방식이다.

그와 악우곤은 바라보는 방향이 근본적으로 다른 것이다.

그래도 산장으로 돌아가는 상황이 벌어지는 건 곤란했다. 그는 밥값(?)을 해야 하니까.

"타협하죠?"

말없이 서 있다가 던지듯 내뱉은 검엽의 말에 악우곤은 허리를 세웠다.

"뭔 소리냐?"

"산장 사람들과 함께 회계산에서 생활하겠습니다. 대신 단주님께서 시키는 일도 하죠. 단, 횟수를 제한하죠. 일 년 동안 세 번. 어떻습니까?"

악우곤은 생각에 잠긴 얼굴이 되었다.

휘하에 있을 놈이 조건을 건다는 게 마음에 들지 않았지만 계속해서 강요할 수 있는 분위기가 아니었다.

마음에 들진 않아도 양보는 양보였다. 그리고 검엽과 같은 고수를 일 년 동안 적어도 세 번은 써먹을 수 있다는 건 그리 나쁘지 않았다.

정무총련이나 천추군림성과의 국지전은 수시로 발생하지만 규모가 큰 싸움은 일 년에 두세 번 벌어질까 말까 할 정도로 평화로운 시기였다.

검엽과 같은 고수가 투입될 일이 자주 있지 않은 것이다. 하지만 어떤 사건이 발생했을 때 그 일을 감당할 수 있는 고수를 보유하고 있는 것과 없는 것의 차이는 크다. 그리고 그 차이는 상부에서 보는 단주의 역량과 직결된다.

그런 내밀한 사정은 차치하더라도 검엽이 일단 회계산 수련장에 들어가 버리면 악우곤은 검엽을 다시 불러내기 어려웠다.

조직 체계상 승룡단은 철혼단의 휘하로 되어 있지만 악우곤이 막 부릴 수 있는 직계 수하 조직이 아니었다. 그들을 부리려면 악우곤은 군사부와 상의하고 그들의 허락을 받아야 했다.

달리 외단이겠는가.

악우곤이 수련장에 들어가기 전 검엽을 얻기 위해 군사부를 설득해야 했던 것과 지금 그의 수락을 받기 위해 목을 매는 데는 이런 이유가 있었던 것이다.

악우곤이 인상을 찡그리며 일어났다.

"좋아, 타협하지."

"가능하면 일 년 동안 부르지 않아주셨으면 좋겠습니다."

악우곤은 돌아서 집무실을 나가는 검엽을 등을 노려보았다. 마지막까지 속을 뒤집어놓는 놈이었다.

"끝났어?"

호기심이 묻어나는 질문.

철혼단 본부 정문 벽에 팔짱을 낀 채 등을 기대고 서 있던 운려이다. 검엽을 이곳까지 안내해 온 사람이 그녀였다.

"그래."

팔짱을 풀며 검엽에게 다가온 운려는 죽립 면사 안으로 불쑥 머리를 집어넣었다.

"악 단주에 대한 소문도 믿을 게 못 되는걸. 이마에 도끼 자국 하나 정도는 달고 나올 거라고 생각했는데 멀쩡하네?"

운려의 뺨을 밀어 면사 밖으로 밀어낸 검엽이 투덜거렸다.

"멀쩡해서 불만이냐?"

"설마… 호호호."

운려는 입술 사이로 어색한 웃음을 흘리며 검엽과 어깨동무를 했다.

"그런데 왜 불렀대?"

"수련하지 말고 자기 밑에서 일하라고 하더라?"

단주가 직접 불러 한 말이다.

중용하겠다는 뜻.

"호오! 너를 꽤 잘 본 모양이야?"

"……"

"뭐라 그랬어?"

"가끔만 부르라고 했다."

예상했던 대답이라 운려는 피식 웃었다.

검엽이 조직에 매이는 모습은 상상이 안 되는 것이다. 그녀가 아니었다면 승룡단에 참여하지도 않았을 그다.

"그 정도로 만족한대?"

"산장으로 돌아가겠다고 했거든."

"그런 말을 듣고도 널 멀쩡히 보내준 걸 보면 악 단주, 인내심이 대단하네. 역시 소문은 믿을 게 못 돼."

"소문이라……."

어깨를 두드리는 운려의 손을 일별한 검엽이 지나가는 말투로 물었다.

"너 나한테 별호가 붙었다는 소문 들었냐?"

"별호? 아! 철혈권마……."

어째 말끝이 조금 늘어진다.

검엽의 입매가 살짝 일그러졌다.

운려는 슬쩍 어깨동무했던 손을 거두며 검엽의 눈치를 살폈다.

"왜? 그 별호가 맘에 들지 않아?"

"마음에 들 리가 있냐? 살육에 미친 놈 같은 분위기가 느껴지는 별호잖아."

"난… 괜찮던데……."

"뭐가 괜찮아?"

"패기도 넘치고… 으스스한 게 위압감도 있고……."

"전부터 그렇게 생각하긴 했지만 정말 네 취향 참 독특하다."

운려의 시선이 무맹 너머 먼 곳을 헤맸다.

느리지 않으면서도 느릿하게 느껴지는 언제나와 같은 걸음으로 발을 옮기던 검엽이 운려의 목덜미를 부여잡았다.

"너지?"

"뭐가?"

"별호."

"아냐."

"맞잖아."

"아니라니까."

"강한 부정은 강한 긍정이라고 이 노사께서 말씀하셨지."

"……"

운려의 콧잔등에 땀방울이 맺혔다.

"지으려면 좀 그럴싸한 걸로 하지 철혈권마가 뭐냐."

"어감이 세서 좋았는데……."

"너나 그렇겠지. 시산혈해가 저절로 떠오르는 별호다. 난 그런 거하고는 상관없는 사람이라고. 하긴… 산동소패왕… 그 별호도 네가 지어서 소문낸 거였으니 어련하겠냐마는."

"……"

귀밑으로 흐르는 식은땀을 훔치던 운려의 눈이 반짝였다. 지금의 대화는 빨리 벗어날수록 좋았다.

그들은 어느새 승룡단이 임시로 머무르고 있는 다섯 채의 건물군 안으로 들어와 있었다.

중앙 연무장에는 수십 명의 젊은 남녀가 자리를 잡고 가벼운 수련을 하는 중이었다. 확 트인 장소여서인지 비전의 무공을 펼치는 사람은 없었다. 그러나 모두 명가의 후예들인 터라 간단한 무공 초식에도 강한 기세가 느껴졌다.

운려가 그들을 보며 검엽에게 물었다.

"엽아."

"말 돌리려 하는 거지? 그전에 자백부터 해라. 별호 지은 거 너 맞지?"

"궁금증 풀어주면 대답해 줄게."

"먼저 대답부터 해라."

"사내가 쪼잔하게 그런 일로 너무 사람 몰아붙이는 거 아니다."

"난 원래 쪼잔해."

"쪼잔하지 않다는 거 알아."

검엽은 혀를 찼다.

그는 어렸을 때부터 이런 식의 말장난에 약했다. 운려는 그것을 잘 안다.

항복한 검엽이 물었다.

"뭔데?"

"너 말야."

"뜸들이지 말고 물어."

"그 심안(心眼)이라는 거, 기(氣)를 발산하는 모든 것의 외관을 장애물과 상관없이 볼 수 있다고 한 적 있지?"

검엽은 몇 년 전 맹인답지 않은 그의 움직임을 궁금해하던 운려에게 심안을 말해준 적이 있었다.

운려가 호기심을 가질 수밖에 없었다.

움직임도 맹인답지 않았지만 그런 움직임은 그러려니 하고 넘어간다 해도 검엽이 책을 아주 자연스럽게 읽는 건 도저히 이해할 수 없는 일이었다.

한 달여에 걸친 운려의 추궁은 집요했고, 검엽은 백기를 들었다. 그래서 운려도 심안의 존재를 안다. 그때 이후 검엽에게

산장의 책이란 책은 모조리 가져다주었던 사람도 운려였다.
 천하에서 그의 심안을 아는 사람은 운려뿐이었다. 그 정도로 검엽은 운려를 믿었다.
 "갑자기 그건 왜?"
 "궁금한 게 생겨서."
 "뭐가?"
 "심안으로 사람들이 입고 있는 옷을 투과해서 그들의 몸을 보는 것도 가능해?"
 검엽은 눈살을 찌푸렸다.
 운려가 궁금해하는 게 정확하게 무언지 이해할 수가 없었기 때문이다.
 "가능해. 어려운 일도 아니고."
 "정말?"
 운려가 눈을 크게 떴다.
 "나에게서 일정한 거리 안에 있는 사물의 윤곽은 그게 무엇이든 심안을 피하지 못해. 심안은 기, 그게 생기든 사기든 기를 발산하는 모든 사물을 볼 수 있다. 책에 쓰인 먹물과 종이의 격차를 분별해서 글을 읽을 수 있고, 건물 안에 있는 물건의 윤곽도 파악하는데 옷 너머를 보는 것 정도가 어려울 게 있겠냐?"
 운려가 연무장의 젊은 남녀에게 시선을 돌렸다.
 "저기 있는 사람들 알몸을 보는 것도 가능하겠네?"
 "가능하다니까."

운려의 말에 자극되어서인지 검엽의 심안은 자연스럽게 연무장에 있는 젊은 남녀들의 옷 너머를 보고 있었다.
"지금 보고 있는 거야?"
"그래."
운려의 얼굴에 괴괴한 미소가 떠올랐다.
"…이… 변태……!"
"……!"
검엽은 멍해졌다.
운려는 그런 그의 귀에 입술을 가져다댔다.
"너… 몰래 여자들 훔쳐보고 그러는 거 아냐?"
질색을 한 검엽이 운려를 피해 두 걸음을 물러났다.
"미쳤냐? 그런 짓을 왜 해!"
"호호호, 약관을 전후한 남자는 다 비슷하다고 유모가 그러던데?"
무림의 여인들은 일반의 여인들과 비교할 수 없을 정도로 개방적이다. 운려는 특히 더 심하게 개방적이었는데, 환경의 영향을 받아서가 아니라 성격 자체가 그랬다.
"네 유모, 제정신이 아닌가 보다. 볼 게 뭐 있다고 내가 그런 짓을 하겠어?"
검엽은 아주 진지했다.
성격이 기괴하긴 해도 자신에게 빈말을 하는 검엽이 아니었다.
운려는 어리둥절해졌다.

고래로 여자는 남자의 무덤이라는 말이 있다. 미인계라는 계책도 있다. 영웅호색이야 워낙 유명한 경구였고.

여자의 알몸을 뭐 볼 게 있냐고 말하는 사내가 현실에 있을 수 있다니.

검엽의 성격을 어느 정도 아는 운려에게도 그의 말은 신선한 충격이었다.

"응? 볼 게 왜 없어? 여자의 아름다움은 역사가 인정한 거야. 나라를 망하게 한 미인들도 많다고."

"미인? 전에 내가 말했잖아. 내가 보는 세상은 흑백이라고. 시커멓기만 한 몸들. 네 생각에 그런 몸들이 아름다워 보일 거 같냐?"

운려는 입맛을 다셨다.

잊고 있었다.

검엽이 보는 세상은 윤곽선만이 흰색일 뿐 온통 검다는 것을.

'호호호.'

다시 걸음을 옮기는 검엽과 어깨를 나란히 하고 걸으며 운려는 내심 음흉하게 웃었다.

검엽은 별호에 대해 그녀를 추궁하는 것을 잊은 듯했다. 그 것을 위해 검엽과 나눈 대화의 내용이 좀 남세스럽긴 했지만 어쨌든 화제를 바꾸는 데는 성공한 것이다.

검엽은 떨떠름했다.

사실 그가 운려에게 전부를 말한 건 아니었다.

'검게 보여도… 그냥 검기만 한 건 아니야. 모든 것은 그 나름의 느낌을 발산해. 사람 몸도 그래. 나이에 따라 그 느낌은 다 다르고, 그중에 젊은 사람들이 발산하는 느낌은 윤택하고 화사하지. 여자들은 그 느낌이 더 강하고.'

하지만 그런 말을 할 수는 없었다.

그러면 운려는 그를 정말 변태로 볼 테니까.

생각에 잠겨 있던 검엽은 옆의 운려가 무언가에 화들짝 놀라 걸음을 멈추는 분위기에 덩달아 걸음을 멈췄다.

운려는 시체처럼 창백해진 얼굴로 그를 보며 입술을 떨고 있었다.

"너… 너……."

"……?"

"… 혹시… 설마… 나도 그렇게 본 적이 있는 건……?"

"……."

검엽은 잠시 말을 하지 못했다. 그러나 침묵은 짧았다. 선의의 거짓말이 필요한 시점이었다.

"나를 어떻게 보는 거냐! 본 적 없다."

"정말?"

"그럼!"

"…믿기 어렵다."

"믿어. 믿어서 남 주냐. 그리고 생각을 해봐. 솔직히 네가 여자 같냐? 남자 같잖아. 가뜩이나 볼 거 없는 여자 몸인데."

운려는 검엽의 말에 자존심이 상해야 하는 건지 아닌지 혼란을 느꼈다. 그래서 일시지간 말을 하지 못했는데, 그 틈에 검엽은 빠른 걸음으로 그녀의 곁을 떠났다.

의심이 가득한 눈초리가 등에 꽂히고 있었다.

검엽의 등줄기를 식은땀이 적셨다.

빨리 이 자리를 벗어나야 했다.

'기해혈 아래쪽 일 촌 떨어진 곳에 약지 손톱만 한 사마귀가 있는 걸 봤다는 말을 하면 죽이려고 하겠구먼.'

그의 입가에 쓴웃음이 흘렀다.

'그래도 검법 수련 때문에 어깨가 좀 넓어서 그렇지 운려만큼 늘씬하게 균형 잡힌 몸을 가진 여자는 아직 본 적이 없는데……. 가슴을 꽉 묶은 천만 풀면 금상첨화일 거야.'

第六章

천마검섭전

검엽이 악우곤을 만난 사흘 후 새벽, 승룡단 이백오십 명은 무맹의 동남방 백오십 리 떨어진 곳에 위치한 회계산 수련장으로 이동했다.
  일행의 인도는 철혼단주 악우곤과 그가 이끄는 이십 명의 무사들이 맡았다. 악우곤이 직접 나선 것은 그만큼 승룡단에 대한 무맹 수뇌부의 관심이 컸기 때문이다.
  일행이 수련장에 도착했을 때는 깊은 밤이었다.
  회계산 수련장은 산 깊은 곳에 천연적으로 이루어진 오만 평 넓이의 분지에 마련되어 있었다.
  폭 십여 장가량 되는 입구를 제외한 삼면이 모두 산으로 막혀 있었고, 후면은 높이 사십 장, 길이 십여 리의 절벽이었다.

분지에 들어선 젊은이들은 산속에 이처럼 넓은 평지가 있다는 것에 첫 번째로 놀랐고, 분지의 중앙에 세워진 구층 석탑의 거대한 웅자에 두 번째로 놀라야 했다.

  달빛을 받으며 하늘에 닿을 듯 솟아 있는 석탑은 원형이었다.

  아래는 넓고 위로 갈수록 조금씩 좁아지는 구조. 언뜻 보아도 각 층의 면적이 이백 평이 넘어 보였고, 높이는 이십 장에 달했다.

  구층 석탑을 중심으로 다섯 개의 이층 건물이 세워져 있었고, 입구와 후면에 각각 한 개의 건물이 더 있었다.

  수련장에 도착한 악우곤은 기다리고 있던 흑의복면인들에게 젊은이들을 인계하고 돌아갔다.

  승룡단을 맞은 복면인들의 수는 십여 명.

  젊은이들은 그들을 맞이한 사람이 왜 복면을 쓰고 있는지 의아해했다. 그러나 복면인들은 일언반구 한마디도 하지 않고 젊은이들을 구층 석탑 아래로 데리고 갔다.

  그들의 태도가 워낙 무겁고 차가워서 가뜩이나 긴장하고 있던 젊은이들은 아무것도 묻지 못했다.

  낯선 장소, 어두운 밤, 복면을 쓴 차가운 분위기의 사람들, 커다란 건물들과 석탑이 세워져 있을 뿐 사방이 휑한 분지.

  의도했는지 알 수는 없었지만 제아무리 담이 큰 사람도 긴장하지 않을 수 없는 분위기였다.

  오대의 대주들인 무맹오룡까지도 약간은 주눅이 들 정도였으니 다른 젊은이들이야 두말할 나위도 없었다.
 구층 석탑의 정면에는 두 사람 정도가 들어갈 수 있는 문이 있었다.
 닫혀 있는 문 앞에서 복면인들은 멈춰 섰다.
 그리고 악우곤에게 승룡단을 인계받았던 복면인을 중심으로 다른 복면인들이 좌우로 늘어섰다.
 다섯 개의 무리로 나뉘어 대충 서 있는 젊은이들을 보는 복면인의 눈초리는 매서웠다.
 '개판이로군. 언제쯤 써먹을 만해지려나.'
 젊은이들은 걸음마를 뗄 때부터 무공을 수련했다. 그러나 어느 한 조직에 소속되어 체계적인 집단 수련을 받은 적은 없는 이들이었다. 그러니 그들이 오와 열을 맞추거나 하는 것을 알 턱이 없었다.
 무리의 대형이 엉망인 것은 필연이었다.
 복면인은 터지려는 한숨을 집어삼켰다. 그는 독해야 했다. 그것이 그가 받은 명령이었다.
 "신분이 어떻든 이곳에서 너희들은 수련생에 불과하다. 너희를 가르치는 누구도 너희에게 존대를 하지 않을 것이다. 대주라 해도 예외는 없다. 존중받기를 원한다면 강해져라. 그렇지 않다면 개돼지와 다름없는 취급을 받게 될 것이다."
 젊은이들의 안색이 허옇게 떴다.
 노기를 드러내는 사람도 있었지만 대부분 걱정과 두려움이 혼재한 기색들이었다.

복면인의 말이 이어졌다.

"입구에 있는 건물에는 너희를 가르칠 사람들과 이곳을 경비하는 무사들이 머문다. 그리고 절벽 가에 있는 건물에는 본 맹에서 준비한 무공 서적과 강호행도에 필요한 제반 서적들이 보관되어 있다. 후면 건물의 출입 시간 제한은 없다. 하지만 반출은 금한다. 적발될 시에는… 알아서 생각해라. 그리고 이곳에서 너희들에게 따로 전수하는 무공은 없다."

젊은이들 사이에 작지 않은 술렁임이 일어났다. 예상치 못한 말이었기 때문이다. 그들 중 대부분은 새로운 무공을 배울 수 있을 거라는 기대를 품고 이곳에 왔다.

물론 다 그런 것은 아니었다. 몇몇은 복면인의 말이 무엇을 의미하는지 알겠다는 듯 수긍하는 기색이었다.

수련이 어떻게 진행될지는 알 수 없었다. 그러나 일 년의 수련 기간 동안 새로운 무공을 배우는 건 그리 좋은 일이 아니었다. 어설프게 배우면 기존에 배운 무공에 혼란만 가중시킬 뿐이다.

승룡단을 훑는 복면인의 눈빛이 얼음처럼 차가워졌다.

"닥쳐!"

사위가 물 뿌린 듯 조용해졌다.

"너희들은 지금까지 소속된 문파에서 배운 무공을 대성하는 것만으로도 충분히 강해질 수 있다. 알겠나! 이곳에서 너희들이 배울 것은 무공이 아니라 강해지는 법이다."

복면인은 자신의 뒤에 있는 건물을 손으로 가리켰다.

"너희들의 수련장은 눈앞에 보이는 구층 탑이다. 석탑의 이름은 절망탑이다. 왜 그런 이름이 붙었는지는 겪어보면 안다. 흐흐흐. 어떻게 수련할 것인지는 내일 자연스럽게 알게 될 것이니 따로 말하지 않겠다. 너희들 앞에 있는 복면인들은 각자 가슴에 숫자가 쓰여 있다. 그들 중 각 두 명씩이 일개 대를 책임질 것이다. 그들의 지시에 절대 복종하라. 경고하지만 불복종의 대가는 참혹하다."

말을 하는 복면인을 제외한 복면인들의 수는 열 명. 그들을 살펴본 젊은이들은 복면인들의 가슴에 일부터 십까지의 숫자가 쓰여 있는 것을 볼 수 있었다.

잠시 말을 멈추었던 복면인이 한층 음산하게 느껴지는 말투로 뱉듯이 말했다.

"앞으로 너희들은 나를 총교관님이라고 부르면 된다. 그리고 너희를 책임진 사람들을 교관님이라고 불러라. 마지막으로… 일 년의 수련 기간 동안 사망자가 나올 수도 있다. 수련 중 죽는 자에 대해서 교관들은 무한 면책된다. 이것은 맹주님의 지시다. 알겠나! 한순간도 긴장을 풀지 마라. 긴장을 푸는 순간 너희들은 개처럼 맞아죽을지도 모른다. 흐흐흐."

젊은이들의 안색이 파리해졌다.

운려도 당황한 기색이 역력했다.

남다른 각오를 한 그녀조차도 수련 중에 죽을 수도 있다는 말은 듣지 못했다. 하지만 교관들이 없는 말을 지어낼 리는 없었다. 후일 거짓말이 들통 나면 뒷감당을 할 수 없으니까.

"교관들이 너희를 숙소로 안내할 것이다. 기상은 묘시(卯時:새벽 5시)다. 그때까지 푹 쉬도록."

열 명의 교관이 이 인 일 조로 각 대에 다가왔다. 그리고 그들이 젊은이들을 인솔해 갈 때 총교관이 승룡일대의 선두가 있는 곳을 보며 소리쳤다.

"고검엽! 너는 남아라!"

운려와 함께 걸음을 떼던 검엽이 흠칫하며 움직임을 멈췄다.

그는 총교관을 향해 신형을 돌렸다.

돌아서는 그는 죽립을 쓰고 있지 않았다. 대신 면구를 쓰고 있었다.

스물 남짓한 평범한 외모의 면구는 꽤 정교하게 만들어진 것이었다. 그러나 눈썰미가 있는 사람이라면 면구임을 어렵지 않게 알아볼 수 있는 정도였다.

면구는 수련장에서 죽립을 쓰고 있기에는 곤란할 게 분명한 터라 운려가 무맹총타에 있는 산장의 요인에게 급하게 부탁해 마련한 것이었다. 시간이 더 있었다면 정교한 면구를 구했을 것이다. 그러나 그럴 시간이 없었다.

검엽에게 면구를 씌우며 운려는 산장에서부터 그에게 면구를 씌우지 않은 걸 후회했다. 하지만 그녀의 강호 경험이 일천한 때문이라 누구를 탓할 수도 없는 일이었다.

검엽은 반항하지 않고 순순히 면구를 썼다. 그는 막간산에서 얼굴이 드러났을 때 주변에서 보인 반응을 기억하고 있었다. 그리고 다시 그런 반응을 보고 싶지 않았다.

그는 느릿한 듯 보이지만 실상은 그리 느리지 않은 언제나와 같은 걸음으로 총교관의 앞에 섰다.

총교관은 검엽의 눈을 뚫어져라 보았다.

면구를 쓴 것도 특이한데 눈은 뜬 듯 감은 듯 실눈이다. 게다가 제대로 보이지 않는 가는 눈은 속을 알 수 없을 만큼 깊다.

"너는 수련을 받지 않는다."

검엽이 인상을 찡그렸다.

총교관은 검엽이 질문을 할 여유를 주지 않았다.

"무엇을 하든지 자유지만 숙소를 벗어나서는 안 된다. 알겠나?"

검엽은 혀를 찼다.

총교관이 저런 발상을 했을 리는 없다.

악우곤일 것이다.

'답답해서 수련장을 나오게 하려는 모양인데… 참 공연한 데 애를 쓰는구만.'

그가 물었다.

"책을 보러 가는 것은 됩니까?"

총교관은 복면 속의 눈살을 찌푸렸다.

그가 예상했던 것과 완전히 다른 반응이었다.

제정신을 가진 사람, 그것도 혈기방장한 젊은이라면 일 년 동안 숙소처럼 좁은 곳에 박혀 있으라는 지시를 들었을 때 강하게 반발해야 정상이다. 감금이나 다름없는 생활이 아닌가.
"그것은… 된다. 하지만 숙소와 서적관 이외의 장소는 허락할 수 없다."
"숙소와 서적관 앞의 마당에서 바람 쐬는 것도 안 됩니까?"
총교관은 서서히 속이 끓어오르는 것을 느꼈다. 검엽과 얘기하면 열받을 거라고 장담하던 악우곤의 말은 빈말이 아니었다.
그가 이를 물며 소리쳤다.
"안 돼!"
"조금 심하지만… 뭐, 그렇게 하죠."
심드렁하게 대답한 검엽이 신형을 돌렸다.
휘적휘적 걸어가는 그의 등에 총교관의 날카로운 시선이 꽂혔다. 하지만 검엽은 신경도 쓰지 않았다.

*　　*　　*

털썩!
검엽의 방에 들어오자마자 운려는 침대에 몸을 던졌다.
침대에 등을 기대고 바닥에 앉아 책을 읽던 검엽은 시선도 돌리지 않고 말했다.
"땀 좀 닦고 오면 어디 덧나냐?"
"씻을 기운도 없어."
운려는 큰대자로 누워 말했다.

힘이라곤 한 점도 느껴지지 않는 음성.

검엽이 피식 웃었다.

"실력을 감추려니까 배로 힘든 거야."

"다른 녀석들도 마찬가지일 텐데 나만 드러낼 수는 없잖아."

"훗, 알아서 해."

검엽은 태평하게 대꾸한 후 책장을 넘겼다.

곁눈질로 검엽과 책을 번갈아 본 운려가 물었다.

"반출 금지 아니었어?"

"말만 그렇지 가지고 나오는 걸 감시하는 사람은 하나도 없다. 귀중한 서적이 있는 것도 아니고."

"흥, 세월 좋네."

"후후후."

낮게 웃은 검엽은 책에 몰입했고, 운려는 입을 다문 채 호흡을 골랐다.

수련을 시작한 지 열흘이 지났다. 그리고 승룡단의 젊은이들은 그 열흘 동안 매일매일 생사의 경계를 오고 가야 했다.

수련은 단순했다.

묘시 초(새벽 5시)에 일어나 분지 중앙의 구층 석탑, 절망탑에 들어간다. 그리고 해시 초(밤 9시)까지 능력이 닿는 한 위로 올라간다. 그것이 전부였다.

그러나 절망탑의 한 개 층을 올라가기 위해서 젊은이들은 목숨을 걸어야 했다.

각 층에는 열 명의 교두가 있었고, 젊은이들은 그들과 싸워 이겨야만 다음 층으로 올라갈 수 있었다. 교두들은 한 시진마다 교체되었기 때문에 시간이 지날수록 기력이 떨어지는 젊은이들에게는 악몽과 같은 시간이 계속되었다.

싸움은 격식이 없었다.

일대일, 일 대 다, 다 대 다.

가능한 모든 종류의 싸움이 끊임없이 벌어졌다.

교두들은 손에 사정을 두지 않았다. 그 때문에 뼈가 부러지고 내상을 입는 젊은이들이 하루에도 수십 명씩 나왔다.

다친 사람들은 탑 밖으로 내보내졌다. 그리고 최상의 치료와 쉴 수 있는 시간이 주어졌다. 그러나 다른 사람들은 계속해서 싸우며 강해지고 있는데 쉬는 시간이 주어졌다고 좋아할 사람이 어디 있을까.

그렇게 열흘이 지나며 각 층에 머무는 사람들의 윤곽이 드러났다.

놀랍게도 승룡단에서 가장 강하다고 알려진 무맹오룡조차 절망탑의 칠층 이상을 올라가지 못했다.

운려도 칠층에서 하루 종일 악전고투를 거듭하고 온 것이다.

검엽은 절망탑에서의 수련이 어떻게 진행되는지 운려에게 들었을 때 수련을 구상한 자에게 감탄했다.

승룡단의 젊은이들에게 주어진 시간은 일 년이다. 이 시간 동안 새로운 무공을 익히게 하는 것은 누가 봐도 실효성이 떨어진다. 설령 그 무공이 절학이라 할지라도 일 년 동안 익혀봤자 과연 얼마나 익힐 수 있을 것인가.

이, 삼류의 무공이라도 실전에서 써먹을 정도가 되려면 최소 삼 년은 수련해야 한다는 건 상식이다.

이곳에 온 젊은이들도 그렇게 생각했다.

그래서 그들은 일 년의 수련 기간 동안 자신들이 익히고 있는 무공을 좀 더 깊이 있게 할 수 있는 수련장이 꾸며져 있을 거라는 생각들을 갖고 있었다.

문제는 방법이었는데, 이곳을 구상한 사람은 일석이조의 수련 방법을 생각해 냈다.

절망탑에서 교관들에게 두드려 맞지 않기 위해서는 강해져야 했다. 강해지는 방법은 하나밖에 없었다. 자신들이 익히고 있는 무공의 수준을 높여야 하는 것이다.

젊은이들은 미친 듯이 지금까지 익혔던 무공을 수련했다. 지금 그들의 열흘은 자파에서 수련한 한 달에 버금갔다.

게다가 끝없는 싸움으로 그들의 실전 감각은 놀라울 만큼 빠르게 늘어갔다. 매일 실전과 다름없는 싸움을 뼈가 부러지거나 탈진해 쓰러질 때까지 반복하는데 실력이 늘지 않으면 그건 몸치다.

검엽의 뒤통수를 노려보는 운려의 눈이 가늘어졌다.
"사람들이 너 미워해. 알아?"

"날? 왜?"
"편해 보이니까."
"희한한 이유로 미워하는구만."
검엽은 심드렁하게 대꾸했다.
"하루 종일 교두들에게 두들겨 맞아봐. 매일 숙소와 서적관만 어슬렁어슬렁 왔다 갔다 하는 네가 안 미워지나."
'솔직히 나도 절망탑에서 대적 경험을 쌓고 싶은 마음이 영 없는 건 아닌데…… 악 단주가 훼방을 놓으리라고는 생각도 못했어. 뒤끝있는 인간이라는 건 보는 순간 눈치채긴 했어도 이 정도일 줄은 몰랐지.'
"덜 맞아서 그래."
검엽의 대꾸에 운려는 쿡쿡거리며 웃었다.
"흐흐흐, 네 대답을 사람들이 들었어야 하는데."
누운 채로 운려는 검엽의 긴 머리채를 확 잡아당겼다.
머리가 뒤로 젖혀진 검엽은 인상을 썼다.
"아파, 인마. 왜 그래?"
"넌 수련 안 해?"
"하고 있어."
운려는 눈을 동그랗게 떴다.
"엉? 언제? 어디서? 못 봤는데?"
"매일, 방에서."
"이 좁은 곳에서?"
운려는 세 평이 간신히 넘는 방 안을 둘러보았다.

"나 정도 고수가 되면 수련하는 데 넓은 공간은 필요없어."
"그래, 너 고수라 좋겠다. 흥!"
"그럼, 매일 두드려 맞는 하수하고 같나."
"얼래, 얼굴에 금칠하니 좋아?"
"나쁠 거 없지."
"너… 나중에 밥값 못하면 알아서 해!"

자리에서 벌떡 일어난 운려는 검엽의 머리채를 한 번 더 힘주어 잡아당겼다. 그리곤 방문을 쾅 소리가 나도록 세차게 닫고 나가 버렸다.

검엽은 읽던 책을 옆에 놓았다.

책의 겉장에 천하기보편람(天下奇寶便覽)이라고 쓰인 제목이 보였다.

'저 자식이…누구 때문에 무공 수련하고 있는데…….'

검엽은 피식 웃어버렸다.

회계산에 온 후 그는 하루에 여섯 시진 정도를 무공 수련에 할애하고 있었다.

혈조사마와의 싸움과 운려의 목걸이를 가져간 은의청년에게 받은 자극 때문이었다.

그들은 강했다.

적어도 그는 운려와 약속한 기한 동안 운려를 지켜야 했다. 그러기 위해서는 지금보다 강해져야 했다. 후일 강호를 행도하며 혈조사마보다 강한 자들과 싸우지 않으리라는 보장은 없는 것이다.

그가 수련하는 이유는 그처럼 정말 단순했다.

그 이유 중에 강해지고자 하는 욕망은 포함되어 있지 않았다. 그는 약해서 남에게 핍박받는 건 정말 사양하고 싶었고, 무기력하게 남의 손에 목숨을 맡기고 싶은 마음도 없었다.

상승무공을 모른다면 몰라도 어지간히 익히면 자신의 바람을 배신하지 않을 절세의 무공이 그의 머릿속에는 넘치도록 있지 않은가.

수련은 구환기와 그가 창안한 무공에 집중되었다.

와호당의 다섯 노인에게 배운 것은 뼛속까지 새겨져 있을 정도라 꾸준한 반복 수련 외에 더 이상 할 게 없었기 때문이다.

구환기는 이단계인 구환득련경의 후반에 이르면 작정하고 운공하지 않더라고 저절로 운기된다. 십이시진 내내 동공(動功)이 가능한 경지에 이르게 되는 것이다. 그리고 그 수준에 도달하면 구환기는 완전히 다른 영역으로 접어들게 된다.

그러나 아직 검엽의 경지는 동공 수준에도 미치지 못하고 있었다. 그래서 그는 수련장에 머무는 일 년 동안 동공이 가능한 수준까지 구환기를 끌어올릴 생각이었고, 수련의 가장 많은 시간을 구환기에 쏟아붓고 있었다.

구환기를 수련하는 한편으로 그는 자신이 창안한 무공을 다듬고 숙련하는 데 상당한 노력을 기울였다.

그가 창안한 무공은 십여 종이 넘었다. 그러나 그는 주로 여섯 개의 무공을 집중적으로 수련했다.

보법과 신법의 암천부운행.
권, 각, 퇴의 겁천벽뢰타.
수, 장의 영겁천뢰장.
암기의 암천유성혼,
지법의 벽력섬뢰탄,
검법의 천뢰대검식.

이들 중 천뢰대검식은 검엽이 척천대검식을 참오하고 뇌전(雷電)에서 얻은 심득을 더하여 창안해 낸 것이었다.

그 안의 사정은 조금 묘했다. 만약 그가 척천대검식을 어떻게 보았는지를 산장에서 알게 된다면 그의 입장은 상당히 곤란해질 수도 있었다.

그래서 그는 와호당에서조차 노인들이 보는 앞에서는 검을 펼치지 않았다.

그는 구환기와 창안 무공의 수련에 집중했지만 궁극적으로 얻고자 하는 수련의 목표는 창안 무공과 다섯 노야에게 배운 무공들이 조화를 이루는 것이었다.

그가 창안한 무공들은 절세라 부를 만한 위력을 갖고 있지만 내공의 부족 때문에 주력으로 사용할 수 없었다.

그것을 혈조사마와의 싸움으로 뼈에 사무칠 정도로 깨달은 그는 다섯 노야의 무공을 주력으로 하고 창안 무공을 적시에 사용하는 형태로 조화를 이루게 할 생각이었다.

단시간에 성취를 볼 수 있는 일이 아니었다. 그러나 불가능한 일도 아니어서 검엽은 무공들의 조화에 어느 정도 흥미를 느끼고 있었다. 실전 속에서 자신이 익힌 무공들이 어떻게 적용되는지를 체험한 덕분이었다.

어쨌든 검엽은 무공에 입문한 후 지금처럼 열심히 무공을 수련한 적이 없었다.

그렇다고 전력을 다해 수련하고 있다고 그 스스로 자신있게 말할 정도는 아니었다.

검엽은 뒷머리를 침대에 턱하니 기대었다.

'그래도 이 정도가 어디야. 노야들이 알면 기절할 일이잖아?'

　　　　　　＊　　　＊　　　＊

"속을 알 수 없는 놈이로고."

구양일기는 손에 든 보고서를 보며 중얼거렸다. 그의 이마에 잔뜩 잡힌 주름이 그의 속내를 알 수 있게 했다.

보고서를 책상 위에 산더미처럼 쌓여 있는 서류의 맨 위에 내려놓은 그는 고개를 들었다.

책상 너머에 시립하고 있던 평범한 용모의 중년인이 긴장된 눈빛으로 구양일기의 눈을 받았다.

"답답해하는 기색이 없단 말이지?"

"그렇다고 합니다."

"괴상한 놈이야. 견디기 쉽지 않을 터인데…… 인내심이 뛰어난 건가, 아니면 원래 그렇게 좁은 곳을 좋아하는 건가?"

답을 원하는 질문이 아니다.

중년인은 묵묵히 구양일기의 다음 말을 기다렸다.

"특별한 동향이 보이면 지체없이 보고하도록."

"알겠습니다."

"나가보게."

중년인이 방을 나가자 자리에서 일어선 구양일기는 곧장 맹주의 집무실로 향했다.

서류더미와 싸우는 건 맹주인 단목천도 구양일기와 별로 다르지 않았다.

"무슨 일인가?"

"고검엽이라는 자에 대해 드릴 말씀이 있습니다."

단목천은 보고 있던 서류를 내려놓았다.

그의 눈에 호기심이 떠올랐다.

"흠, 무언데 그러나?"

"맹주님, 그의 고집 때문에 수련장으로 보내긴 했습니다만 그를 수련장에 계속 두면 분위기만 흐트러뜨릴 뿐입니다. 모두 가혹한 수련을 받는데 혼자 놀고 있으니 당연한 일입니다. 그래서 그를 불러내 일에 투입하려 합니다. 허락해 주시기 바랍니다."

"우양에게 들어보니 일 년에 세 번만 일을 시키기로 했다던데 벌써 그 아이를 쓸 일이 생겼는가?"

"일이야 얼마든지 있습니다, 맹주님."

단목천은 고개를 끄덕였다. 몰라서 물어본 것이 아니었다. 대륙의 동남부를 석권하고 있는 무맹이다. 부족한 것은 사람이지 일은 넘쳐 났다.

"그래? 어디에 투입하려고?"

"정남(定南)에 보내려 합니다."

단목천은 살짝 눈썹을 찡그렸다.

정남(定南)은 강소성 남서부 끝에 위치한 곳으로 광동성과 경계가 되는 지점이다.

"처음부터 너무 험한 곳에 보내는 게 아닐까?"

"그는 능력이 있습니다."

"총군사의 생각과 달리 능력이 부족하다면?"

"살아서 돌아오지 못하겠지요."

"흠······."

잠시 생각에 잠겼던 단목천의 눈빛이 강해졌다.

"너무 속이 보이지 않을까?"

구양일기는 조용하게 웃었다.

"그렇지는 않을 것입니다. 제가 알아본 바로는 척천산장에서도 그에 대해 제대로 모르고 있는 눈치였습니다. 혈조사마를 죽인 이후 산장에서 그를 주목하는 기색이긴 합니다만 아직 어떻게 대해야 할지 정하지 못한 듯합니다. 그러니 지금 그를 일에 투입한다고 산장에서 적극적으로 나서지는 못할 겁니다. 게다가 본래 험한 일에 투입할 거라 말하고 부른 승룡단의 아이들 중에 속했던 자입니다. 정남으로 보낸다고 뭐라 할 입장도 못 되지요."

"그 아이가 능력이 있어 정남에서의 일을 완벽히 수행하는 경우는 생각해 보았는가?"

"그도 나쁘지 않습니다."

구양일기는 망설임없이 대답했다.

"왜 그런가?"

"정남은 혼란이 계속되는 지역이어서 그가 실패한다고 해도 큰 손해가 없을뿐더러 맡겨진 일을 제대로 수행할 경우 우리는 커다란 이익을 얻을 수 있습니다. 그리고 그가 지닌 능력이 어느 정도인지도 정확하게 알 수 있을 것입니다. 그렇게 되면 그를 어찌 쓸지에 대한 방안도 구체적으로 마련할 수 있지요."

"길게 보고 있다 이거로군."

"천하의 일이라는 게 일조일석에 이루어지는 건 아니니까요."

"허허허, 어련하겠는가. 자네가 알아서 하게."

"감사합니다, 맹주님."

두 사람은 마주 보며 웃었다.

마주한 그들의 눈에 강한 신뢰가 오가고 있었다.

*   *   *

사마결은 크게 숨을 들이마셨다.

심장이 금방이라도 옷을 찢고 튀어나올 것처럼 격렬하게 뛰고 있었다.

흥분이 지나쳤다.

진정시켜야 했다.

그는 땀과 뒤엉켜 이마에 들러붙은 머리카락을 떼어내 쓸어 넘겼다.

검엽과 만났을 때의 깔끔했던 그는 사라지고 없었다.

지금 그의 모습은 지하 백 장 밑에서 수삼 일 동안 땅을 판 광부처럼 초췌했다.

실제로 그는 지하에 있었다.

한 사람이 간신히 들어설 수 있을 정도의 폭과 무릎을 꿇지 않으면 앞으로 전진할 수도 없는 높이를 가진 동굴이었다.

사방은 칠흑처럼 어두웠다.

그의 근처엔 아무도 없었다.

혼자 온 것이다.

사마결은 야수처럼 빛나는 눈으로 정면을 보았다.

'얼마 남지 않았다.'

그는 심호흡을 하며 몸을 바닥에 뉘였다.

눈빛과는 달리 몸은 물 먹은 솜처럼 무거웠다. 팔 다리에 천 근짜리 쇠를 매단 기분이었다.

쉴 필요가 있었다.

이틀이었다.

그가 입구에서부터 여기까지 기어오며 걸린 시간은.

날 선 검으로도 손상을 입히기 힘들 만큼 단련된 그의 두 손과 무릎이 걸레처럼 해졌다.

준비한 금창약이 아니었다면 과다 출혈로 쓰러져도 벌써 쓰러졌을 것이다.

게다가 이틀 동안 누울 때 외에는 허리를 펴지 못한 터라 몸이 정상이 아니었다.

이틀간 누워 쉰 시간은 불과 이각.

코앞에 목적지가 있었다.

어찌 쉴 수 있으랴.

그럼에도 그는 아무런 불만이 없었다. 동굴의 내부를 알지 못했다면 이곳까지 올 수도 없었을 거라는 걸 잘 알고 있기 때문이다.

동굴은 길기만 한 게 아니었다.

동굴의 입구부터 이곳까지 일백여 개가 넘는 기관이 설치되어 있었다. 기관들은 절세의 고수라도 피해가기 어려울 만큼 정묘했다. 그리고 현재 사마결의 능력으론 그 기관들을 돌파할 수 없었다.

사마결은 동굴의 천장에 시선을 주었다. 하지만 초점이 맞지 않는 그의 눈은 그가 상념에 빠져 있다는 것을 알 수 있게 했다.

'사신동(死神洞)… 고금팔대고수의 일인인 혼세염왕(混世閻王)이 귀천(歸天)한 곳…….'

그의 입가에 참을 수 없는 미소가 떠올랐다.

염왕지서(閻王之書)를 얻었던 날의 기분이 되살아났다.

그것을 얻은 건, 야망은 있지만 그것을 실현할 방법을 찾을 수 없어 좌절이 거듭되던 어느 날이었다.

그리고 삼 년.

그는 마침내 자신의 꿈을 이루어줄 장소에 왔다.

'염왕지서에 쓰인 대로라면 사신동은 이제 얼마 남지 않았다.'

기운을 차린 그는 다시 기어가기 시작했다.

보통 사람이 서서 달리는 것과 비슷한 속도.

동굴은 구절양장으로 이리저리 휘어졌다. 그러나 그가 나아가는 속도를 늦출 정도는 되지 못했다. 이미 지형에 익숙해진 터다.

끝은 반 시진 정도를 더 갔을 때 나타났다.

사마결은 일어섰다.

전면이 막힌 곳은 이제까지의 지형과는 완전히 딴판이었다.

사방 폭은 십오 장에 달했고, 높이도 삼 장은 되었다. 천장에는 수십 개의 야명주가 박혀 있어 달이라도 뜬 것처럼 환했다.

그 작은 광장의 전면에 문이 있었다.

높이 일장 오 척, 너비 이 장.

아무런 장식도 되어 있지 않은 문은 재질을 알 수 없는 검푸른 통짜 돌을 깎아 만든 것으로, 보는 이의 숨을 막히게 만들 정도로 거대하고 압도적인 존재감을 갖고 있었다.

그 문의 위에 세 치 깊이로 새겨진 석 자의 글.

사신동(死神洞).

사마결은 주먹을 움켜쥐었다. 그렇지 않으면 손이 떨리는 것이 적나라하게 드러났을 것이다.
뛰는 가슴을 진정시키며 문으로 다가간 사마결은 품에서 묵빛의 목걸이, 염왕시를 꺼냈다.
문의 정중앙에는 자세히 살펴보아야 알 수 있는 작은 홈이 파여 있었다.
사마결은 그 홈에 목걸이를 집어넣었다.
맞추기라도 한 듯 목걸이는 홈에 쏙 들어갔다.
그리고 변화가 일어났다.
아무런 장식도 되어 있지 않던 문의 표면이 물결처럼 일렁이며 무언가가 모습을 드러냈다.
갑작스런 변화였다.
사마결은 생각지도 못했던 것이라 순간적으로 놀라 두 걸음 뒤로 물러섰다.
문에 일어나는 변화는 염왕지서에 기록되어 있지 않았다.
변화는 열을 헤아릴 정도가 지나자 끝이 났다.
그리고 문의 표면에 드러난 것은 아수라가 포효하고 야차가 피를 들이켜는 모습이 실제처럼 느껴질 정도로 정교하게 양각된 것이었다. 아수라의 양손은 염왕시가 꽂힌 자리 아래에 자리 잡고 있었다.

그 형태는 약간 특이했다.

마치 누군가 장법을 시전한 듯 그 부분만 한 치 정도 뒤로 꺼져 있었던 것이다.

조각의 기세는 사마결이 순간적으로 두려움을 느꼈을 만큼 무섭도록 강했다.

사마결의 초췌한 얼굴이 일그러졌다.

조각을 보고 놀랐던 그의 마음은 곧 가라앉았다. 그러나 놀람이 물러간 자리엔 분노가 대신 자리 잡았다.

염왕지서에 기록되어 있던 대로라면 염왕시가 꽂힌 문은 열려야 했다. 그러나 문은 열리지 않았다.

'어찌 된 거지? 무엇이 잘못된 것인가?'

그는 이제는 다른 의미로 떨리는 손을 움켜쥐었다.

하늘이 무너지는 것 같은 실망과 치 떨리는 분노가 그의 전신을 사로잡았다.

"왜! 왜!"

그는 이를 갈며 소리쳤다.

"열리란 말이다! 너는 내게 안을 내주어야만 한단 말이다!"

그의 쌍수에 저절로 형성된 막대한 진기가 문을 향해 밀려갔다.

절정의 고수라 해도 감당키 어려운 기세의 벽공장.

장력은 염왕시의 밑, 다른 곳과 달리 음각되어 있는 아수라의 두 손이 있는 부분을 쳤다.

쿠쿵!

그러나 사마결의 장풍은 광장을 뒤흔드는 소리만을 남겼다.

문은 꼼짝도 하지 않았고, 조각엔 홈조차 남지 않았다. 반진력에 의해 사마결만 다섯 걸음 물러났을 뿐.

악문 아랫입술이 찢어지며 흐른 피가 사마결의 턱을 적셨다.

그는 호흡을 가다듬었다.

흥분한다고 해서 문이 열릴 리는 만무했다.

문으로 다가간 그는 염왕시를 꺼냈다.

그리고 염왕시를 면밀하게 살펴보았다.

염왕시를 꽂은 후 문의 표면에는 보이지 않던 조각이 드러났다. 염왕시는 진품이었다. 그럼에도 문이 열리지 않는 건 염왕시에 무언가 문제가 있다는 것을 의미했다.

사마결은 바닥에 정좌를 하고 앉았다.

그는 사부와 사형제들도 인정하는 놀라운 집중력의 소유자였다.

그리고 그의 품에는 칠 일 이상을 버틸 수 있는 건량이 들어 있었다.

사마결은 염왕시와 문을 번갈아 보았다.

'혼세염왕이여, 그대가 문에 해놓은 안배는 과연 그대의 이름값을 하기에 모자라지 않소. 하지만 난 안으로 들어갈 것이고 결코 물러나지 않을 것이오. 그대의 안배는 단지 내가 인내해야 할 시간을 늘렸을 뿐이오!'

내심 차갑게 중얼거린 사마결은 염왕시에 시선을 고정시켰다.

수백 년간 자리를 지켰던 침묵이 다시 광장을 차지했다.

사마결이 일어날 때까지 침묵은 자리를 지킬 것이다.

第七章

악우곤이 보낸 전서구가 회계산 수련장에 도착했다.
그리고 검엽은 간단하게 짐을 꾸렸다.
그를 무맹으로 보내라는 내용이 전서구 편으로 전해졌기 때문이다.
수련장에서 이십 일을 보냈을 때다.
전서구는 운려가 절망탑에 들어가 있을 때 도착해서 검엽은 운려를 만나지 못하고 수련장을 떠나야 했다.

*   *   *

악우곤은 검엽에게 서류를 내밀었다.

두툼한 황지로 된 서류 뭉치는 십여 장 정도 되는 듯했다.
검엽은 말없이 서류를 받았다.
불러서 기분이 좋지 않다는 분위기가 그의 전신에서 팍팍 풍겼다.
그런 검엽을 보는 악우곤의 기분도 좋을 리 없었다.
"자네가 가야 할 곳은 정.남.이.야."
말꼬리가 길다.
궁금증을 유발하기 위한 의도적인 어투.
하지만 검엽은 서류를 든 채 그저 서 있기만 했다.
건네준 서류를 들여다보지도 않는다.
할 말 있으면 계속하라는 태도.
'…이 썩을 놈, 여전히 재수없네. 진짜 한 대 쥐어박았음 앓던 이가 빠진 것처럼 시원하겠구먼.'
악우곤은 속이 부글거렸다. 그러나 아쉬운 사람은 검엽이 아니라 그였다.
그는 나름 박력있고 묵직하다고 생각하는 지금의 분위기를 유지하기 위해 최선을 다했다. 검엽의 분위기에 휩쓸리면 철혼단주의 위엄이 무너진다는 걸 경험으로 알고 있었으니까.
"정남이 어디 있는 줄 아나?"
"모릅니다."
검엽의 대답은 망설임이 없었다.
모르는 게 당연하다는 태도.
사실 모르기도 했다.

그가 태어나 가본 곳이라고는 정가장과 척천산장이 전부였다. 천하의 지리야 대충은 알아도 특정 지역이 어디에 있는지 그가 어떻게 알겠는가.

그러나 그의 자세는 묘하게 사람의 속을 긁는 데가 있었다. 악우곤은 내심 이를 갈며 입을 열었다.

"정남은 강서성 서남부에 있네. 광동성과 경계를 이루고 있는 지역이지. 자네도 알겠지만 무맹의 권역은 강서성까지일세. 광동성부터는 군림성의 영역이고."

검엽의 미간에 가는 주름이 잡혔다.

그가 쓰고 있는 인피면구의 성능은 그리 좋은 편이 아니지만 피부의 움직임을 어느 정도까지는 드러내 준다.

검엽의 미간에 그려진 내천 자를 본 악우곤은 얼굴 근육을 최대한 경직시켜야 했다. 그렇지 않았다면 흘러넘치는 미소가 그의 안면을 점령했을 것이다.

그는 말을 이었다.

"정남은… 분쟁 지역일세. 지금은 우리 영역이긴 하네만 지난 삼십여 년 동안 군림성의 영역에 속한 시절도 적지 않았네. 그 지역이 분쟁 지역이 된 건, 그곳에 있는 광산 때문일세. 천하에 몇 군데 되지 않는 현철광산 중의 하나가 그곳에 있지. 현재 정남에 배치된 군림성의 무력이 증강되고 있다는 정보가 있네. 자네가 맡을 임무는 현재 그곳을 지키고 있는 본 단을 지원해 주는 걸세. 그곳에 배치되어 있는 무사들은 본 단의 정예들이고 수도 꽤 되기 때문에 힘든 일은 없을 거라 생각하네.

그리고 얼마가 걸릴지는 내가 대답할 수 없는 사안이지만 그리 오래 걸리지는 않을 걸세. 험험, 보다 정확한 임무는 그곳에 도착하면 알게 될 걸세."

검엽은 인상을 쓴 그대로 뒷짐을 졌다.

얼굴뿐만 아니라 전신에 악우곤의 말이 마음에 들지 않는다는 기색이 역력한 자세였다.

무기를 제조할 때 한 푼만 들어가도 그 물건을 귀물(貴物)로 만들어주는 것이 현철이다.

무림인은 물론이고 병가(兵家)에 속한 사람들에게는 가히 부르는 게 값인 물건.

그런 현철의 광산이라면 가치를 따지는 것이 우습다.

그런 지역이 분쟁 지역이라니······.

누구나 노릴 만한 물건이라서 분쟁이 끊이지 않는다는 악우곤의 말은 납득이 될 듯도 했지만 검엽은 그래서 더 이해할 수 없었다.

게다가 악우곤의 어투는 뭔가 숨기는 기색이었다.

말을 끝낸 후 은근히 딴청 피우는 듯하던 악우곤이 고개를 모로 기울이며 물었다.

"왜? 내 얘기 중에 마음에 들지 않는 부분이 있나?"

"없습니다."

악우곤은 실망했다.

"궁금한 게 있을 텐데?"

"없다니까 그러시네."

울컥한 악우곤의 얼굴이 시뻘겋게 변했다.

검엽은 던지듯 물었다.

"궁금한 거 물어보면 답해주실 겁니까?"

악우곤은 기분이 나빠졌다.

검엽을 부른 것도 그였고 명령을 내리는 사람도 그였다. 그런데도 대화의 주도권을 자신이 갖지 못한 느낌이었다. 기분이 좋다면 그게 비정상이다.

당연히 악우곤의 대답은 퉁명스러웠다.

"필요한 것이라면."

검엽은 손에 든 서류를 슬쩍 흔들었다.

"여기 적혀 있는 것 외의 것도 말입니까?"

악우곤은 말문이 막혔다.

서류에는 정남에 관한 정보가 기록되어 있었다. 하지만 모든 정보가 기록되어 있지는 않았다. 그리고 기록되어 있지 않은 부분을 말해주는 것은 곤란했다.

일시지간 말문을 열지 못하는 악우곤의 귀로 검엽의 낮은 음성이 스며들었다.

"그럴 걸 왜 물어보라 하시는 겁니까. 언제 출발합니까?"

악우곤은 결국 피동을 극복하지 못했다.

'아… 정말… 팰까?'

그는 씩씩 콧김을 뿜어냈다. 그러나 그의 선택은 주먹이 아니라 말이었다.

"내일."

"그러죠."

"건네준 서류는 외우고 태우도록. 그리고 함께 갈 사람이 몇 있네. 아침에 그들과 함께 출발하게 될 테니 그렇게 알고 있게."

검엽은 말없이 고개를 끄덕였다.

누가, 그리고 몇 명이 함께 가든 그는 관심이 없었다. 정남행을 명한 악우곤에게도 큰 불만은 없었다. 운려의 수련이 끝나는 날까지는 어디에 있든 상관이 없는 것이다.

집무실 우측에 난 창으로 보이는 구월의 석양이 오늘따라 유난히 붉었다.

다음날 아침 진시 초에 검엽은 철혼단의 본관 앞 공식 연무장에서 전날 악우곤이 말했던 일행을 만날 수 있었다.

오십 명의 사내와 한 명의 여인.

날 선 기도의 사내들은 철혼단의 무복을 걸치고 있었다. 철혼단 내에서 차출된 무사들. 특이할 게 없었다.

특이한 사람은 여인이었다.

조각처럼 아름다운 여인은 오른손에 검을 들고 있었는데 승복을 입고 있었다. 머리를 깎았다면 비구니라고 여기겠지만 여인은 머리가 길었다.

그만 의아한 게 아닌 듯 검엽과 앞서거니 뒤서거니 하며 도착한 다섯 명의 사내도 그 승복 입은 여인을 희한하다는 눈으로 보았다.

검엽은 사내들의 기색에서 여인이 철혼단에 속해 있지 않은 사람이라는 느낌을 받았다.

어수선하던 분위기는 사람들의 정면에 뒷짐을 지고 서 있던 사십대 후반의 중년인에 의해 정리되었다.

"주목."

그는 철혼단 부단주 귀검(鬼劒) 벽소일(碧嘯一)이었다.

"서로 간의 수인사는 가면서 해라. 그리고 단주님이 자네들에게 준 서류에 적혀 있던 것들은 이번 임무를 수행하기 위해 알아야 할 기본적인 것들에 불과하다. 구체적인 임무는 정남에 도착하면 알게 될 것이다."

날카롭게 사내들을 훑던 그의 시선이 승복의 여인에게서 멈췄다. 누가 봐도 알 수 있을 정도로 짜증이 덕지덕지 묻어 있는 눈길이었다.

"저 소저는 보타암에서 오셨다. 정남 행이 끝날 때까지 철혼단 소속이라고 할 수 있으니 자네들은 동료로 대하면 된다. 필요한 물품과 여비는 평소처럼 관재전(官財殿)에서 받아가도록. 질문은 받지 않겠다. 이상!"

벽소일은 제 할 말만을 하고 바로 본관으로 들어가 버렸다.

오십 명의 사내들은 벽소일의 태도에 익숙한 듯 별말없이 그의 등을 향해 예를 표하고는 곧 자리를 떴다.

관재전으로 가는 것이다.

검엽은 슬쩍 고개를 들었다.

본관의 위쪽에서 남다른 기세를 담은 두 개의 시선이 그를 보고 있었다.

　하나는 익숙했다.

　악우곤이다.

　검엽의 입가에 소리없이 미소가 그어졌다.

　'운려를 위해 이 년은 참을 거요. 그 뒤엔 볼 일 없으니 그때까지 실컷 보시구려.'

　그를 중심으로 기이한 어둠이 소용돌이치다 사라졌다. 그러나 그것은 사람의 눈에 뜨이지 않는 어둠이었다.

　검엽은 신형을 돌려 사내들의 뒤를 따랐다.

　그는 관재전이 어디에 있는지 모르는 것이다.

　악우곤은 여승 한 명과 어깨를 나란히 하고 오십일 명의 사내와 한 명의 여인이 연무장을 빠져나가는 것을 집무실의 창가에서 내려다보고 있었다.

　그가 눈살을 찌푸리며 말문을 열었다.

　"지시라 따르기는 하지만 굳이 초 낭자를 정남에 보낼 필요가 있겠소? 위험한 곳이오. 험한 꼴 당하기 쉽소이다."

　"그것이 저희가 바라는 일입니다, 악 시주."

　여승의 음성은 부드러웠다. 하지만 어딘지 굳은 기색이 엿보였다.

　그것을 느낀 악우곤은 곁눈질로 여승을 보았다.

　여승의 법명은 정현. 보타암에 적을 두고 있는 비구니였다. 그와는 몇 번 서로 볼 기회가 있었고, 배분과 나이가 비슷해서 그리 어색하지 않은 관계다.

그가 알기로 정현 사태의 나이는 사십이 넘었다. 그러나 심산에서 불도를 닦으며 살아와서 그런지 언뜻 보아서는 서른 정도로 보이는 얼굴이다.

게다가 정현 사태는 대단한 미모는 아니지만 왠지 범접키 어려운 기품과 위엄이 있었다.

"청조각에서 초 소저에게 거는 기대가 큰가 보오."

정현 사태는 조용하게 웃기만 할 뿐 대답하지 않았다.

악우곤은 입맛을 다셨다. 잘하면 보타암의 알려지지 않은 부분을 귀동냥할 수 있을 거라 생각했는데 틀린 것이다.

보타암은 절강 연안의 주선군도에 자리 잡고 있는 불교사대 도량 중의 하나다. 그러나 그것은 백성들에게 알려진 것일 뿐이고, 무림인들에게 알려진 부분은 그와는 판이하게 달랐다.

보타암의 여승 구 할은 일반에 알려진 방법으로 불도를 닦는 평범한 여승들이다. 그러나 보타암 서북쪽에 자리 잡은 작은 전각에는 다른 방법으로 불도를 닦는 여인들이 모여 있다.

그녀들이 불도를 수행하는 방법은 검(劍)이었다.

그리고 그녀들이 모여 있는 전각의 명칭이 청조각이었다.

청조각은 세 가지로 수백 년 동안 무림에 확고한 명성을 떨쳐 왔다.

검(劍)을 통해 불도를 수행하는 곳으로, 그리고 대를 이어 검후(劍后)를 키워내는 곳으로, 또 호북 무당, 섬서 화산, 사천 검각, 안휘 남궁가, 광동 검마전과 더불어 천하육대검문 중의 하나로 꼽히는 곳으로.

청조각은 외부인의 방문을 허락하지 않았고, 그 안의 여승들은 문밖출입을 하지 않았다.

유일한 출입은 일 회의 탁발 수행뿐이니 두말할 필요가 없었다. 평생 동안 청조각 안에서만 살다가 죽는 사람도 흔했다.

정현 사태는 그런 청조각에서 거의 유일하게 문밖출입을 하는 여승이었다. 그녀는 청조각주의 제자 중 한 사람이라고 알려지긴 했지만 이도 확실하지는 않았다. 문밖으로 나오는 사람도 없고 방문도 허락하지 않으니 확인할 방법이 없는 것이다.

그러나 청조각의 전권을 위임받아 움직이는 그녀의 신분이 낮지 않음은 의심할 여지가 없었다.

'헌원미림……. 승복을 입었어도 머리를 깎지 않았으니 속인이다. 정현 사태조차 대할 때 그 태도가 무척 정중하던데, 그 신분이 정말 궁금하구먼.'

악우곤이 곁눈질로 정현을 살피며 생각에 잠겨 있을 때였다.

정현 사태가 물었다.

"그런데 지원 보내는 무사들의 수가 너무 적은 거 아닌가요?"

"저들은 철혼단의 각 대에서 열 손가락 안에 꼽히는 무인들이오. 사태의 말씀처럼 수가 적은 건 사실이지만 저들의 지원은 정남 지부에 적지 않은 힘이 될 것이오."

정현 사태는 고개를 끄덕였다. 그녀도 정남의 미묘한 사정에 대해 익히 들은 바가 있기에 악우곤의 말을 이해할 수 있었다.

악우곤의 말을 듣는 와중에도 검엽의 뒷모습에서 시선을 거두지 않던 정현이 다시 물었다.

"악 시주, 저기 면구를 쓴 무사의 이름이 무엇이오?"

"고검엽이라고 하외다."

"토의단 소속 무사인가요?"

악우곤의 눈이 반짝였다.

정현 사태의 얼굴이 굳어 있었다. 조금 전 그녀의 음성에서 느꼈던 딱딱한 분위기가 이제 얼굴까지 번진 것이다.

그는 고개를 저었다.

"엄밀하게 따지면 아니오."

"그게 무슨 말씀이신지?"

"숭룡단이라고, 사태도 들어보았을 거요. 거기에 속한 녀석이오. 숭룡단이 조직 체계상 본 단의 휘하에 있긴 해도 그들을 부리려면 군사부와 먼저 상의를 해야 하는 터라 저 녀석이 내 수하라고 말하긴 어렵소이다."

숭룡단의 소속이야 비밀이랄 것도 없어서 악우곤은 편하게 얘기했다.

멀어지는 검엽의 등에 꽂힌 정현 사태의 눈빛이 태풍을 만난 바다의 표면처럼 출렁였다.

'악 시주는 모르는가 보구나. 아니, 무맹에서 저 무사를 저

리 놓아두고 있음은 저 사람에 대해 아무도 제대로 알지 못한다는 뜻…….'

그녀는 자신의 손에 땀이 차오르는 것을 느꼈다. 동시에 등줄기를 타고 전율이 미친 듯이 치달렸다.

긴장이 극에 달한 것이다.

그녀는 반 각 전에 그것을 보았다, 자신과 악우곤이 서 있는 창문을 슬쩍 올려다보던 검엽의 전신에서 피어오르던 그것을.

후광인 듯, 아지랑이인 듯 검엽의 전신을 두르며 범위를 확장해 가던 투명한 검은 기운.

'내가 잘못 본 게 아니라면… 그것은 분명… 역천마기(逆天魔氣)…….'

그녀는 세차게 도리질하려는 머리를 간신히 자제했다. 악우곤이 이상하게 여길 것이다.

'과연 내가 제대로 본 것일까. 정녕 내 눈이 잘못된 게 아닐까. 역천마기를 몸에 지닌 사람이 있을 수 있다니… 믿을 수가 없구나. 어떻게 몸이 버틸 수 있는 것일까? 무공은 뛰어난 듯하나 절대의 경지는 아니다. 설령 절대의 무공을 익힌 사람이라 해도 역천마기를 몸에 지니고는 버틸 수 없어. 그 힘은 인간의 육체가 감당할 수 있는 것이 아니거늘……. 아미타불… 아미타불…….'

그녀의 파르르 떨리는 눈가에 짙은 그늘이 드리워졌다.

그녀는 청조각에 전해지는 전설을 떠올리고 있었다.

—역천의 마기를 전신에 겁화처럼 두른 자가 강림하리라. 시신이 산처럼 쌓이고 피가 바다가 되어 흐를지니… 인세에 지옥이 구현되고 마의 군주가 현신하리라. 누구도 그를 막지 못하리라. 이는 태초 이전에 맺어진 혼돈의 맹약. 육신에 머문 자나 육신을 벗은 자나 누구도 피할 수 없는 구속의 약속일지니…….

너무나 오래되어 누가 그것을 기록했는지도 알 수 없는 전설. 그러나 그 전설을 기록한 책자는 청조각 내에서도 가장 귀한 삼대귀물 중의 하나였다.

정현 사태는 입술을 깨물었다.

그녀는 청조각에서도 특별한 존재였다.

무공이 뛰어나서가 아니었다.

그녀는 수행 도중 영안이 트였다. 불가의 육신통 중 천안통을 얻은 것이다.

그때부터 그녀는 일반인이 볼 수 없는 것들을 볼 수 있었다. 타심통을 얻지는 못했지만 사람의 속내도 어렵지 않게 읽어냈다.

그 능력 때문에 그녀는 청조각의 외부 일을 도맡아 하게 되었다. 세상 물정을 몰라 사람에게 쉽게 속는 청조각의 여승들과 달리 그녀는 속지 않을 수 있었기 때문이다.

그리고 오늘 그녀는 아무도 보지 못했던 것을 보았다.

'한 번 본 것에 불과하니 속단해서는 안 될 일이다. 하지만 사부님께 말씀드려야겠다. 저 무사에 대해 더 깊은 조사가 필요해. 사부님께서 세상사에 얽히는 것을 아무리 꺼리신다 해도 이 일은 나 혼자 알고 있어서는 안 되는 일이야. 내가 본 게 진실이라면 천하의 미래는…….'

눈가의 떨림이 전신으로 번져 가고 있었다.

* * *

구양일기는 장석초가 올린 보고서에서 눈을 뗐다.
"도착까지 보름 정도면 되겠지?"
"지부마다 갈아탈 준마를 제공할 테니 그 정도 시간이면 충분할 것입니다."
"헌원미림과 고검엽이 포함된 전력이라면 크게 도움이 될 게야."

고개를 주억거리던 구양일기의 입매가 일그러졌다.
"정남에 혈풍대의 정예를 삼십 명이나 보내다니… 요새 군림성에 사람이 남아도는가 본데, 부전주는 알고 있는 게 있는가?"

순간 장석초의 이마에 땀방울이 솟았다.
"특별한 움직임은 감지된 것이 없습니다."
"흠."

톡톡톡톡톡.

구양일기는 손끝으로 책상을 두드렸다. 그가 깊은 생각에 잠길 때마다 나오는 습관 중의 하나다.

　삼패세 정립 후 삼십 년.
　긴 평화의 시기 동안 삼패세는 정보를 다루는 전력에 집중적인 투자를 했다.
　이유는 두 가지였다. 첫 번째는 당연히 다른 세력의 움직임을 빠르고 정확하게 파악하기 위해서였다. 그리고 두 번째는 자신의 영역을 더욱 공고하게 하기 위해서였다
　각 세력이 영향력을 행사하는 지역은 몇 개 성을 포괄하고 있다. 그 전체를 조망하기 위해서는 방대한 정보망이 필수적으로 요구되었던 것이다.
　그 결과, 현재 삼패세의 정보를 맡는 부서들, 대륙무맹의 산운전과 천추군림성의 귀마안(鬼魔眼), 그리고 정무총련의 비각(秘閣)의 역량은 가히 무림사에 유래가 드물다고 평해질 정도가 되었다.
　그들은 상대 세력에서 행해지는 은밀한 일들을 그 일이 무엇이 되었든 간에 열흘 이내에 알 수 있었다. 그리고 최고의 극비로 취급되는 사안이라도 시간만 충분히 주어진다면 정보를 얻을 능력을 갖고 있었다.
　끊임없이 상대 세력에 침투시킨 세작들이 이제는 대를 이을 정도가 된 데다 정보의 전달을 빠르게 할 수 있는 가능한 모든 방법에 대한 삼십 년간의 지속적인 투자가 만들어낸 쾌거(?)였다.

구양일기의 흐릿하던 눈동자에 초점이 돌아왔다.
"고검엽에 대한 보고는 지금까지와 동일하게 해주게."
장석초는 이상하다 싶을 만큼 고검엽에게 집착하는 구양일기가 이해되지 않았지만 토를 달지 않았다.
그는 정보를 모으는 자, 분석과 판단은 구양일기의 몫이었다.
"그런데 곽 전주 얼굴 보기가 너무 힘들구먼. 조만간 식사나 한번 하자고 전해주게."
구양일기가 말한 곽 전주는 산운전주 곽주명을 말함이다.
"그리 전해 드리겠습니다."
길게 읍을 한 장석초는 방을 나섰다.
그의 이마에는 주름이 잔뜩 잡혀 있었다.
'전하기는 개뿔……. 그리 전했다가는 당장 내 이마에 촛대가 날아올 거외다, 총군사.'
구양일기와 곽주명은 견원지간처럼 사이가 좋지 않았다.

*   *   *

일행 간의 수인사는 점심이 되어서야 이루어졌다.
출발 직후부터 미친 듯이 말을 몬 터라 서로 통성명을 할 틈이 없었던 것이다.
일행은 관도변의 거목 아래 제각각 자리를 잡고 앉아 소지

한 건량을 꺼내 먹기 시작했다.

사내들은 은연중 다섯 무리로 나뉘어졌다. 그들의 무리를 본 사람이라면 그들이 철혼단의 오 개 대에서 차출되었다는 것을 누구라도 알 수 있을 정도였다.

식사를 하기 위해 쉬는 터라 상호 간의 인사는 식사와 함께 이루어졌다.

인사가 필요한 사람은 검엽과 여인뿐이었다. 오십 명의 사내는 전부터 잘 아는 사이라 통성명이 필요하지 않았다.

헌원미림이라고 간단하게 자신의 이름만을 밝힌 여인은 사내들의 호기심 어린 시선을 정면으로 받아넘기며 입을 다물었다.

사내들은 아쉬움에 속이 쓰렸지만 더 이상 그녀에게 말을 붙이지 못했다. 그녀의 차분하지만 냉엄한 분위기가 그것을 허락하지 않았기 때문이다.

결국 사내들의 관심은 검엽에게 모아졌다.

그들 중 가장 연장자로 보이는 수더분한 인상의 사내가 웃으며 검엽에게 말을 걸었다.

"앞으로 계속 볼 텐데 인사나 하세. 난 봉유종이라고 하네. 철혼일대 소속이고. 나이는 마흔셋일세. 자네 나이가 약관이라고 들었으니 말을 놓겠네. 괜찮겠나?"

"상관없습니다."

검엽은 고개를 끄덕였다.

앞으로 등을 맡겨야 할 사람들인지도 몰랐다. 그리고 두 배가 넘는 나이의 연장자에게 그만한 대접을 하는 건 어려운 일도 아니었다.

봉유종은 손을 들어 자신의 옆에 아무렇게나 앉아 있는 네 명의 사내를 하나씩 가리켰다.

"콧수염이 무성한 저 친구는 방건, 철혼이대 소속일세. 구환도를 잘 쓰지. 그 옆의 덩치 큰 친구는 심익수, 철혼삼대 소속이고 방천화극이 주 무기야. 목에 칼자국이 난 저 친구는 운호강, 철혼사대 소속이고 검을 쓰네. 마지막 남은 저 인상 더러운 친구는 철혼오대 소속의 담천우네. 인상만큼이나 암기를 더럽게 쓰는 친구이니 조심하게. 저들의 뒤에 있는 사람들은 각 대에 속한 사람들이고 내가 소개한 사람들이 저들을 지휘하네."

봉유종이 마지막으로 소개한 담천우의 얼굴이 일그러졌다. 봉유종의 소개만큼이나 험악한 인상의 그가 얼굴을 일그러뜨리자 분위기가 대번에 살벌해졌다.

봉유종이 풀썩 웃었다.

"분위기가 저래도 신경 쓸 건 없네. 빈 수레거든."

"봉가야, 이마에 비도 한 자루 꽂아주랴?"

"됐네, 이 사람아."

인상을 잔뜩 쓰고 있어도 담천우의 어투는 그리 날이 서 있지 않았다. 대화로 미루어 두 사람은 친분이 상당한 듯했다.

봉유종의 소개를 받은 사내들이 검엽에게 가볍게 고개를 까닥여 인사를 건네 왔다.

방건은 키가 조금 작았지만 목이 굵고 온몸이 차돌처럼 단단하다는 인상을 주는 삼십대 초반의 사내였고, 방건과 비슷한 나이로 보이는 심익수는 구 척 장신에 어깨가 산처럼 부풀고 가슴이 곰의 그것처럼 넓은 사내였다.

운호강은 방건이나 심익수보다 나이가 좀 많은 삼십대 중반의 사내였다. 중키에 평범한 체격이었는데, 선이 가는 편인 얼굴과 평소에도 살기가 흐르는 가는 눈을 하고 있어 공연히 사람을 섬뜩하게 만드는 분위기의 소유자였다.

그리고 담천우는 봉유종의 소개처럼 험악한 인상을 한 사십 초반의 사내였다.

검엽도 다른 사람들과 마찬가지로 앉은 채 인사를 건넸다.

"고검엽입니다."

"소문에 듣기로 대단한 미남이라고 하던데 왜 면구를 쓰고 있는 건가?"

봉유종의 눈은 호기심으로 가득 차 있었다.

검엽은 쓴웃음을 지었다.

"사정이 있습니다."

짧고 명료한 대답.

봉유종은 어깨를 으쓱했다.

무림에 적을 두고 있는 사람들은 하나같이 남에게 말 못할 사정을 한두 가지씩은 갖고 산다.

잠시 끊어진 대화를 이어준 사람은 방건이었다. 그는 봉유종이 소개한 것처럼 콧수염이 얼굴의 반을 덮을 정도로 무성했는데 작은 눈이 활기로 가득 차 있었다.

"고 형은 이번 일이 어떤 일인지 아슈?"

방건의 어투는 어정쩡했다. 존대도 아니고 하대도 아니었다. 그의 나이는 서른둘. 검엽보다는 한참 위였지만 초면에 말을 놓기에는 거북한 차이다. 더구나 무맹 내에 혈조사마를 패사시킨 검엽의 소문은 공공연해서 그도 익히 들은 적이 있는 것이다.

"광산을 지키는 사람들을 지원하는 일이라고 들었습니다. 그 이상은 알지 못합니다."

사내들이 서로를 돌아보며 웃었다.

쓸쓸하게 보이는 웃음이었다.

"단주님도 참… 어차피 알게 될 일을……."

방건은 허리를 세우고 앉았다.

"임무야 나도 모르니 말해줄 게 없고, 정남의 상황은 내가 개략적인 걸 말해줄 테니 알고 있으슈. 모르는 것보다야 나을 거요."

검엽이 존대를 했지만 방건은 하대하지 않았다. 대뜸 말을 놓기에는 검엽의 명성이 마음에 걸리는 것이다. 검엽은 의식하지도 못하는 명성이었음에도.

"고맙습니다."

혀를 내밀어 입술을 축인 방건이 입을 열었다.

"정남에 현철광산이 있다는 건 이미 알고 있는 사실일 테고, 광산에서 나오는 한 해 수익이 대략 오십만 냥이라오. 엄청난 금액이지. 그 광산을 차지하거나 지키기 위해 본 맹과 군림성은 삼십 년간 싸워오고 있소. 현재는 우리가 그곳을 차지하고 있지만 이 년 전까지는 군림성이 차지했었소. 오 년 전에는 우리가 차지했었고. 그렇게 주인이 계속 바뀌는 지역이오. 그리고 삼십 년 동안 정남에서 죽은 무사의 수가 몇 명인지 공개된 적은 없지만 천 명은 넘을 거라는 게 중론일 정도로 위험한 지역이오. 고 형의 무공이 뛰어나다는 소문은 들었지만 방심하면 안 될 거요. 잠을 자는 동안 목이 베여 죽은 동료도 많으니까."

그의 음성은 약간 높았다.

조금 떨어진 곳에서 귀를 기울이고 있는 헌원미림도 들으라는 뜻이었다. 미녀를 위한 나름의 배려다.

검엽의 미간에 내천 자가 그려졌다.

악우곤의 말을 들을 때도 그랬지만 방건의 말은 그의 마음속 의혹을 더 키웠다.

봉유종이 그의 기색을 눈치채고 물었다.

"궁금한 점이 있는가 본데, 물어보게. 내가 아는 건 말해주지."

검엽의 미간에 잡혔던 주름이 조금 더 굵어졌다. 하지만 그는 질문을 하지 않았다. 의혹이 있었지만 그것을 풀고 싶은 생각은 없었다. 푸나 안 푸나 그의 입장에서 달라지는 것은 없었기 때문이다.

그러나 다른 사람마저 그와 같지는 않았다.

조용히 건량을 먹고 있던 헌원미림이 손에 쥔 건량을 내려

놓았다. 그녀는 한성처럼 빛나는 눈으로 봉유종을 바라보며 물었다.

"현철광산이 있는 지역이 삼십 년간 분쟁 지역이라는 게 이해가 가지 않는군요. 한 해 수익이 은 오십만 냥이라……. 그런 곳이라면 무맹이든 군림성이든 명운을 걸고 사수하려 할 텐데요?"

검엽도 내심 고개를 끄덕였다.

운려가 지나가는 말로 무맹의 일 년 예산 규모가 은자 팔백만 냥가량이라고 한 적이 있다. 군림성의 규모도 무맹과 비슷하니 예산도 비슷할 것이다.

광산의 한 해 수익이 은 오십만 냥이라면 무맹이든 군림성이든 상대가 그 지역을 차지하고 있는 걸 웃으며 바라보고만 있을 수 없는 금액이다.

일 년 예산의 십육분지 일에 육박하는 거금인 것이다.

헌원미림의 낮은 음성이 사람들의 귓전을 쉼없이 파고들었다.

"비록 정무총련을 의식할 수밖에 없어 전면전은 하기 어렵겠지만 작은 분쟁이 대규모 싸움으로 비화되어도 하등 이상할 게 없는 지역이지 않나요? 그런데 전 무맹과 군림성이 대규모로 싸웠다는 말은 들어본 적이 없어요. 대규모의 싸움은 없었다. 게다가 지역을 점령한 세력은 자주 교체되고 분쟁은 계속되고 있다. 그렇다는 건 무맹과 군림성이 그곳에 일정 이상의 힘을 투입하지 않고 있다는 말인데, 정상적이라고 생각하기엔 무리가 있지 않나요? 한두 해라면 몰라도 삼십 년 동안이나 말이죠."

봉유종은 놀란 기색을 숨기지 못했다.

"헌원 소저의 말처럼 그곳을 점령했던 초기에 전면전에 가까운 큰 싸움으로 비화될 뻔한 적이 없던 건 아니라고 들었소이다."

거기까지 말했을 때 헌원미림이 말을 끊었다.

"제게도 말을 놓으세요. 제가 오히려 불편하네요."

그녀의 시선이 일행 중 삼십이 넘은 운호강과 담천우를 향했다.

"두 분도 저를 편하게 대해주셨으면 해요. 그게 저도 편하겠어요."

운호강과 담천우는 헌원미림이 더 마음에 드는 듯 그녀에게 호감이 잔뜩 담긴 눈길을 보냈고, 봉유종도 넉넉한 웃음을 지었다.

"험, 그리 말하니 말을 놓겠네."

그가 말을 이었다.

"사실 은 오십만 냥이라면 어느 쪽도 간단히 포기할 수 없는 금액이긴 하지. 처음에 그곳은 군림성이 장악하고 있었는데 본 맹이 세력을 확장하며 점령했네. 그리고 그때는 현철광산이 발견되지 않았을 때였네. 광산이 발견된 건 우리가 그곳을 장악하고 사 년 정도가 지났을 때고. 군림성에서는 당연히 우리를 공격해 왔고 싸움은 커져 갔네. 양측은 정남에 무력을 증강시켰고, 그대로 진행되었으면 전면전이 되었을지도 모를 정도였다고 하지. 하지만 싸움이 점점 커져 가자 육선문에서 개입했네."

육선문이라면 관부다.

귀한 광물이 나오는 광산은 관부의 허가가 없이는 개인이나 특정 집단의 소유가 될 수 없다. 발견을 한 자라 해도 소유권을 주장할 수 없는 게 현재의 법이었다.

봉유종의 안타까움에 혀를 차는 소리가 중인의 귀에 들릴 정도였다.

"광산이 발견되었을 때 본 맹은 육선문에 상당한 성의를 표시했다고 하네. 그리고 해마다 광산에서 발생하는 수익의 일정 부분을 나라에 바쳤다고 하지. 윗분들이 하는 일이라 정확하게 알고 있지는 못하지만 지금도 그건 별로 변한 게 없는 것 같고. 그러니 육선문에서는 채굴에 방해가 될 정도의 규모로 일어나는 싸움을 원치 않았고, 작은 싸움이라도 길게 이어지는 걸 달가워하지 않았다고 하더군. 채굴이 안 되면 수익이 생기지 않고, 수익이 생기지 않으면 자신들의 호주머니가 가벼워지니까. 당시에 양측이 보낸 대표와 육선문이 포함된 삼자회의가 열렸고, 그곳에서 합의가 이루어졌다고 하네. 지금도 육선문은 정남의 싸움에 적극적으로 개입하고 있지."

봉유종은 헌원미림에게 말하며 슬쩍 검엽의 눈을 보았다.

정체를 모르는 헌원미림보다 검엽에 대한 관심이 더 클 수밖에 없었다. 악우곤이 악담을 적지 않게 했지만 저 나이에 혈조사마를 홀로 싸워 죽였다는 건 상상하기 어려운 일이었으니까. 게다가 전장에서 강한 동료는 언제나 환영할 수밖에 없는 존재다.

검엽의 가늘게 뜬 눈에서 흘러나오는 빛이 신비로웠다. 그는 검엽이 눈을 크게 뜬 것을 보고 싶다는 생각이 들었다. 그러나 눈을 크게 뜨라고 말할 수는 없는 노릇이었다.

그의 시선이 다시 헌원미림을 향했다.

"육선문에서는 정남에서 싸우는 건 상관하지 않는 대신 그 싸움이 채굴을 방해할 정도로 규모가 커지면 안 된다는 걸 조건으로 걸었네. 어길 시에는 그 반대되는 세력이 영구히 정남을 장악할 수 있도록 관군을 동원하겠다는 말과 함께. 그들에게는 가장 중요한 조건이 아마 그것이었을 걸세. 그 조건에 맞춘 싸움이 지난 세월 동안 정남에서 계속된 거지. 만약 그 조건을 어겨 육선문이 어느 한 측과 연합한다면 다른 세력은 정남을 포기할 수밖에 없었으니까. 삼자 중 어느 누구도 그것을 바라지 않았네. 육선문은 더욱 바라지 않았네. 두 세력이 싸우며 소유권을 주장할수록 상납이 많아졌거든. 그리고 그렇게 싸우면서 본 맹과 군림성 사이에 삼자회의와 상관없는 몇 가지 암묵적인 합의도 생겨났네. 아무튼 그곳은 지금까지 분쟁 지역으로 남았고, 수시로 점령자가 바뀌고 있다네."

"잘 아시는군요."

헌원미림의 말은 예의상 한 것이 아니었다.

봉유종은 철혼단의 일반 무사였다. 그런데 그가 말한 내용은 일개 무사의 식견을 넘어서고 있었다.
 담천우가 헌원미림의 의문을 알아차린 듯 끼어들었다.
 "봉가의 선친은 정남을 확보했던 초기의 철혼단 무사 중 한 분이셨어. 그곳에서 군림성과 싸우다 돌아가셨지. 봉가도 이십 년 동안 정남 파견을 반복하면서 그곳에서 열 번도 넘게 군림성 놈들과 드잡이질을 했어. 아마 정남에 대해서는 단주님도 봉가보다 더 많이 알고 있지는 못할 거야."
 헌원미림은 고개를 끄덕였다. 하지만 아직 궁금증이 모두 해소된 것은 아닌 듯했다.
 "점령한 후 그곳에 상대가 공격할 마음을 먹지 못할 만큼의 무사를 상주시키는 게 장기적으로 볼 때 손실이 더 적지 않은 가요?"
 헌원미림의 질문을 받은 봉유종의 얼굴에 망설이는 기색이 스쳐 지나갔다.
 그가 담천우와 운호강 등을 바라보았다.
 마치 의견을 묻는 듯한 눈길이었다. 그의 시선을 받은 사람들은 피식 웃으며 고개를 끄덕였다.
 담천우가 말했다.
 "어차피 같이 싸울 사람들이야. 말해줘도 될 거 같은데?"
 그 말을 들은 후에도 헌원미림을 바라보며 잠시 침묵을 유지하던 봉유종이 불쑥 말문을 열었다.
 "담가의 말처럼 함께 싸울 사람이니 알고 있는 게 좋겠지. 자네 질문처럼 그랬으면 좋겠지만 실행을 가로막는 세 가지

문제가 있다네. 하나는 그런 조치는 정무총련이 좋아할 일이라는 것이고, 두 번째는 좀 전에 말했듯이 육선문이 그것을 허락하지 않는다는 거네. 많은 무사를 상주시켰을 때 군림성이 야욕을 포기한다면 다행이지만 포기하지 않는다면 싸움이 커질 게 뻔하잖은가. 세 번째는 본 맹의 윗분들도 그렇고 군림성의 수뇌부도 그걸 원치 않는다는 걸세. 두 번째 이유 때문이지. 소규모 싸움의 패배나 거기서 발생하는 사상자는 용인할 수 있지만 규모가 큰 싸움에서 패배하게 되었을 때는 그냥 넘어갈 수가 없는 일이니까."

그는 짧게 한숨을 내쉬며 말을 이었다.

"삼패세간에 자잘한 충돌은 하루걸러 한 번씩 벌어지긴 하지만 지금이 평화로운 시기라는 건 아무도 부정하지 않는 사실일세. 그러나 평화를 원치 않는 사람들, 삼패세의 수뇌부에는 상대 세력을 용납지 않으려는 강경한 분들도 있지. 정남에 규모가 큰 무사 집단을 상주시키고 그들이 싸우게 된다면 그 승패의 결과에 따라 그 강경한 분들에게 아주 위험한 명분을 주게 될 수도 있네. 다행히 현재의 최고 결정권을 가진 분들은 그런 상황을 원치 않지. 그 증거가 정남일세."

헌원미림은 입을 닫았다.

더 이상 질문할 것이 없는 듯했다.

다른 사람들도 건량을 먹는 데 열중했다.

검엽은 입에 넣은 건량을 천천히 씹으며 생각에 잠겼다.

면구의 겉으로 드러난 그의 얼굴에 별다른 표정은 없었다.

그러나 그의 속내는 조금 복잡해져 있었다.

그가 들릴 듯 말 듯 낮은 음성으로 중얼거렸다.

"복잡한 동네구만."

드물게 하는 혼잣말이었는데 말을 받는 사람이 있었다.

방건이었다.

"뭐… 나도 그렇게 생각하지만… 최일선에 있는 무사가 윗분들 생각에 이러쿵저러쿵하는 것도 우스워서 사실 이런 얘기는 잘 하지 않소. 봉 형님이야 정남의 산 역사나 다름없는 양반이라 나하고는 입장이 좀 다르고. 우리야 위에서 시키는 대로 칼질만 잘하면 되는 거 아니겠소? 죽지 않고 말이외다. 흐흐흐."

방건은 씨익 웃었다.

차돌처럼 단단해서 빈틈이 없을 것처럼 보이는 외모와 달리 낙천적인 느낌을 물씬 풍기는 사내였다.

검엽은 방건의 낙천적인 느낌이 어디서 우러나는지 어렵지 않게 알 수 있었다.

그것은 실전을 많이 겪어본 자의 여유였다.

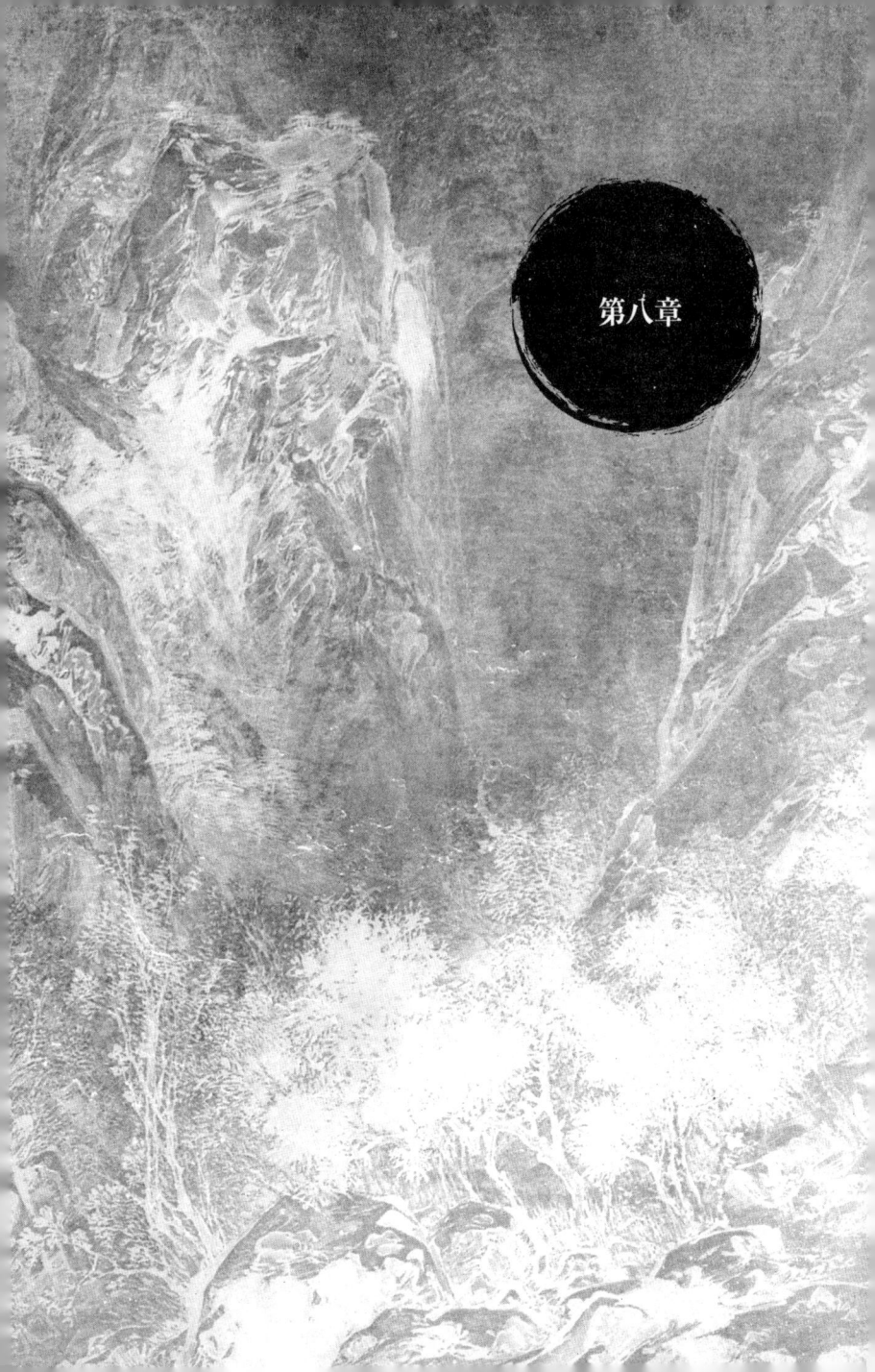

第八章

"현재 그자는 무맹을 떠나 정남으로 향하는 중이라고 합니다."

탁자 건너편에 긴장한 기색이 역력한 얼굴로 선 모추의 보고에 사마결은 눈살을 찌푸렸다.

그의 목울대가 한 번 꿈틀했다. 입에 물고 음미하던 용정차를 넘긴 것이다.

그가 어딘가 실망이 어린 음성으로 물었다.

"정남? 강서성 정남 말인가?"

"그렇습니다, 공자님."

모추의 음성은 조심스러웠다.

사마결이 돌아온 것은 닷새 전이었다.

지난 일 년여 동안 가장 가까운 곳에서 그를 모셔온 모추조차 그가 어디를 다녀왔는지 알 수 없었다. 사마결은 그 부분에 대해 한마디도 언급하지 않았다.

그러나 모추는 사마결이 다녀온 장소가 심상치 않은 곳이라는 걸 어렵지 않게 알 수 있었다.

먼지 하나 묻은 것도 참지 못할 만큼 깔끔한 사마결의 몰골이 엉망이었기 때문이다.

특히 손바닥의 껍질이 한 꺼풀 벗겨진 참혹한 형상의 두 손은 모추뿐만이 아니라 엄호태가 죽어 아홉으로 줄어든 빈객들까지 경악시켰다.

사마결이 이룩한 무공의 성취는 나이를 초월하고 있었다. 그런 그에게 상처를 입히는 상황이 어떤 것이 있을지 사람들은 쉽게 떠올릴 수 없었던 것이다.

"이유는?"

"동행한 자들이 철혼단에서 손꼽히는 고수들인 것으로 볼 때 정남 분쟁에 투입된 듯합니다."

모추의 보고에 사마결은 잠시 생각에 잠겼다. 그리고 무엇이 생각난 듯 눈을 반짝였다.

"그 광산의 소유권을 두고 벌어지는 군림성과의 분쟁 말인가?"

"그렇습니다."

사마결은 입을 굳게 다물고 침묵했다.

그가 다시 말문을 연 것은 반 각 정도가 흐른 뒤였다.

"그와 함께 파견되는 자들이 중견 고수라고 했지?"

"예, 공자님. 철혼단의 각 대에서 손꼽히는 고수 다섯 명입니다. 그리고… 조금 의외이긴 한데 청조각의 여인이 한 명 포함되어 있는 것 같습니다."

"청조각? 보타암의 청조각?"

"예."

"어울리지 않는 일행이로군."

사마결은 자리에서 일어나 뒷짐을 졌다.

정남으로 가는 검엽의 일행에 청조각의 여인이 포함되어 있다는 모추의 보고는 그에게도 뜻밖이었다.

청조각은 존숭받기로는 소림에 버금가는 문파였지만 무림의 대세와는 무관한 문파였다.

그녀들이 검을 수련하는 것은 불도 수행의 한 방편이었고, 무림사를 훑어보아도 그 높고 깊은 검이 무림의 분쟁에서 휘둘러진 적은 극히 드물었다.

무림에 알려진 것은 그와 같았다.

하지만 사마결은 청조각의 검이 무림에 알려진 것과 달리 한 가지의 경우 아주 격렬하게 피를 뿌린다는 사실을 알고 있었다.

그는 오래전 사부로부터 들었던 전설과도 같은 이야기를 어렵지 않게 기억 속에서 끄집어냈다.

'청조각의 검을 배운 자로 전장을 찾아다니는 자는 망아검(忘我劍)을 얻고자 하는 자이다. 생사유별(生死有別)을 지나 생사여일(生死如一)을 깨우치지 못한 자는 망아검을 얻을 수 없으며, 망아검을 얻지 못한 자는 무아검(無我劍)을 보지 못한다. 언제든 전장을 찾아다니는 청조각의 여인을 만나면 주의해야 한다. 그녀는 망아검을 얻으려 하는 자, 검후의 길을 가는 자이니라. 분쟁 지역을 향하는 승복 입은 여인… 검후로 기대받고 있는 여인이라고 봐야 하나…….'

그의 눈빛이 삼엄해졌다.

검후득검(劍后得劍).

만검앙복(萬劍仰伏).

검후는 검을 손에 쥔 자들에게 면면히 이어져 온 전설이다.

청조각이 검의 성지로 존숭받는 이유를 제공한 존재로서.

"청조각의 여검수가 철혼단의 일원으로 받아들여졌다는 건… 백화궁이 손을 썼겠군."

"그렇게 생각됩니다, 공자님."

여인들의 문파인 백화궁의 궁도 중에는 말년이 되어 보타암에 몸을 의탁하는 사람이 적지 않았다. 그리고 보타암에 기부하는 사람이나 단체 중에서 그 금액이 가장 큰 곳이 백화궁이라는 건 비밀도 아니었다.

뒷짐 진 사마결의 손에 힘이 들어갔다.

'곤란하군.'

염왕시와 관련된 일은 보안이 가장 중요했다. 절대로 소문이 나서는 안 되는 일이었고, 그러기 위해서는 세인의 관심을 끌 만한 일이 벌어져서는 안 되었다.

그의 생각처럼 청조각의 여인이 검후의 기대를 받고 있는 여인이라면 그녀를 주목하는 자들이 한둘이 아닐 터였다. 그리고 그녀의 주변에 있는 자들도 덤으로 주목을 받을 것이다.

모추가 모아온 정보에 의하면 청조각의 여인이 아니더라도 고검엽은 충분히 주목을 받고 있는 상황이었다. 혈조사마와의 싸움이 있은 지 한 달도 안 지난 것이다.

사마결의 마음은 용암처럼 들끓었다. 마음 같아서는 정남으로 향했다는 그자의 목을 잡아 개 끌듯이 끌고 오고 싶었다. 그러나 그럴 수는 없었다.

급해도 돌아가는 것이 더 빠를 때가 있다. 사마결은 그 진리를 아는 사람이었다.

'다음 기회를 기다려야 할 듯하군. 후우, 돌아가야 할 때다. 외유가 더 길어지면 사형들과 사저가 이상하게 여길 것이 분명해. 그들은 내가 외부에 사람을 만드는 것을 못마땅해한다. 겉으로는 나를 따르는 자들을 하잘것없는 쓰레기들이라고 무시하고 있지만 내심 외부에 나의 세력이 커지는 것을 경계하고 있어. 사신동을 연 다음이라면 얼마든지 감수하겠지만 지금 그들의 의혹이 커지는 것은 바람직하지 않다. 게다가 지금처럼 그자가 주목받고 있는 상황에서 일을 벌이는 건 곤란해. 일단 돌아갔다가 다시 나오자. 그리고 기회를 만들자.'

사마결의 눈에 살기가 흘렀다.

'고검엽이라고 했지? 내가 다시 나올 때까지 원없이 생활을 즐기도록. 나를 만나는 그날 너는 나를 희롱한 대가로 지옥을

보게 될 테니까.'

　잠시 후 평소의 담담함을 되찾은 그의 눈이 모추를 향했다.
"모추."
"예, 공자님."
"난 본가에 들어가 봐야 한다."
　모추는 고개를 번쩍 들었다.
　생각지 못한 일이었다.
　상음에서 이곳까지 오며 벌어진 일련의 상황은 이번 일에 사마결이 얼마나 집착하고 있는지 어렵지 않게 알 수 있게 했다. 그런데 난데없이 귀가라니.
　사마결의 속내를 알지 못하는 그는 의문으로 머리가 어지러워졌다. 최근 한 달 동안 사마결이 보여주는 모습은 그를 모신 후로 한 번도 본 적이 없는 것이었다.
　하지만 모추는 의문을 풀고자 하지 않았다. 그는 사마결에게 진심으로 승복하고 있었다. 그리고 자신과 그의 차이를 극명하게 이해하고 있었다.
"알겠습니다."
"노력은 하겠지만 짧은 시간 내에 나오긴 어려울 것이다. 적어도 몇 달은 걸릴 거야. 그동안 그자에 대한 감시는 모든 일에 우선한다는 것을 명심하도록."
"예, 공자님."
"호법들에게는 따로 얘기해 놓을 테니 자네는 그자에게만 집중하게."

"명심하겠습니다."
장읍을 한 모추가 방을 나갔다.
사마결도 자리에서 일어났다.
빨리 돌아가야 했다.
그래야 빨리 나올 수 있을 테니까.

*   *   *

"이 자식은 잘 있나."
운려는 절망탑의 문을 나서며 중얼거렸다.
서편으로 지는 노을이 유난히 붉어 보였다.
바람이 강한 날이었다.
탑 안에서 비 오듯 흘렸던 땀이 날아간 자리엔 희뿌연 소금기만 남았다.
운려는 손으로 세면을 하듯 얼굴을 훑었다.
꺼칠한 느낌이 두 손 가득 묻어났다.
하지만 어렸을 때부터 외모에는 별반 관심이 없는 그녀인지라 피부가 망가지는 건 관심 밖의 일이었다.
검엽이 글 한 줄 남기지 않고 떠난 지도 보름이 넘었다. 게다가 위에서는 일 때문에 차출되었다는 간단한 말 한마디 외에는 아무런 설명도 없었다.
그의 천재성을 알지 못하는 무맹에서 검엽을 차출할 일이야 싸움밖에 없었다.

운려로서는 걱정스러울 수밖에.

'망망대해 한가운데 떨어뜨려 놔도 별일없이 뭍으로 기어 나올 인간이기는 하지만… 긴장을 해야 할 텐데…….'

운려는 검엽을 떠올리며 눈살을 찡그렸다.

검엽이 생사의 기로에 설 거라는 식의 걱정은 되지 않았다.

어떤 난관이 앞에 있더라도 검엽은 그것을 돌파할 거라는 믿음을 갖고 있었으니까.

하지만 혈조사마와의 싸움에서 커다란 부상을 입는 걸 본 지 얼마 되지 않았다. 그가 또 다치지 않을까 하는 걱정마저 없는 건 아니었다.

눈살을 찌푸린 운려의 기세가 살벌해졌다.

'어차피 수련도 하지 않는 인간, 돌아오면 다리몽둥이를 분질러 버리든지 해야겠다. 말도 없이 사라지다니……. 글 한 줄 남기는 게 그렇게 어려워!'

그녀의 발밑에 놓인 돌들이 비명을 지르며 부서져 나갔다.

* * *

무맹의 정남 지부는 마을과 십여 리 떨어져 있는 산속에 있었다. 광산을 지키는 게 주 업무인 곳이었으니 이상한 일도 아니었다.

지리를 잘 아는 봉유종의 안내로 일행이 정남 지부가 자리잡고 있는 석로산(石露山)에 도착한 것은 술시 초였다.

구름이 많이 낀 날이라 달빛도 없는 산은 괴괴한 어둠에 잠겨 있었다.

다가닥다가닥!

"음산하네."

정남이 초행이라는 방건이 산길을 오르며 중얼거렸다. 그가 타고 있는 말도 동감하기라도 하는 것처럼 고개를 숙이고 걷는다.

빛이 없어서 길 주변의 나무들이 유령처럼 느껴져서 그렇지 광산으로 향한 폭 오 장가량의 길은 잘 정돈되어 있었다. 삼십여 년 동안 채굴한 광산과 마을을 연결하는 길인 것이다.

"생긴 게 아깝다. 간댕이는 조막만 해가지고. 흥!"

방건과 동갑이어서 가장 친한 심익수가 거침없이 비웃음을 날렸다. 일 장의 방천화극을 어깨에 걸친 구 척 장신의 그다. 그가 타고 있는 말은 전신이 땀으로 덮여 있었다.

방건과 심익수가 티격태격 농을 하는 것을 보며 봉유종은 빙긋 웃었다.

목적지에 도착하며 고조되는 긴장을 농으로 풀려 하는 것을 알고 있었기 때문이다.

방건과 심익수의 농을 들으며 반 시진을 더 올라간 일행은 나무는 물론이고 풀 한 포기 보이지 않는 계곡에 도착할 수 있었다.

입구의 반대편 멀리 우뚝 솟은 봉우리는 거대한 암괴와 같았고, 입구 주변 백장 이내에도 돌덩어리뿐이었다.

입구를 지키고 있던 여섯 명의 무사가 일행의 앞을 막아섰다.

계곡이 시야에 들어왔을 때부터 봉유종이 말 등에서 꺼낸 작은 횃불에 불을 켰던 터라 무사들은 침착하게 일행을 맞았다.

말에서 내린 봉유종은 무사들을 보며 환하게 웃었다.

"오랜만일세."

무사들도 그를 보며 반갑게 웃었다. 그들 중 호남형의 얼굴을 한 삼십대 초반의 장한이 앞으로 나서며 봉유종을 껴안을 듯한 자세로 포권했다.

"형님이 오신다는 말씀은 들었수. 지원자만 받았다고 하던데, 역시 형님이요. 잘 오셨수."

"자네가 입구를 지킬 정도라니 상황이 꽤 심각한 모양이구면."

장한은 멋쩍게 웃었다.

"뭐… 요새 저쪽 친구들이 고수를 증원했다는 소문이 돌아서 그렇수다."

"단주님께 얘기는 대충 들었네."

반갑게 나누던 그들의 대화를 끊은 사람은 담천우였다.

"범가야, 네 눈에는 봉가만 보이는 모양이지? 정남에 오면 간이 커진다고 하드만 진짜였나 봐!"

장한, 범강은 웃으며 담천우를 돌아보았다.

"담 형님, 무슨 객쩍은 말씀이우. 지부장님이 기다리시니 안으로 드십시다."

"이야, 그새 말솜씨도 늘었네?"

담천우의 입에서 나오는 말은 시비조였지만 말투는 반가움을 감추지 못하는 것이었다.

범강은 그와 같은 철혼오대 소속이었기 때문이다.

무맹의 정남 지부 본관 건물은 계곡의 입구에서 백 장을 더 들어간 곳에 세워져 있었다.

입구는 폭 칠 장가량이었고, 이십여 장을 들어가면 봉우리에 둘러싸인 사방 이백여 장쯤 되어 보이는 분지 지형이 나왔다.

분지에는 십여 채의 이삼 층 건물들이 이곳저곳에 세워져 있었는데 무맹 지부는 건물 군의 중앙에 있었고, 지부장의 집무실은 이층이었다.

검엽과 헌원미림을 비롯, 지금까지 일행을 이끌어 온 다섯 명 등 일곱을 집무실 앞까지 안내한 범강은 조금 있다 보자는 말을 남기고 돌아갔다.

집무실에서 일행을 기다리고 있는 인물은 각진 얼굴에 들창코를 가진 사십대 후반의 사내와 그를 호위하는 것으로 보이는 사십 초반의 무사 두 명이었다.

피로가 묻어나는 가운데서도 강한 눈빛이 인상적인 사내가 무맹 지부장을 맡고 있는 심중탁이었다. 일행이 안으로 들어설 때 그는 자리에서 일어나 있었다.

그는 일행의 앞에 나서서 인사를 하려는 봉유종을 손짓으로 제지했다. 그는 자리에서 일어나더니 큰 걸음으로 앞으로 나와 봉유종과 담천우의 어깨를 강하게 부여잡았다.
"유종, 인사는 필요없어. 그런 건 살아서 이곳을 떠나는 날 하자구."
봉유종과 철혼단의 사내들이 풀썩 웃었다.
"하하하! 여전하십니다, 이대주님."
심중탁은 철혼일대의 서열 이인자다.
"여기선 지부장님이라고 해. 둘째보다야 장(長)이 낫잖아?"
움직이며 방건과 심익수, 운호강과 눈을 맞추던 심중탁이 헌원미림과 검엽의 앞에서 걸음을 멈췄다.
헌원미림을 보는 그의 사자눈이 가늘어졌다.
"헌원미림, 이곳에서 낭자니 소저니 하는 대접은 받을 수 없을 걸세. 각오는 하고 왔겠지?"
"다른 분들과 같은 대접을 받으면 그로 족합니다, 지부장님."
헌원미림의 음성은 차분했다.
심중탁은 마음에 드는 듯 고개를 끄덕였다.
"나중에 딴말하지 않았으면 좋겠군."
"그럴 일은 없을 겁니다."
"믿어보지."
그의 시선이 검엽에게 옮겨갔다.
"자네가 고검엽인가?"
"예."

"고수가 와서 좋긴 하네만 이곳에서 개별 행동은 용납되지 않네. 무공이 아무리 강해도 자네는 내 부하야. 이곳에서는 내 명령을 따라야만 한다는 것을 잊지 말게. 명령 불복종은 그에 걸맞은 대가를 치르게 될 걸세."

다른 사람에게 말할 때와는 확연하게 다를 정도로 어조가 강했다.

검엽은 내심 쓴웃음을 지었다.

심중탁은 그가 혈조사마를 죽였다는 걸 아는 눈치였다. 악우곤이 전했을 것이다. 그걸로 그치지 않고 악우곤은 심중탁에게 엉뚱한 것까지 전한 모양이다.

"알겠습니다."

검엽의 대답이 선선히 나오자 심중탁은 그 이상 검엽과 말을 나누지 않고 본론으로 들어갔다.

"피곤할 거라는 걸 알지만 쉬는 건 나중에 하게. 일단은 이곳에서 자네들이 무엇을 해야 할지 알려주지."

피곤한 건 사실이었다. 그러나 심중탁의 말에 불만을 드러낸 사람은 아무도 없었다.

그들이 입구에서부터 본관까지 오는 동안 만난 사람은 몇 되지 않았다. 하지만 그들 모두 긴장으로 가득한 신색들이었다.

피곤하다고 마음 편하게 쉴 수 있는 분위기가 아닌 것이다.

심중탁은 쏘는 듯한 눈길로 일행을 돌아보며 말문을 열었다.

"이곳에 배치되어 있는 무력은 철혼단 소속의 무인 일백이십 명일세. 자네들이 왔으니 일백칠십이 명이 되었지. 그리고 광산에서 일하는 백성들과 허드렛일을 하는 백성들은 삼백육십팔 명이네. 군림성에서도 일반 백성들을 공격하지는 않으니 그들의 보호는 신경 쓸 일이 없다는 걸 알 걸세."

광산에서 일하는 사람들은 석로산 주변 마을에 사는 사람들이었다. 그들을 공격하는 건 관부에서 허락하지 않는 사안이어서 무맹이든 군림성이든 그들을 공격하지 않는다는 양측 수뇌부들 사이의 묵시적인 합의가 분쟁 초기에 이루어졌다.

검엽도 그 사실을 악우곤이 준 서류에서 읽어 알고 있었다.

"산운전에서 파악한 군림성의 무력은 혈풍대 일백삼십 명일세. 그들은 이곳에서 오십여 리 떨어진 광동성 남악산 중에 주둔하고 있네. 지난 이십 수년 동안 그곳은 이곳을 도모하기 위한 군림성의 주둔지였기 때문에 방비가 철저하고 지형이 천연의 요새일세. 지금까지 그들의 수가 우리보다 열 명이 더 많았지만 이곳을 방어하는 데는 별문제가 없었네. 그들도 압도적인 무력이 아닌 터여서 자잘한 도발은 해도 본격적인 공격을 감행하지는 못해왔고. 그런데 얼마 전 산운전에서 심상치 않은 정보를 입수했네. 그 때문에 상부에서 자네들을 이곳으로 보낸 것이고."

잠시 말을 멈추고 숨을 돌린 심중탁이 말을 이었다. 그의 시선은 헌원미림과 고검엽을 보고 있었다.

"두 사람은 군림성의 대외무력을 담당하고 있는 자들의 조직 편제를 잘 알지 못할 테니 그것부터 얘기해야겠군. 군림성의 대외무력을 담당하는 조직은 광풍대, 마풍대, 혈풍대, 잔풍대, 이렇게 네 개의 대일세. 그중 군림성의 동부와 남부를 책임지고 있는 혈풍대가 지금 우리와 마주하고 있는 자들이지. 혈풍대의 총 인원은 일천오백 명인데 그중 십분지 일이 조금 안 되는 인원이 이곳에 배치되어 있네. 우리도 마찬가지지만 그들도 혈풍대에서 정예라 할 수 있는 자들일세. 정남이 그만큼 중요한 지역이라는 반증이지."

말이 이어질수록 심중탁은 피곤에 전 얼굴이 되어갔다.

"문제가 된 산운전의 정보에 의하면 보름 전 군림성에서 정남 지역으로 삼십여 명의 고수가 증원되었다고 하네. 혈풍대 내의 최상위급 고수들 같다고 하더군. 상부에서는 군림성이 그 정도 고수들을 보냈다면, 이곳의 방어가 용이하지 않으리라는 판단을 했고 자네들을 보낸 걸세. 질문있나?"

봉유종 등은 질문이 없는 듯했다. 정남의 사정을 잘 알고 있기 때문이리라.

하지만 검엽은 이해할 수 없는 점이 몇 가지 있었다. 모든 의문을 다 풀 수는 없겠지만 반드시 알아야 할 것이 있었다.

그가 물었다.

"이곳에 얼마나 머물러야 하는 겁니까?"

"상부에서 위험이 사라졌다고 판단될 때까지… 일세."

"그럼 기한이 정해진 게 아니란 말씀입니까?"

"그렇다네."

검엽은 악우곤을 떠올리며 이를 갈았다.
'단주가 날 물먹이려고 작정을 했구먼.'
그렇게 생각할 수밖에 없었다.
악우곤이 했던 말처럼 머물 기간은 도착해서 알게 되긴 했다. 그러나 모르는 것이나 진배없었다. 더구나 악우곤은 검엽이 기존에 배치되어 있는 무사들을 지원하며 경비나 하면 될 거라는 투로 말했었다.
그런데 사정은 그의 말과는 완전히 달랐다.
심중탁의 말대로라면 전장의 피 냄새가 코앞에 다다라 있었다.
"빨리 돌아가고 싶은가 보군. 실망하기엔 조금 이르네. 내가 무기한이라고 말했지만 그리 길지는 않을 테니까. 과거 군림성이나 우리 쪽에서 무력이 증원됐을 땐 그리 머지않은 시일 내에 싸움이 일어났었네. 그리고 싸움이 일어나면 보름 이내에 승패가 갈렸지. 그 이상 지속되는 싸움은 육선문의 개입을 불러올 뿐이라 양측 모두 단기 접전을 선호하기 때문일세. 군림성에서 보낸 자들은 이틀 전에 남악산에 도착했네. 지난 과거의 경험에 비추어볼 때 난 적어도 한 달 이내에 본격적인 싸움이 시작될 거라고 생각하는 중일세. 모두 자신의 무기를 최대한 벼려두기 바라네. 무디면 죽을 걸세. 보증하지."
'거참, 별걸 다 보증하네.'
속으로 말은 그렇게 하면서도 검엽은 긴장하고 있었다.
싸움이 두려워 긴장하는 건 아니었다. 목에 칼이 들어오는 순간에도 그는 긴장하거나 두려워하지 않을 것이다.

　그가 긴장하는 건 자신이 전장에 있게 되었다는 사실, 그것 때문이었다.

　무창에서의 싸움과 혈조사마와의 싸움을 겪으며 그는 자신의 피에 흐르는 일족의 힘을 절실하게 느낀 상태였다.

　지존신마기의 힘.

　피와 주검, 치열한 전장을 갈구하는 대파멸의 혼.

　그는 그 느낌을 다시 겪게 될 거라는 걸 알기에 긴장한 것이다.

　검엽 일행이 방을 나간 후 심중탁은 의자에 지친 몸을 기댔다.

　곤두선 신경이 조금 가라앉는 듯했다.

　그런 그의 앞에 그림자 하나가 솟아나듯 모습을 드러냈다.

　갑작스러운 등장이었다. 그러나 심중탁의 얼굴에서 놀란 빛은 보이지 않았고, 그를 호위하는 관열과 육자홍도 표정 변화가 없었다. 종종 있는 일이라는 뜻이다.

　나타난 사람은 심중탁과 비슷한 연배로 보이는 평범한 외모의 사내였다.

　의자에 앉은 채 허리를 세운 심중탁이 물었다.

　"산운전에서도 아직 그들의 정체를 파악하지 못했나?"

　중년 사내, 산운전 소속의 안휘교는 어두운 얼굴로 고개를 끄덕였다. 그는 석로산과 남악산 주변의 정보를 수집하고 있는 산운전 소속 세작들의 책임자였다.

"뭐라 드릴 말씀이 없습니다, 지부장님. 저들의 보안이 다른 때보다 배 이상 철저합니다. 배전의 노력을 기울이고는 있습니다만… 지금까지 파악된 건 저들이 혈풍대의 상위 서열자들이라는 것뿐입니다."

"과거 싸움이 일어났을 때 이번처럼 그들의 보안이 철저했었나? 내가 알기로 이 정도는 아니었던 것으로 알고 있네만."

"지부장님이 알고 계시는 대로입니다. 이만큼 보안이 강한 적은 없었습니다."

"전보다 보안이 철저하다는 건 저들의 꿍꿍이가 다른 데 있을 수도 있다는 건데… 그게 무엇인지 자네 윗분들이 말씀해 주신 것이 있나? 나도 저들이 무엇을 노리고 있는지 알아야 저들을 효과적으로 막아낼 게 아닌가."

"죄송합니다. 아직까지 하달된 지시는 아무것도 없습니다."

안휘교는 무표정한 얼굴로 대답했고, 심중탁 역시 무표정한 얼굴로 고개를 끄덕였다.

이곳으로 부임하면서 군림성과의 전투는 각오했던 바다. 싸우다 죽을 각오도 되어 있었다. 그러나 그는 이곳의 책임자였고, 백수십 명의 목숨을 지켜야 할 입장이었다. 가능하면 정남에서 벌어지는 모든 것을 알고 싸우고 싶었다. 그래야 부하들에게 당당할 수 있을 테니까.

"산운전에서 예상한 전투개시 시점은 언제쯤인가?"

"칠 일 이내입니다."

"승산은 어느 정도로 보고 있는가?"

"그에 대해서는 드릴 말씀이 없습니다."

"언제나처럼 지원은 없겠지?"

안휘교의 눈빛이 처음으로 변했다. 그는 곤혹스러운 눈빛으로 고개를 끄덕였다.

"그렇습니다."

"군림성이 다른 곳에서도 움직였는가?"

"아직 본격적이라 말할 정도는 아니지만 요충지에 저들의 세력이 조금씩 증가하고 있다는 첩보가 계속해서 총타에 보고되고 있는 것으로 압니다."

"흠……."

심중탁은 얼굴을 일그러뜨리며 침음성을 토했다.

그의 마음엔 의혹이 충만했다. 하지만 그는 자신의 의혹을 풀지 못하고 싸움에 임하게 될 가능성이 거의 십 할이라는 걸 알고 있었다. 그리고 그에 대해 상부에 항의하고 싶은 마음도 없었다.

그는 조직에 속한 사람이었고, 자신의 위치와 임무를 명확하게 알고 있는 사람이었다.

그가 말했다.

"남악산에 온 자들의 정체를 파악하는 데 전력을 다해주게. 이겨야 하지 않겠는가."

안휘교는 정중하게 포권했다.

"최선을 다하겠습니다, 지부장님."

"산운전의 역량을 믿겠네."

표정없는 얼굴로 말없이 심중탁을 바라보던 안휘교의 어깨가 미미하게 움직였다.

그의 모습이 방 안에서 사라졌다.

홀로 남은 심중탁은 다시 몸을 의자에 깊숙이 묻었다.

그의 안색은 그의 마음만큼이나 무거워 보였다.

*　　　*　　　*

지부장실을 나와 범강의 안내로 배정된 숙소를 찾아든 검엽은 침상에 바로 누워버렸다.

다른 사람들도 말없이 침상에 누웠다.

헌원미림을 제외한 봉유종 등 다섯 명의 건장한 사내와 한 방을 배정받은 터라 일곱 평의 방은 상당히 비좁았다. 그러나 아무도 불만을 표하지 않았다.

밤이 깊기도 했거니와 모두들 앞으로 다가올 싸움에 정신이 집중되어 있었기 때문이다.

검엽은 보이지 않는 눈을 들어 천장을 보았다. 짙은 어둠이 그의 심안에 내려앉았다.

'그동안 어렴풋이 짐작만 했는데 방금 전 지부장의 말을 들으면서 확실해졌다.'

그는 조금씩 숨을 죽여가는 심장 위에 조용히 손을 올려놓았다.

'전장(戰場)은… 내게 앵속과 같다. 적과 손을 마주하고 피를 보게 되면 점점 더 중독이 심해질 거야. 아버님께서 읽고 외우게 하셨던 신마기와 관련된 고문헌의 내용들은 진실이었다. 긴가민가했는데…… 후우, 이거야 원, 약속을 했으니 도망칠 수도 없고… 외통수로구만.'

검엽은 씁쓸한 미소를 지었다.

전장을 생각하는 것만으로도 그는 심장이 평소보다 더 빨리 뛰는 것을 느끼고 있었다.

그것은 부인할 수 없는 환희의 울림이었다.

그 울림이 강해질수록 검엽은 그답지 않게 무거운 얼굴이 되어가고 있었다.

'신마기는… 그 자체로는 온전히 마(魔)의 성질을 갖고 있다고 하셨다. 제어되지 않는다면 선천의 마성(魔性)이 발현될 뿐이라고 하셨었지. 가문의 비전은 그 선천의 마성을 제어하고 중화시키기 위해 창안되고 발전되어져 온 것들이라고도. 신의 불로 중화되지 않은 신마기의 힘은 보유자를 마의 근원으로 이끈다. 외부의 일을 걱정하기보다 내 자신을 더 걱정해야 할 판이구만.'

칠 년간 무저의 심연처럼 고요하던 그의 마음이 거친 혼란에 휩싸여 갔다.

그가 속으로 중얼거리는 말들은 무서운 의미를 담고 있었다.

그러나 당사자인 검엽조차 그 의미를 모두 알고 있는 건 아니었다. 그가 지존신마기에 대해 기억하는 건 신화곡을 떠나기 이전 그의 선친 고천강이 해준 말과 문헌에 기록된 것들뿐이었기 때문이다.

지존신마기와 관련된, 보다 심원한 내용이 담긴 문헌과 비전들은 가문의 비전과 함께 봉인되어 있었다. 그리고 그 봉인은 검엽이 가문을 가슴에 묻을 때 함께 묻혔다.

검엽은 반개했던 눈을 감았다. 눈을 감든 뜨고 있든 심안에 보이는 것은 변하지 않는다. 그러나 눈을 감은 그는 마음이 조금씩 안정되는 것을 느낄 수 있었다.

'피할 수 없는 싸움이라면 몰라도 가능한 싸움은 피해보자. 운려와 약속한 시간은 이 년에 불과하잖아? 그동안 싸움이 벌어져야 얼마나 벌어지겠어?'

당대는 삼패세가 정족지세를 이루는 평화의 시대였다.

검엽은 소리없이 웃었다.

생각을 정리한 그의 웃음은 가벼웠다.

'편하게 생각하자. 이 년간 좀 고생하고 훌훌 털며 떠나면 되는 거야. 그때까지는 몸 좀 사리고. 흐흐흐.'

그는 누운 채로 구환공을 운기했다.

피곤했지만 잠을 자고 싶은 생각은 전혀 없었다.

잠을 자면 그것을 보게 될 테니까.

조금씩 길고 작아지던 그의 숨소리가 어느 순간 사라졌다.

* * *

검엽이 읽지 못한 가문의 고대 문헌에는 신마기에 대해 이렇게 기록하고 있다.

주검과 피, 그리고 살기가 강물처럼 흐르는 전장에서 신마기는 점차 본연의 힘을 되찾게 된다. 신마기의 주인이 전장을 거칠 때마다 그의 마기와 마성은 점점 더 강해진다. 종국에는 마기와 마성이 신마기의 주인마저 집어삼킨다. 그리고 그 자체로 마(魔)가 된다. 제어되지 않는 신마기는 혼돈의 저주, 겁화의 재앙이다.

第九章

천마
검섭
전

돌가루가 날리는 광산이어서인지 들이마시는 공기가 깨끗하지 않은 느낌이었다.
 '광산이라서 그런 건가, 아니면 사람들이 모두 긴장하고 있기 때문에 그런 건가?'
 검엽은 숙소의 앞에 마련된 연무장 끝에 앉았다. 턱을 괸 그는 생각에 잠겼다.
 간단하게 아침을 먹은 후였다.
 그는 숙소로 들어갈 마음이 생기지 않았다. 혼자 쓰는 방이 아닌 터라 어수선했고, 무엇보다도 코를 간질이는 독한 냄새가 방 안에 계속 떠돌았기 때문이다.
 연무장에도 사람은 꽤 있었지만 방에 있는 것보다는 훨씬

나왔다.

 구환공이 구환득련의 경지에 들며 냄새가 견딜 만해진 건 분명했다. 하지만 아예 사라진 건 아니었다.

 냄새와 그와의 사이에 다리가 놓여 있고, 냄새는 그 다리를 건너지 못하는 형국이라고 할 수 있었다. 신경을 잡아 뽑는 듯한 고통을 주던 소리도 냄새와 마찬가지의 상황이었고.

 기이하게도 벽에 막힌 것처럼 소용돌이치는 다리 건너의 냄새와 소리를 검엽은 눈으로 보는 것처럼 볼 수 있었다.

 '이러고도 제정신을 유지하는 걸 보면 나도 보통 놈은 아니야.'

 검엽은 실없는 생각을 하며 한숨을 푹 내쉬었다.

 누가 그의 속내를 알 것인가.

 "아침부터 웬 한숨이오?"

 풀썩!

 마른 먼지를 피워내며 검엽의 옆에 앉은 사람은 방건이었다.

 검엽의 대답을 기대한 질문이 아니었던 듯 그는 대답을 기다리지 않고 말을 이었다.

 "당신 소문은 나도 들었소. 원래 말수가 적은 건지 여기가 맘에 안 들어서 말을 안 하는 건지는 모르지만 난 당신이 동료라는 게 기분 좋소. 흐흐흐."

 말 그대로 방건은 기분이 좋은 듯했다. 웃음소리는 이상해도 묻어나는 느낌은 밝았으니까.

방건의 밝은 분위기에 전염된 검엽의 마음도 가벼워졌다.
"그 소문, 믿지 마십시오. 소문난 잔치일수록 먹을 거 없다지 않습니까."
"하하하하하!"
방건이 배를 잡고 웃었다. 얼마나 웃었는지 눈가에 눈물이 맺힌 그가 헉헉대며 말했다.
"헥헥헥, 자기 얼굴에 금칠하는 사람은 많이 봤어도 고 형처럼 말하는 사람은 처음 봤소. 별호가 정말 멋있던데, 그걸 지은 사람이 아무 생각 없이 지었겠소?"
검엽은 미간을 찡그리며 이를 갈았다.
운려가 떠오른 것이다.
철혈권마라니, 누구 잡을 일 있나.
"그 별호 지은 인간, 작명 감각이 형편없는 인간입니다. 그러니까 속지 마십시오."
이렇게까지 말하면 검엽과 별호를 지은 사람의 관계가 평범하지 않다는 건 삼척동자도 눈치챌 수 있다.
방건은 억지로 웃음을 참았다. 하지만 입술 사이로 새어 나오는 소리를 아예 숨기지는 못했다.
"크크크."
웃음을 어느 정도 진정한 후에야 방건은 말을 할 수 있었다.
"고 형은 이번 임무가 별로 내키지 않는 기색이던데 왜 그런지 이유를 알 수 있겠소?"
이곳까지 오면서 검엽은 일행과 거의 말을 섞지 않았다. 다른 사람에게 먼저 말한 경우는 한 번도 없었고, 입을 열어도 필요한 말 외에는 한마디도 하지 않았다. 성격이 그러려니 생각하려 해도 검엽의 과묵함은 상식을 넘어선 것이었다.

검엽은 콧잔등을 매만졌다.

산장을 나선 후로 운려 외의 사람이 그에게 말을 건 것은 처음이라 왠지 어색했다. 게다가 질문에 대답할 거리가 형편없이 부족한 그가 아닌가. 어떻게 귀찮아서라고 대답할 수 있으랴.

"특별한 이유랄 것까지야……."

방건은 검엽이 속내를 드러내길 꺼려한다고 생각했다. 하긴 험하다고 알려지긴 했지만 목숨이 위태로운 곳이라고 할 수 없는 회계산 훈련장과 달리 정남은 언제 죽을지 아무도 장담할 수 없는 곳이다. 들리는 말로 검엽은 강제로 차출당했다고 했다. 정말 그렇다면 내키지 않는 걸음일 터였다.

방건이 씨익 웃으며 말했다.

"고 형이 임무를 마음에 들어하지 않아도 어차피 닥친 일이 아니겠소. 속 풀고 고 형이 내킬 때 손이나 한번 맞춰봅시다. 군림성과 싸우게 되면 서로 뒤를 맡겨야 할지도 모르는 일 아니겠소?"

검엽의 대답은 없었다.

그는 방건의 제안이 필요한 거라는 걸 인정했다. 그러나 제안을 받아들여야 할지는 좀 더 생각해 볼 필요가 있었다.

그는 집단전을 경험한 적이 없어서 손을 맞춘다는 게 실제로 어떤 건지 감이 잘 잡히지 않았다. 머리로 이해하는 것이야 어렵지 않았다. 하지만 한 번도 그런 식의 싸움을 해본 적이 없는 그의 몸은 적응되어 있지 않은 것이다.

검엽은 방건과 대화를 나누며 자신이 정남의 전장에 와 있다는 것과 과거 이곳에서 있었던 싸움이 어떻게 이루어졌었는지에 대해 너무도 모르고 있다는 것을 깨달았다.

그건 문제였다.

관심이 있고 없고 간에 그는 싸움터에 있었고, 적이 어떻게 움직일 것인가는 대충이라도 예상하고 있어야 했다. 상부에서도 적의 움직임에 대비한 준비를 하고 있겠지만 그도 나름의 준비를 해야 했다. 그래야 살아 돌아갈 가능성이 높아지는 것이다.

무맹이 이기든 군림성이 이기든 승패의 결과야 관심 밖이었다. 주변에 있는 사람들의 생사도 그의 관심 밖이었다. 그의 관심은 자신의 무사 귀환뿐이었다. 그는 운려에게 돌아가야 했다. 그것이 약속이었으니까.

게다가 상황에 따라 적절한 대처도 필요했다. 그는 이 년간 운려의 옆에 머물러야 했고, 그것은 그의 행동 하나하나가 어떤 식으로든 운려에게 영향을 미친다는 뜻이었다.

그가 어떤 자세로 싸움 임했는지는 무맹 상부에 보고될 것이다. 그리고 그 보고는 운려와 척천산장에도 전해질 게 분명했다.

그는 운려에게 부담스러운 존재가 되고 싶지 않았다.

내키지 않던 임무라 일이 흘러가는 대로 방관하고 있던 그의 마음이 방건과의 대화를 통해 조금씩 변하고 있었다. 외부의 일에 관심이라는 것이 생기기 시작한 것이다.

말없이 예의 실눈을 뜬 채 생각에 잠긴 검엽을 곁눈질하는 방건의 눈빛은 강했다.

현재로써는 검엽이 조만간 벌어질 싸움에서 적극적일지 소극적일지 예단하기는 힘들었다. 검엽의 속을 읽기 어려웠기 때문이다.

그러나 무맹에서 만난 후 지금까지 검엽이 보여준 태도나 무맹 내에 돌던 소문을 종합하면 그가 전장에서 적극적으로 싸움에 임할 거라고 생각되지는 않았다.

검엽은 철혼단주인 악우곤보다 더 강할 것이라 생각되는 절정의 고수였다. 그런 고수가 전장에서 소극적으로 움직인다는 게 얼마나 큰 손해인지 그는 잘 알고 있었다.

한 명의 절정고수가 전장에서 죽기 싫어 싸우는 것과 죽이기 위해 싸우는 것은 단지 마음가짐의 차이로 나타나지 않는다. 전세에 미치는 영향이 천지 차이라 할 만큼 다른 것이다.

방건은 검엽에게 싸움이 벌어지면 큰 힘이 되어달라고 부탁이라도 하고 싶었다. 검엽이 적극적으로 움직이면 승패를 떠나 한 명이라도 더 살 가능성이 커질 것이 분명했으니까.

최일선에서 뛰는 하급무사들에게 목숨보다 더 중한 게 무엇이 있겠는가.

하지만 방건은 부탁을 하지 않았다. 부탁을 할 성질의 문제가 아니었다. 목숨이 걸린 싸움이다. 싸움에 임하는 사람이 스스로 결정할 일인 것이다.

"과거 이곳에서의 싸움이 어떻게 진행되었는지 알고 싶습니다만."

방건의 얼굴이 환해졌다.

그는 뺨을 긁적이며 말문을 열었다.

"굉장히 다양한 형태의 싸움이 있었다고 하오. 하지만 나도 다 아는 건 아니라서… 대충 아는 것만 말해주리다. 원체 작은 지역이라서 공격하는 세력이 구사할 수 있는 전술은 몇 가지 없소."

방건은 손으로 계곡의 입구를 가리키며 말을 이었다.

"가장 많은 싸움은 저곳에서 이루어졌소. 무력에 자신이 있는 경우 공격하는 쪽은 무사 전부를 끌고 와서 들이쳤다고 하오. 무력이 비등비등할 경우는 양동작전도 주로 애용하는 방법인데……."

방건의 손가락이 계곡의 입구를 떠나 반대편에 있는 광산의 동굴 위의 산과 분지 양 측면의 산을 가리켰다.

"입구에서 들이치는 무사들과 그 틈을 이용해 후면과 측면으로 넘어오는 무사들로 나누어 공격하는 거요. 하지만 이 방법은 크게 실효성이 없소. 고 형도 봐서 알겠지만 계곡 입구를 제외한 삼면의 뒤쪽은 경사면이 가팔라서 경공이 상당한 수준에 오른 자가 아니라면 일단 올라오기도 어렵고 그렇게 올라올 만한 목도 몇 군데 되지 않아서 수비하기는 용이하오. 희생만 크고 득은 별로 없다고 할 수 있지. 그래서 양동작전은 많이 행해지지 않았소. 그래도 완전히 배제할 수는 없는 공격 형태요. 공격하는 측이 가장 많이 애용하는 방법은……."

방건은 얼굴을 와락 찌푸렸다. 생각만 해도 기분이 나빠지는 듯했다.

"암습이오. 고수 한두 명을 야간에 보내서 잠들어 있는 무사들의 목을 베고 빠지는 수법이지. 일단 그런 일이 발생하면 긴장이 높아지고 당연히 경계가 강화되기 때문에 수비하는 쪽의 피로가 급격하게 증가하오. 그렇게 일정 기간 동안 암습을 지속적으로 시도해서 수비하는 세력의 진을 뺀 다음에 정면공격을 하는 거요. 이 방법의 효과는 만점이오. 검증된 방법이지. 하지만 단점도 크오. 수비하는 세력도 바보가 아니라서 당연히 대비를 하고 있기 때문에 암습자의 무공이 대단히 높아야 하오. 실패하면 공격하는 쪽은 고수를 잃게 되고 오히려 수비하는 세력의 사기만 올려주게 되오. 성공하면 그 효과야 말할 필요도 없고. 대체로 지난 삼십 년 동안 이루어진 싸움은 이 세 가지 양상에서 크게 벗어나지 못했다고 알고 있소."

검엽의 미간에 가는 주름이 잡혔다.

'세 가지 유형이라……. 무림 세력 간의 싸움이 뭐 이리 복잡해.'

방건은 전술의 변화가 몇 가지 없다고 했지만 검엽이 생각할 때 세 가지면 충분히 많았다.

이곳에서의 싸움은 무림 세력 간의 싸움이다.

나라와 나라가 싸우는 것도 아니었고, 지역이 넓은 것도 아닌데 굳이 전술이 필요할까.

이것이 검엽의 생각이었다.

검엽이 단순해서, 그리고 병법을 몰라서 이렇게 생각할 리는 없었다.

'이들은 약하군.'

검엽의 생각을 읽을 수 있었다면 방건은 평정을 잃었을 것이다.

검엽의 선친 고천강은 말수가 거의 없는 사람이었다. 열흘이 넘도록 검엽과 단 한 마디의 대화도 나누지 않은 적도 숱하게 많았다.

그 때문에 오히려 검엽은 선친과 나누었던 대화를 한 글자도 빠뜨리지 않고 기억하고 있었다. 결코 잊어버릴 수 없는 소중한 기억이었으니까.

고천강이 병법을 가르치던 중 그에게 해주었던 것 중에 이런 말이 있었다.

"병법을 가르치는 것은 네가 그것을 사용하라고 가르치는 게 아니다. 상대방이 사용하는 병법에 당하지 말라고 가르치는 것이다. 무인은 군문의 병사가 아니다. 병법이 필요할 이유가 없다. 그럼에도 무인 중에 병법을 사용하는 자들은 패배를 두려워하고 죽음을 겁내 하는 자다. 그런 자를 어찌 무인이라 할 수 있으랴. 진정한 무인이라면 어떤 장애물이 앞을 가로막더라도 치우고 부수며 일로 직진할 수 있어야 한다. 장애물이 있다고 돌아간다면 그는 무인이 아니라 군문의 병사에 불과할 뿐이다."

당시 고천강의 음성은 언제나 그렇듯 차갑고 무정했었다. 그리고 그 내용은 패도의 극치였다.
'내용도 음성만큼이나 차갑고 무정하셨지.'
검엽은 속으로 쓰게 웃었다.
선친의 가르침은 다섯 노야의 가르침과 많이 달랐고, 그가 곡 밖에서 배운 세상 돌아가는 모양새와도 달랐다. 하지만 그는 선친의 가르침이 틀렸다고 생각하지 않았다. 그리고 잊지도 않았다.
물론 그것을 따를 생각은 없었다.
그는 앞길에 장애물이 생기면 기꺼이 돌아갈 의사가 있었다. 자신을 무인이라고 생각하지 않았으니까. 그러나 불쑥불쑥 떠오르는 추억마저 거부할 수는 없는 일이다.
'아버지는 강한 분이셨다. 그래서 그렇게 말씀하실 수 있었던 거다. 실제로 그렇게 사실 수 있었던 것도 강하셨기 때문에 가능했고. 이들은 약하기에 아버지의 말씀처럼 살지 못한다. 약하기에 패배와 죽음을 두려워한다.'
검엽이 생각한 고천강의 강함은 무공만을 뜻하는 게 아니었다. 그것은 무공보다 정신의 강함을 뜻했다.
그의 추억 속에 살아 있는 고천강은 집념과 투지의 화신과도 같았다. 절대로 무너지지 않는 강인한 정신의 소유자가 바로 그였다.

그의 상념은 방건의 웃음으로 끊겼다.

"봉 형님은 여기 와서도 여전하시네. 흐흐흐."

검엽과 한 방을 쓰는 사람들 중 헌원미림을 제외한 모두가 연무장에 있었다.

이곳에 머물고 있던 사람들까지 포함하면 연무장에 있는 무사들의 수는 대략 삼십여 명 정도였다.

체력을 단련하는 자들부터 무공을 수련하는 자들까지 사람들은 무언가에 전념하고 있었다.

그중에 봉유종과 담천우는 이십대 중후반 정도로 보이는 무사들에게 이것저것 잔소리를 하고 있었는데, 모두가 무공에 대한 지적이었다.

봉유종의 말투는 부드럽고 세심했다. 반면에 담천우의 말은 반쯤 욕설이 섞여 있어 모르는 사람이라도 그들의 성격을 쉽게 알 수 있을 정도였다.

"후배들을 잘 챙기시는 분인가 보군요."

"흐흐흐, 저 두 분 형님은 아주 유명하죠. 성격은 정반대지만⋯ 원체 후배들 일을 친동생처럼 돌보는 분들이라 후배들의 신망도 아주 두텁소."

검엽은 고개를 끄덕였다.

정남까지 오는 동안 봉유종과 담천우가 어떻게 행동하는지 이미 본 그다. 그래서 방건의 의견에 그도 동의했다.

젊은 무사들이 사용하는 무공은 크게 두 가지였다. 하나는 도법이고 하나는 권법이었는데, 형(形)이 대동소이했다. 같은 무공인 것이다.

검엽이 물었다.

"수련하는 무공이 동일하군요. 무맹에서 전수한 겁니까?"

방건이 어리둥절한 얼굴로 검엽의 말을 받았다.

"어? 고 형은 아직 배우지 못하셨소? 본 맹의 각 단에 소속이 되면 제일 먼저 배우는 것들이고 또 평생 쓰는 것들인데?"

질문하던 그가 웃으며 무릎을 쳤다.

"고 형이 원체 고수라 위에서 아무도 가르칠 생각을 하지 않은 모양입니다그려. 흐흐흐."

웃음과 함께 그는 말을 이었다.

"본 맹의 각 단에는 소속된 무사들에게 전수하는 각기 다른 비전의 무공들이 있소. 본 단에서 전수하는 건 복마심법과 이십칠식복마도법, 그리고 복마권법이오. 맹주님과 평의회 분들이 본 맹의 초기에 만든 무공이라고 알고 있소. 제대로 익히면 절정은 몰라도 일류의 끝을 볼 수 있는 무공들이라 무사들 중에는 사문의 무공보다 이 세 가지 무공에 매진하는 사람들도 적지 않소. 그들 중에는 제대로 된 무공조차 배우지 못한 사람들도 꽤 되기 때문이오. 게다가 집단전 시 진형을 유지하며 싸울 때는 동일한 무공을 동시에 사용해야 할 때도 적지 않아서 필수적인 무공이기도 하오."

"흠, 나도 저 무공을 알아놔야겠군요?"

말을 하는 검엽의 심안은 연무장에서 복마도법과 권법을 펼치는 자들을 놓치지 않고 있었다.
 "아무래도 그러는 게 좋을 거요. 휴우, 내가 지금 고 형에게 가르쳐 주었으면 좋겠지만 윗분들이 고 형에게 전수하지 않은 것에 다른 이유가 있을 수도 있어서 내가 결정할 수는 없소. 지부장님에게 말씀해 보시는 게 어떻겠소?"
 방건이 조금 난감한 기색으로 말하자 검엽은 웃으며 고개를 끄덕였다. 그동안 철혼단의 비전 무공을 배울 시간도 없었지만 악우곤이라면 일부러 가르쳐 주지 않은 것일 수도 있었기 때문이다.
 그리고 방건에게 굳이 배울 필요도 없었다. 복마도법과 복마권법이 쓸 만한 건 분명했다. 그러나 상승 무공이라고 하기에는 모자라서 구결을 유추하는 건 어렵지 않았다. 형을 외우는 건 더 쉬웠고.
 검엽은 한 번 본 무공은 초식뿐만 아니라 본질을 꿰뚫어 보는 능력의 소유자인 것이다.
 "한 가지 궁금한 게 있는데……."
 "말해보시오."
 방건의 눈이 빛났다.
 매사에 별 관심 없어 보이던 검엽이다. 의문은 많을수록 반가운 일이었다. 관심이 있다는 뜻이니까.
 "조만간 군림성의 공격이 예상된다면 후방에 지원 무사들을 배치해 놓을 수도 있을 텐데 이곳 지부장님도 그렇고 무맹

총타에서도 그런 기색을 볼 수 없었습니다. 왜 그런지 아십니까?"

방건은 싱긋 웃으며 고개를 끄덕였다.

정남의 사정을 알지 못하는 자들 가운데 머리가 돌아가는 자라면 당연히 느낄 의문이었다.

"지부장님이 군림성의 공격 시기가 멀지 않았다고 했던 말 기억하시오?"

"물론입니다."

"그렇게 예상이 가능한 건 남악산에 저들의 무력이 증원되었기 때문만이 아니오. 최근 본 맹과 군림성의 경계 지역 가운데 요충지라 할 만한 곳들에도 군림성은 상당한 무력을 증원하기 시작했을 거요. 언제나 그랬으니까."

검엽의 미미하게 눈썹이 꿈틀거렸다.

"경고로군요. 움직이지 말라는."

검엽이 구구절절한 설명 없이 바로 말귀를 알아들은 듯하자 방건은 조금 놀란 얼굴이 되었다.

"그렇소."

그의 말이 이어졌다.

"양쪽 수뇌 모두 이곳의 싸움이 커지는 것을 바라지도 않지만 현실적으로 크게 만들 수도 없소. 정남뿐만 아니라 다른 지역에서 국지전이 발생했을 때도 그곳 외의 다른 지역에 적의 위협이 가중되었소. 군림성도 그렇고 우리도 마찬가지오. 만약에 있을지도 모르는 무력 지원을 사전에 차단하는 거지."

"여러 가지들 하는군요."

검엽이 눈살을 찌푸리며 말하자 방건은 크게 웃었다.

"껄껄껄. 뭐, 저번에도 말한 것 같은데, 우리같이 최일선에서 뛰는 무사들이야 명령이 떨어지면 그에 맞추어 움직이면 되는 거요. 머리 굴리는 거야 윗분들이 할 일이고. 분명한 건 이번 싸움에도 지원을 기대할 수는 없다는 거요. 살고 싶으면 이곳에 있는 사람들끼리 하나로 뭉쳐서 적을 물리쳐야 한다는 말이외다."

방건이 자리에서 일어나 엉덩이를 툭툭 털었다.

검엽을 내려다보는 그의 입가에 미소가 떠올라 있었다. 크게 의도한 바는 아니지만 검엽의 분위기가 처음과는 조금 달라져 있다는 걸 느낄 수 있었기 때문이다.

그가 말했다.

"어쨌든 고 형도 지부장님 말씀처럼 무기를 갈아놓으쇼. 흐흐흐. 다시 무기를 갈 시간 같은 건 없을 거외다. 싸움이 일어나면 격렬할 거고 또 길게 가지 않을 테니까 말이요."

검엽은 말없이 고개를 끄덕였다.

갈아놓을 무기는 없었다.

하지만 마음을 굳게 먹기는 해야 했다.

피를 보게 될 것이 분명했으니까.

*　　　*　　　*

태사의에 앉은 회색 장포의 노인은 칠 척이 넘는 장대한 체구의 소유자였다. 그리고 체구만큼이나 막강한 기세를 갖고 있었다.

삼십 장에 달하는 대전 전체가 그의 기세 하에 숨을 죽이고 있는 듯해서 대전 안으로 들어선 귀마안주(鬼魔眼主) 귀마성(鬼魔星) 요진당은 가슴이 답답해지는 느낌을 받았다.

드넓은 대전의 중앙에는 백여 명이 한꺼번에 둘러앉을 수 있는 탁자가 있었고, 회의노인은 가장 상석에 앉아 그를 보고 있는 중이었다.

회의노인과 눈이 마주친 요진당이 퉁명스럽게 말했다.

"쳇, 형님의 공력은 세월과 반대로 가는 모양입니다. 어째 갈수록 견디기 어려워진답니까?"

패기가 일렁이는 눈으로 요진당을 보던 노인이 가슴까지 드리워진 풍성한 수염을 쓸어내리며 웃었다.

"껄껄껄, 네놈도 반대로 가는 게 있지 않더냐."

"제게요?"

"그래. 입술과 머리색. 세월이 갈수록 입술 빛은 번지르르해지고 머리색은 허옇게 변하잖느냐."

"말씀도 참. 내가 계집이요, 입술이 번지르르해지게?"

회의노인, 혈마성(血魔星) 곽초환의 입가에 떠오른 미소가 진해졌다.

"나와 농담하러 온 것이냐?"

요진당은 곽초환의 우측 의자에 앉았다.

"그럴 리가 있겠소, 형님."

"정남일이겠지?"

"소식 기다리실 거 같아서 직접 왔소."

곽초환의 얼굴에서 미소가 사라졌다.

정담을 나눌 시간은 지났다.

"맞다. 올 때가 된 듯해서 널 기다리던 참이다. 남악산에 도착은 했을 테고…… 언제더냐?"

그가 진지해지자 요진당도 진지해졌다.

"도착 후 이십오 일 전후로 일을 벌이라고 했으니 이십 일 정도 뒤에 싸울게 될 겁니다."

"이십오 일이라……. 너무 짧지 않느냐?"

요진당이 고개를 저었다.

"몸에 침투하는 속도가 많이 개선되었습니다. 이십오 일이면 약효가 스며들기에 충분한 시간입니다."

"결과는 언제쯤 받아볼 수 있을까?"

"전서구를 사용하면 일이 끝난 후 대엿새면 되겠지만 이번 일은 속도보다 보안이 더 중요합니다. 그래서 최고 등급의 보안을 걸어놨습니다. 빨라도 일이 끝나고 열흘 전후한 시간은 걸릴 겁니다."

결과를 최대한 빨리 알고 싶었지만 어쩔 수 없다는 걸 곽초환도 이해했다.

그가 깊어진 눈으로 요진당을 보았다.

"대형이 알지 못하도록 신경은 충분히 쓰고 있겠지?"

"그게 제일 중요한 일인데 소홀히 할 리가 있겠습니까?"

"그분이 알면 절대로 안 된다. 모든 일이 사상누각처럼 무너지게 돼."

"알고 있습니다, 형님. 본 성의 정보는 전부 제 손 안에 있습니다. 너무 염려하지 마십시오."

대형을 언급하는 곽초환과 요진당의 얼굴이 굳었다.

턱!

곽초환은 탁자의 모서리를 거칠게 두 손으로 잡았다. 끓는 심화가 그의 얼굴에 그대로 드러났다.

대전의 분위기가 무거워졌다.

"삼십 년의 세월이 대형을 변하게 만들었다. 천하를 마도로 일통하고자 했던 젊은 날의 꿈은 스러지고 도전을 두려워하는 노인의 마음만이 남았어. 나는 대형을 존경하지만 이대로 안주하려는 그분의 뜻을 따를 수는 없다."

요진당의 눈빛도 용암처럼 끓어올랐다.

"형님, 저는 언제나 형님 편입니다. 그리고 다른 형님들도 모두 형님의 마음을 이해하고 있습니다."

"알고 있다."

곽초환은 숨을 크게 내쉬었다.

그의 안색이 평정을 되찾았다.

"십 년을 준비한 대계의 시작이 정남에서의 싸움에 달렸다. 절대로 이 일이 외부에 알려져서도 안 되지만 그보다 더 중요한 것은 약효에 관련된 일이라면 단 하나도 빠뜨리지 말고 수

집해야 한다는 것이야."

"인겸이는 믿어도 됩니다, 형님. 실수는 없을 것입니다."

서로의 눈을 보며 두 사람은 힘있게 고개를 끄덕였다.

*　　　*　　　*

곡우는 슬쩍 혀를 내밀어 입술을 축였다. 입안만 바짝 마른 게 아니라 입술도 말랐다. 눈앞에 등을 보인 채 창밖을 보고 서 있는 칠 척 장신의 사내 때문이었다.

산 너머의 동쪽을 바라보고 서 있는 장신 사내의 전신에서는 먹이를 본 맹수에게서나 느낄 수 있는 사납고 강렬한 살기가 파도처럼 넘실거렸다.

그들이 있는 곳은 이십여 평가량 되는 석조대전. 평소 분타의 중대사를 논하는 곳이었다. 좁다고 할 수 없는 그곳이 사내의 기세로 가득 찼다.

절혼도 곡우는 혈풍대 서열 이십 위 안에 드는 고수이자 남악산 분타의 타주를 맡고 있는 요인이었다. 그런 곡우도 사내의 기세를 견디는 건 쉬운 일이 아니었다.

곡우가 재차 입술을 혀로 축이려 할 때 사내의 굵은 음성이 그의 귀를 때렸다.

"곡 타주."

"예, 부대주님."

초인겸은 천천히 신형을 돌려 곡우에게 시선을 주었다. 그는 곡우보다 두 뼘은 더 키가 커서 곡우를 내려다보는 듯한 모습이었다.

초인겸의 정면을 대하는 곡우는 방금 전보다 더 심한 압박감에 장포 자락에 감춰진 주먹을 움켜쥐었다.

소문으로만 듣던 초인겸을 그가 본 것은 이틀 전이었다. 첫 대면이었다. 그리고 그는 실물에 비하면 소문이 얼마나 축소되어 전해졌는지를 온몸으로 깨달았다.

초인겸의 기세는 명불허전이었다.

패도(覇刀) 초인겸은 그가 남악산 분타를 맡기 위해 대산을 떠났던 삼 년 전 혈풍대에 가입했다. 그리고 불과 삼 년 만에 혈풍대 부대주의 자리까지 수직으로 뛰어오른 입지전적인 인물이었다.

혈풍대 부대주라는 자리는 군림성 서열 오십 위 안에 드는 요직이다.

그 자리까지 오르면서도 그는 알려진 것보다 알려지지 않은 것이 더 많았다. 그럼에도 그가 지닌 능력과 무공이 가히 절정이라는 데에는 아무도 이의를 제기하지 않는 능력자였다.

혈풍대 가입 이전 그의 행적이 비밀에 싸여서인지 혈풍대의 무사들 사이에는 그가 장로원의 여섯 장로 가운데 한 명을 스승으로 두고 있다는 소문이 돌고 있었다.

군림성 설립 후 삼십여 년 동안 삼 년 만에 부대주의 자리에 오른 자는 그가 처음이었기 때문이다. 무공과 능력이 검증된 자들도 그와 같은 속도로 지위를 높인 전례가 없는 것이다.

"이십 일 후 무맹의 정남 지부를 공격할 것이다. 그사이 놈들이 어떤 행동을 할지 모르니 경계에 만전을 기하도록."

사전 연락도 없이 초인겸이 수하들을 이끌고 이곳에 도착했을 때 예상했던 일이다. 도착하고 나서 바로 말하지 않고 닷새나 지난 지금 말하는 게 오히려 예상 밖이었다.

곡우는 지체없이 대답했다.

"알겠습니다."

하지만 초인겸의 마음에 드는 대답은 아닌 듯했다. 그는 재차 강조했다.

"귀마안에는 이미 언질을 해주었으니 이십 일 동안 저들을 괴롭힐 수하들의 측면 지원에 최선을 다할 것이다. 그대는 혹시 있을지 모르는 저들의 암습에 대한 경계에 구멍이 나지 않도록 하면 된다."

"명심하겠습니다."

대답을 하면서도 곡우는 무맹의 암습을 그리 걱정하지 않았다. 아마도 말은 안 하지만 초인겸도 암습을 걱정하지는 않을 거라는 게 그의 생각이었다.

수십 년 동안 무맹과 싸우며 남악산 분타가 공격당한 적이 없는 건 아니다. 하지만 남악산 분타는 정남 지부와 달리 완전히 요새화된 곳이어서 암습이 효과를 본 전례가 없었다.

그것을 무맹 또한 잘 아는 터라 이십수 년 전의 분쟁 초기를 제외하면 무맹도 남악산 분타를 공격하려는 시도를 하지 않았었다.

가면 시체가 되어 돌아오는데 아까운 무사들을 희생할 이유가 없는 것이다.

곡우를 물린 초인겸은 창밖을 향해 신형을 돌리며 엄지와 검지를 가볍게 부딪쳤다.

딱!

소리와 함께 복면을 한 적의인이 천장에서 바람처럼 날아내리더니 초인겸의 뒤에 부복했다. 먼지 하나 날리지 않았고, 옷자락 스치는 소리도 들리지 않았다.

곡우가 있었다면 놀람을 금치 못했을 것이다. 그는 방을 나갈 때까지도 적의인의 기척을 알아차리지 못했으니까.

적의인은 곡우를 능가하는 고수였다.

그 의미는 작지 않았다.

"정남 지부를 맡고 있는 심중탁은 지략은 평범하지만 무공과 관리 능력이 상당히 뛰어난 자다. 수비에 적합한 자지. 그라면 우리의 작전에 꽤 빠르게 대응할 것이다."

초인겸의 어조는 장중했다.

"너의 충성심은 잘 안다. 그래서… 미안하다."

초인겸의 심정이 가슴에 그대로 전해졌다.

부복한 적의인은 말없이 머리를 바닥에 댔다.

"왕문."

"예, 이공자님."

부복한 적의인은 그 자세 그대로 미끄러지듯 한 자 앞으로 나섰다. 마치 손과 무릎에 보이지 않는 바퀴라도 달린 듯한 운신. 그 한 수만으로도 그가 범상치 않은 고수라는 것을 알 수 있었다.

그가 초인겸을 부르는 호칭은 곡우와 달랐다. 그러나 초인겸도 왕문이라 불린 적의인도 그것을 이상하게 여기지 않는 듯했다.

"이십 일 동안 네가 작전을 지휘한다. 보고는 필요없다."

"존명."

왕문의 이마가 바닥을 파고들 듯 내려갔다.

보고를 하지 말라는 건 그만큼 초인겸이 그를 믿는다는 뜻이다.

"죽지 마라. 이것은 명령이다. 너는 투입되는 수하들과 맡은 임무가 다르다는 걸 명심하도록. 나는 너를 다시 보고 싶다."

"……."

왕문은 고개를 들어 초인겸을 보았다. 그들과 시선이 마주친 초인겸의 눈이 타는 듯 강해졌다.

그리고 왕문은 나타날 때처럼 소리없이 대전에서 사라졌다.

第十章

정남 지부의 분위기는 날이 갈수록 엄중하게 변해갔다.

매일 밤 두세 명의 무사가 목숨을 잃었다.

오 일 동안 죽은 무맹의 무사는 열아홉 명이나 되었다.

암습자였다.

적도 온전하게 돌아가지 못했다.

침입자 열다섯 명도 모두 죽은 것이다.

아침에 일어나면 목이 없는 동료의 시체가 무사들을 맞이했다.

분노와 살기가 석로산 하늘을 덮었다.

전운은 점점 농밀해져 갔다.

심중탁은 손가락으로 관자놀이를 지그시 눌렀다.

머리가 금방이라도 터져 나갈 것처럼 지끈거렸다.

나흘 동안 하루 한 시진 정도 의자에 앉아 선잠을 자는 것을 제외하고는 제대로 된 수면을 취하지 못한 그다.

일각 전 먹은 아침밥도 코로 들어가는지 입으로 들어가는지 모를 만큼 신경이 곤두서 있었다. 피로가 그의 전신에서 묻어났다. 하지만 그의 눈은 용광로를 연상시킬 만큼 뜨거운 분노로 가득했다.

그는 부글부글 끓는 눈으로 좌중을 훑으며 말했다.

"놈들의 속내를 손바닥처럼 읽으면서도 당할 수밖에 없다니 정말 속이 쓰리군."

집무실에는 그를 비롯해 정남 지부의 핵심 인물들이 모두 모여 있었다.

심중탁의 최측근으로 그를 보좌해 온 관열과 육자홍은 물론이고, 봉유종 등과 헌원미림, 그리고 검엽의 모습도 보였다.

심중탁의 심정을 이해하지 못하는 사람은 없었다, 대부분 비슷한 기분이기도 했고. 그래서 사람들의 분위기는 무겁고 딱딱했다. 하지만 두 사람은 예외였다.

헌원미림과 검엽이다.

헌원미림은 평소와 같은 차분한 분위기였고, 검엽도 언제나처럼 표정이 없었다.

봉유종과 비슷한 연배인 관열이 흥분을 간신히 억누르는 어조로 심중탁의 말을 받았다.

"지부장님, 산운전은 뭐 하고 있는 겁니까? 적들이 매일 밤 쥐새끼처럼 들이쳐 들보를 갉아먹고 있는데도 담장을 넘기 전의 적을 파악하지 못한다는 게 말이 됩니까!"

"그들도 전력을 다하고 있어. 하지만 귀마안의 방해가 만만치 않은데다 암습하는 자들의 개인적인 능력도 상당해서 꼬리를 아직 잡지 못하고 있다."

심중탁의 답변을 들은 관열은 길게 숨을 내쉬었다. 숨결이 뜨거웠다. 심화가 쌓이고 있는 것이다.

그는 이를 부드득 갈며 다시 말문을 열었다.

"지부장님, 무사들의 피로가 누적되고 있습니다. 전례로 볼 때 저들의 이와 같은 암습이 오랜 시간 지속되리라고 생각하지는 않습니다만 이대로 있을 수만은 없습니다."

군림성의 야간을 이용한 암습이 시작되면서 정남 지부의 경계는 몇 배로 강화되었다. 무사들의 업무량도 그만큼 늘어났다. 게다가 심적인 불안으로 무사들 대부분이 선잠을 자는 터라 피로는 누적될 수밖에 없었다.

심중탁은 말없이 고개를 끄덕였다.

그리고 휘하 무사들의 피로가 쌓이고 있다는 걸 모를 리가 있겠는가.

그의 입매가 일그러졌다. 알면서도 손을 쓸 방도를 쉽게 찾을 수 없는 것이 적의 암습이었다.

"그래서?"

"우리도 저들이 하는 대로 갚아줍시다."

관열은 강경한 어투로 말했다.

그러나 심중탁은 관열의 말에 쯧쯧 하며 혀를 찼다. 그는 이마의 주름이 서너 개는 늘어난 얼굴로 말했다.

"막간산 분타는 한 명으로 백 명을 막아낼 수 있는 천연의 요새이고, 우리와는 달리 내부가 전혀 알려져 있지 않아서 저들과 같은 방법으로 야습을 한다면 우리 측의 피해가 너무 커진다. 과거에 이미 확인된 사실이야."

군림성 무사들로만 채워져 있는 막간산 분타와는 달리 정남지부는 인근 마을 주민들을 고용하고 있기 때문에 내부의 보안을 유지할 수가 없었다.

최대한의 보안 유지를 하기 위한 노력을 게을리 하는 건 아니었다. 그러나 항상 상대의 정보력은 보안 유지를 위한 당사자들의 노력을 가차없이 비웃었다. 주민들 중에 적의 간세가 있을 가능성이 십 할이었다.

그리고 이는 과거 군림성이 광산을 차지했을 때도 동일한 약점으로 작용했다. 무맹도 주민들 속에 간세를 심어두고 있는 것이다.

수비하는 측이 공격하는 측보다 몇 배나 힘든 곳이 정남이었다. 이는 군림성과 무맹 양측 모두 인정하고 있었다.

관열은 얼굴을 붉히며 어깨를 늘어뜨렸다.

그와 육자홍은 정남 지부에 오기 전에도 철혼일대 소속이었고, 심중탁의 직계 부하였다. 당연히 뛰어난 무공의 소유자들이었다. 하지만 머리가 좋다고는 할 수 없었고, 감정의 기복이 꽤 심한 편이어서 흥분도 잘했다.

그런데도 심중탁이 그들을 신임하는 건 그들과의 특별한 인연도 있었지만 적을 앞에 두고 등을 보이지 않는 용기와 동료를 자신의 몸처럼 아끼는 의리, 그리고 무맹에 대한 충성심을 높게 평가하기 때문이었다.

관열이 입을 다물자 집무실은 쥐 죽은 듯 조용해졌다.

반격을 하고 싶지 않은 사람이 누가 있을까.

하지만 다들 막간산 분타의 요새화된 지형을 잘 알고 있었다. 암습도 마땅치 않았고, 선제공격도 무리였다. 지부에 있는 무사의 수가 적어도 지금의 세 배는 되어야 선제공격을 시도할 수 있을 것이다. 그렇지 않으면 시체의 수만 늘릴 뿐이었다.

심중탁이 침묵을 깼다.

"저들이 매일 암습자를 보내는 걸 보면 전면 공격의 시기가 멀지 않았음이야. 암습자들의 무공 수준은 자네들과 비교해도 처지지 않는 수준. 그런 고수들을 암습으로 무한정 소모할 수는 없을 테니까. 저들이 바라는 건 우리의 피로가 쌓여 전투력이 약화되는 것. 약화의 정도가 저들의 마음에 들 때 공격이 시작되겠지."

그의 눈빛이 싸늘해졌다.

그는 암습이 하루도 빠짐없이 계속될 거라고 생각하지 못했다. 효과는 확실했지만 희생도 그만큼 컸기 때문이다.

그는 첫날의 암습을 자신들의 무력을 시험해 보려는 것이라고 생각했다. 그리고 적의 수뇌가 조금이라도 생각이 있는 자라면 연속적인 암습을 시도하지는 않을 거라는 게 그의 판단이었다.

그리고 첫 이틀 동안 철혼대 무사 열두 명이 불귀객이 되었다. 뒤의 사흘 동안 죽은 무사 수는 일곱 명이었다.

암습 초기에 무사들의 희생이 컸던 데에는 그의 판단 착오에도 일말의 책임이 있었다.

"알면서도 우리가 선택할 수 있는 방법은 하나밖에 없다. 경계를 강화하는 거지. 하지만 요 며칠간 했던 것처럼 대원들 전부를 삼교대로 경계 세우는 건 안 돼. 그건 저들이 원하는 대로 해줄 뿐이니까."

"그럼 어떻게 하실 요량입니까?"

봉유종이었다.

심중탁의 시선이 봉유종의 온화한 눈과 마주쳤다.

봉유종의 눈에는 신뢰가 담겨 있었다.

내색하지 않으려 노력하고 있었지만 심중탁도 심한 중압감에 시달리는 중이었다. 분노와 불안으로 제대로 잠을 이루지 못할 정도로 백수십 명의 목숨이 그에게 달려 있는 것이다.

봉유종의 신뢰가 담긴 눈길은 그의 불안감을 어느 정도 진정시켜 주었다.

"대원들 모두 사호 건물에서 머물게 할 생각이다. 방이 모자라니 주변 공터에 천막을 세운다. 그리고 경계는 육십 명이 두 시진 삼교대로 할 것이고. 나머지 사람들은 하루를 쉬고 육십 명이 전날 경계조와 교대한다."
 심중탁의 말을 들은 사람들은 하나같이 인상을 썼다.
 정남 지부의 건물은 모두 열 채였다. 그중 여덟 채는 무사들이 쓰고 두 채는 광부와 허드렛일을 하는 마을 사람들이 썼다. 그들 중에는 집에 가지 않고 이곳에서 숙식을 해결하는 사람들도 적지 않았기 때문이다.
 물론 암습이 행해진 날부터 채굴은 중지되었고, 광부와 일꾼들은 한 명도 남김없이 마을로 돌아갔다. 위험하기도 했거니와 그들이 머무는 한 무사들을 어떻게 운용하든 정보가 새 나갈 게 자명했기 때문이다. 완벽하게 차단할 수는 없다고 해도 노력은 해야 했다.
 사호 건물은 삼층짜리 지부에서 가장 큰 곳이었다. 그러나 수용할 수 있는 인원은 최대 오십 명이다. 새우잠, 칼잠을 잘 때 그렇다는 말이고, 평소에는 이십 명 전후의 무사가 머물렀다.
 가뜩이나 피로가 쌓이는 상황에서 새우잠, 칼잠을 잘 수는 없는 일이니 적어도 백삼사십 명의 무사는 천막생활을 해야 한다는 결론이었다.
 하지만 한 곳에 모이면 경계가 쉬워지고 암습에 대비하는 것도 용이해진다.
 한두 명의 고수가 아닌 백수십 명의 인원이 남악산 분타에서 정남 지부로 올 수 있는 길목에는 산운전의 무사들이 깔려 있는 터라 남악산 분타의 전면 공격은 염려하지 않아도 되었다.
 불만을 가질 수 없는 결정이었다.
 "헌원미림, 고검엽."
 허리를 꼿꼿이 세운 채 졸고 있던 검엽은 심중탁이 부르는 소리에 잠에서 깼다.
 "예."
 대답은 헌원미림만 했다.
 부른다고 얌전히 대답할 검엽도 아니었지만 그래도 심중탁을 나름 지부장으로 예우해 줄 요량은 있었는데 잠에서 덜 깬 탓에 대답할 시간을 놓친 것이다.
 "삼교대로 경계를 서는 무사들은 무공이 강한 자를 우선으로 한다. 너희들도 경계 임무를 선다."
 "예."
 역시 헌원미림만 대답했다.
 심중탁은 못마땅한 눈으로 검엽을 보았다.
 검엽이 정남 지부에 온 지 팔 일이 지났다. 이곳까지 그와 동행했던 무사들을 통해 들은 것과 팔 일 동안 그가 어떻게 생활하는지 들은 것을 종합하면 검엽은 전투 상황에서 도움이 될 거라는 확신을 할 수 없는 존재였다.
 그렇다고 싸움이 코앞에 닥쳤는데 검엽과 같은 고수를 돌려보낸다는 것도 말이 안 되는 일.
 "자네도 알아들었나?"
 "알겠습니다."

대답하는 검엽의 음성은 덤덤했다. 무례한 어조는 아니었다. 하지만 긴장이 가득한 집무실의 분위기와 동떨어진 담담함이라 심중탁은 더욱 눈살을 찌푸렸다.
 '단주님은 대체 무슨 생각으로 이런 놈을 보내신 거야? 싸움에서 제 몫은 할까?'
 그동안 검엽과 대화도 여러 번 해보았다. 성질 죽이고 조곤조곤 얘기해 봤지만 별무소용이었다.
 성실하고 진중한 성격의 심중탁은 확연하게 긴장감이 떨어지는데다가 매사에 관심을 보이지 않는 검엽이 탐탁지 않았다. 포용력이 상당한 그였다. 하지만 식사 시간을 제외하면 방에 있거나 연무장 한 구석에 처박힌 채 꼼짝도 하지 않는 검엽을 볼수록 속은 뒤틀려만 갔다.
 자연히 제대로 된 한 사람의 고수가 아쉬운 이곳에 그를 보낸 무맹 수뇌부도 마음에 들지 않았다.
 그러나 정남 지부의 지휘관은 그였다.
 휘하에 있는 자의 능력을 어떻게 온전히 끌어내는가는 지휘관의 역량이다. 이유가 무엇이 되었든 만약 검엽이 지닌 능력을 발휘하지 않는다면 그건 누구 탓도 아닌 자신의 능력이 부족한 때문이라고 해야 했다.
 다른 곳에 하소연할 일이 아닌 것이다.

 사호 건물의 지붕 처마에 다리를 걸치고 앉은 검엽은 손을 들어 이마를 긁었다.

암습이 시작된 지 육 일째 되는 날의 밤이었다.

축시(새벽 1시)가 넘은 밤바람은 시원했고, 비록 그의 눈에 들어오지는 않지만 달빛도 밝았다. 야습을 하기에는 마땅치 않은 날씨다.

하지만 지붕에 있는 사람들은 긴장된 자세를 풀지 않았다. 어제도 달은 밝았다. 그래도 야습은 감행되었고, 동료 한 명이 죽었다.

지붕 위에 있는 사람은 검엽과 헌원미림, 방건이었다. 검엽은 처마에 발을 걸친 자세고 헌원미림은 정좌, 방건은 지붕 위를 돌아다니고 있었다. 방건과 늘 붙어 다니던 봉유종과 심익수, 담천우는 땅에 있다.

오전 회의에서 결정된 대로 그들은 삼 개 조로 나뉜 경계무사들 중 일조의 이십 명 무사에 속해 있었다. 경계조는 두 시진마다 교대하는 터라 그들은 오늘 두 번째 경계에 들어간 상태였다.

팔짱을 낀 검엽의 미간에 희미한 주름이 생겨났다.

심중탁은 그가 매사에 태평하고 긴장하지 않는다며 불만스러워했지만 그건 검엽의 속내를 읽지 못한 탓이었다.

조만간 코앞에 피 냄새가 진동할 분위기인데 검엽이라고 마냥 태평할 수는 없는 일이었다.

승자가 누가 되든 관심은 없었다. 검엽에겐 군림성이나 무맹이나 오십보백보였다. 운려가 무맹에 속해 있다고 해서 그가 무맹을 예쁘게 볼 이유는 없는 것이다.

마음이 그러니 주변에 함께 있는 사람들이 동료로 생각되지도 않았다. 딱히 마음을 주고 싶지도 않았고, 그런 생각 자체를 할 검엽도 아니었다.

그런 그도 고민은 해야 했다.

이 년 동안 운려의 옆에 머물기로 한 그다. 그러기 위해선 지부에 한손 거들어야 했다. 문제는 어느 선까지 거들 것이냐였다.

목숨을 걸고 싸울 생각은 아예 없었다. 그러나 등을 보이고 도주할 수도 없는 노릇이었다.

당면한 그의 목표는 생존(?)이었다. 하지만 전장에서 좋지 않은 평을 받아도 안 되었다. 운려에게 부담이 갈 일이었다.

'줄타기를 해야 할 판인데… 쉬울 거 같지가 않네.'

검엽은 가는 한숨을 내쉬었다.

그는 자신의 위치와 능력을 명확하게 파악하고 있었다. 무맹까지의 행로에서도 배웠고, 무맹과 회계산 수련장에서도 배웠다. 수많은 고수와 하수를 보았다. 그 속에서 자신의 위치를 자리매김하는 건 그리 어렵지 않았다.

그가 파악한 자신은 분명 고수였다. 그것도 확실하게 검증된 고수였다. 하지만 이곳에서 벌어질 싸움의 향배를 바꿀 정도의 힘을 가졌다고 자신할 수 있을 정도라고 하기는 어려웠다.

단, 죽을 각오로 싸움에 임한다면 싸움의 향배를 바꾸는 것도 가능할지 몰랐다. 그러나 그에게는 기대난망한 일이다.

무맹의 무사들 중 일백 명 정도가 일류고수였다. 나머지도 일류와 이류의 경계선상에 있지만 약하지 않았다. 실전 경험도 풍부해서 풋내기 소리를 들을 사람은 아무도 없었다.
 공격을 계획하고 있는 군림성의 무력이 수비하는 무맹의 무력보다 약할 리는 없는 일.
 이 정도 숫자의 고수들이 부딪치면 절정고수라도 아차 하는 순간 목이 달아날 수 있었다. 난전 중의 칼은 눈이 없으니까.
 검엽도 목숨을 여벌로 갖고 다니지는 않는다.
 '전력을 다해 싸운다면 위험하지야 않겠지. 하지만 나중에 일이 꼬일 거야. 농간의 냄새가 너무 심하게 난다, 이곳은.'
 작정하고 피하려 한다면 누구에게도 잡히지 않을 자신이 있었다.
 산장을 떠나 무맹에 도착할 때까지 암천부운행의 위력이 어느 정도인지 충분히 확인한 그다. 게다가 회계산의 수련장에서 짧지만 강도 높은(?) 수련을 한 덕분에 작은 성취도 얻었다.
 희미하던 미간의 주름이 굵은 내천 자로 발전했다.
 '시험당하는 기분이야. 맹주라는 인간, 뒤끝이 있어. 하긴 윗물이 그러니 악우곤처럼 뒤끝있는 인간이 단주를 맡고 있는 거겠지만. 전력을 다해 싸우고 난 뒤에 무슨 일로 또 부려먹으려 들지 모르는데 나를 전부 드러낼 수는 없다. 단순히 부려먹으려 든다면 그걸로 다행이긴 한데 그게 전부가 아닌 거 같단 말이지.'
 검엽이 하는 고민의 핵심은 그것이었다.

그는 이 년의 계약 기간만 채우면 미련없이 세외로 떠날 생각을 하는 사람이다. 그리고 그 이 년은 운려의 옆에 머무는 것으로 채울 요량이었고.

하지만 그의 의사와는 무관하게 일이 꼬일 조짐을 보이고 있었다.

악우곤이 수련장에 있는 그를 불러낼 때부터 검엽은 마음속에 의혹을 품었다. 그 의혹은 정남에 도착한 후 구체적인 형태를 띠고 그의 마음에 자리를 잡았다.

그는 무맹에 도착한 이후 노골적일 정도로 비협조적이었다. 단목천이 불러도 가지 않았고, 악우곤이 수련장에서 반 감금 상태와 다름없는 대접을 해도 시큰둥하게 대응했다.

비록 정남의 상황이 급박하다 해도 그렇게 비협조적인 검엽을 투입한다는 건 이상한 일이었다. 무맹에 검엽 수준의 고수가 없을 리는 없었으니 그를 투입한 이유는 둘 중의 하나라 보아야 했다.

죽든지 아니면 알아서 살아오든지.

게다가 그 이면에 다른 뜻도 숨어 있는 듯했다.

정남을 둘러싼 상황도 기이했다.

철혼대 무사들은 별반 기이함을 느끼지 못하는 듯했다. 그러나 검엽은 다른 사람들이 보지 못하는 것을 보았다.

'마음에 안 드는 자를 죽이기에 이렇게 최적의 상황은 찾기 힘들다. 이놈이나 저놈이나 의도적인 건지 그저 모르는 척하는 것인지 불분명하긴 하지만 말이지……'

검엽은 알 수 없는 말을 속으로 중얼거렸다.

생각할수록 얼굴이 찌푸려졌다.

만일 그가 추측한 것이 사실이라면 그는 상당히 피곤한 곳에 와 있다고 할 수 있었다. 그러나 추측을 확신할 수 있는 증거가 없는 이상 추측에 의거해 움직이기는 곤란했다. 그는 운려에게 매인 몸이었으니까.

단목천과 구양일기는 나름대로 검엽을 높게 평가하고 있었다, 그들의 경험과 신분으로는 과하다고 할 만큼. 그렇지 않았다면 검엽을 정남으로 보내지도 않았을 것이다. 신경도 쓰지 않았을 것이고.

그러나 그들의 평가는 검엽의 진면목과는 아주 먼 거리가 있었다. 그렇다고 그들을 어리석다 할 수도 없었다. 그들은 자신들의 기준으로 검엽을 평가한 것뿐이다.

검엽은 팔짱을 풀었다.

'뭐… 이리 생각하고 저리 생각해도 결론은 항상 똑같구만. 임기응변밖에 없네.'

며칠째 같은 결론에 도달한 검엽은 내심 툴툴거렸다.

적극적으로 움직일 생각이 아예 없는데다가 운신의 폭이 너무나 좁았다. 생각만 바꾸면 다른 길을 찾을 수 있다는 걸 모르지 않았다. 그러나 그러고 싶은 생각은 없었다.

그의 한계였다. 자처한 것이라 보아도 무방한 한계였지만. 어쨌든 한계는 한계다.

그때였다.

눈을 감고 정좌하고 있던 헌원미림의 두 눈이 어둠 속에서 새파란 빛을 뿌렸다.

동시에 검엽도 오른손으로 바닥을 슬쩍 밀었다. 그의 신형이 둥실 떠오르며 지붕 위에 똑바로 섰다. 바람에 밀린 솜뭉치처럼 무게를 느낄 수 없는 운신이었다.

작은 원을 그리며 사방을 경계하던 방건의 두 눈이 놀란 토끼눈처럼 되었다. 검엽의 간단해 보이는 운신이 아무나 가능한 게 아니라는 걸 모르지 않는 그였다.

헌원미림의 빛나던 눈에도 놀람의 기색이 떠돌았다. 그러나 그 빛은 찰나에 불과해서 나타나자마자 사라졌다.

그녀는 무맹의 연무장에서 검엽을 처음 만났을 때부터 범상치 않은 기도라 생각했었다.

그동안 무공을 펼치는 걸 본 적이 없어 자신의 판단을 확신하지 못했는데 검엽의 움직임은 그녀가 그를 잘못 보지 않았다는 걸 알려주는 것이었다.

방건은 아무것도 느끼지 못했다. 주변의 풍경은 방금 전이나 지금이나 달라지지 않았다. 하지만 그는 무맹의 최일선에서 여러 해를 보내며 풍부한 대적 경험을 쌓은 무인이다. 검엽과 헌원미림의 작은 변화가 무엇을 의미하는지는 자명했다.

실력을 본 적이 없는 헌원미림은 몰라도 검엽은 그보다 몇 수 위의 고수였다.

긴장한 그는 내력을 끌어올렸다.

"오늘도 셋이네요."

작고 차분하지만 확신에 찬 어조.
헌원미림이다.
검엽은 가볍게 고개를 끄덕였다. 그의 감각에 잡힌 자들의 숫자도 세 명이었다.
"오늘은 지부장님도 저들의 표적이 된 것 같군요. 둘이나 본관으로 가는 걸 보면."
헌원미림이 자리에서 일어나며 한 말에 방건의 안색이 살짝 변했다. 아직도 그의 감각에 적의 기척은 잡히지 않았다. 하지만 그는 신속하게 가슴에 달고 있는 태전각을 입에 물었다.
삐이익, 삑, 삐이이!
귀청을 찢는 호각 소리가 요란하게 정남 지부를 정적을 깨웠다.
호각은 일정한 운율이 담겨 있었다. 수십 년의 세월을 거치며 다듬어진 태전각이다. 말로 하는 것보다야 못하지만 필요한 정보를 전달하기엔 충분했다.
건물 주변에 은신하거나 몸을 드러내고 경계를 서던 무사들의 움직임이 바빠졌다. 그들 중 절반은 지부장의 거처로 향했고, 절반은 사호 건물의 우측 이십여 장 떨어진 이호 건물의 후면으로 향했다.
헌원미림과 방건도 이호 건물 방향으로 신형을 날렸다.
심중탁은 그 자신도 절정에 근접한 고수일 뿐만 아니라 그를 호위하는 관열과 육자홍 또한 철혼일대의 손꼽히는 고수였다. 그리고 경계조 무사 열 명도 본관 주변에 배치되어 있다.

모르고 있다면 모르겠지만 암습을 알고 있는 상태에서 호락호락하게 당할 사람들이 아닌 것이다.

검엽은 움직이지 않았다.

암습자는 드러났다. 그가 끼어들지 않아도 그들은 제거될 터이다. 그를 보는 무사들의 눈길이 곱지 않을 거라는 걸 알지만 움직이고 싶은 마음은 없었다.

그가 끼어들면 암습자들의 처리가 쉬워질 것이다. 하지만 그건 생색내기 이상이 되기 어려웠다. 아예 나 몰라라 할 수 있는 상황이 아닌 건 분명했다. 그러나 남들이 그를 어떻게 보든 생색낼 일이나 할 생각은 눈곱만치도 없었다.

그리고 심중탁과 정남 지부의 무사들은 무능하지 않았다. 초반 이틀 동안 희생자를 열두 명이나 냈지만 그 후 희생을 최소화하며 암습자를 신속하게 제거하는 것으로 자신들의 능력을 증명했다.

반 각 후,

'끝났군.'

언제나처럼 비명 소리는 들려오지 않았다.

암습자들은 고수였고, 강하게 단련된 자들이었다. 지금까지 지부에 스며들어 왔다가 죽은 자들 중 비명을 지르며 죽어간 자는 단 한 명도 없었다.

어제까지 죽은 무맹의 무사들도 비명을 지르지 않았다. 비명을 지를 틈도 없이 목숨을 잃은 때문이다. 오늘은 암습자에게 당한 사람이 없어 비명 소리가 들리지 않은 듯했지만.

검엽은 다시 처마에 다리를 걸치고 앉았다.

그가 마음속으로 중얼거린 말이 끝나자마자 헌원미림과 방건이 지붕 위로 뛰어올라 왔다.

헌원미림은 차분한 눈길로 검엽을 한 번 흘깃 보고 정좌를 하며 눈을 감았고, 방건은 검엽의 등을 보며 어깨를 으쓱하고는 다시 지붕 위를 서성거렸다.

반 각 전과 한 치도 달라지지 않은 모습들이었다.

검엽은 아예 지붕 위에 누워버렸다.

기척으로 눈치챘으련만 헌원미림은 눈도 뜨지 않았다. 방건만이 헛웃음을 지으며 입맛만 다셨다.

'한 사람의 고수도 아쉬울 싸움이 코앞인데, 휘하의 일류고수들을 사지가 될 것이 뻔한 곳으로 매일 보낸다……. 효과는 만점이긴 한데 말이야…… 노리는 게 뭐지?'

팔베개를 한 검엽의 뇌리에 자신있게 말하기 어려운 의문이 조금씩 피어났다.

암습이 있을 거라는 걸 예상하면서도 당해야 하는 정남 지부 무사들의 피로는 무시할 수 없는 수준까지 누적되고 있었다.

절정고수들이라도 운기행공으로 피로를 푸는 건 한계가 있다.

검엽처럼 자신도 온전히 알지 못하는 특이체질에 더한 구환공의 덕이 아니라면 휴식없이 최적의 정신과 몸 상태를 유지하는 건 불가능한 것이다.

하물며 정남 지부의 무사들 대부분은 절정의 문턱도 밟아보지 못했다.

 칼끝에 선 듯 긴장된 날들이 계속되는 요 며칠 동안 그들이 받은 심리적, 육체적 압박감은 적지 않았다. 죽은 무사들의 손실도 작지 않았지만, 그보다 살아남은 무사들의 몸과 마음에 누적되고 있는 피로가 만만치 않았다.

 그에 반해 적의 손실은 오늘 죽은 자들까지 열여덟 명의 무사뿐이다.

 그렇게 암습의 효과는 컸다.

 그럼에도 검엽의 의문은 사라지기는커녕 오히려 더 커졌다.

 그와는 달리 심중탁을 비롯한 다른 사람들은 희생을 감수하며 암습자를 운용하는 적의 수뇌들에게 감탄과 두려움을 느끼고 있었다. 일견 무모하게까지 보이는 암습에 대한 증오와 분노는 그 몇 배로 컸고.

 검엽이 의문을 품은 건 암습자들의 무위와 사로잡힐 상황이 되면 거침없이 자결하는 그들의 태도 때문이었다.

 군림성의 수뇌부도 지금처럼 소모적인 암습만 하다가 싸움을 끝낼 생각은 없을 터였다.

 다른 지역의 대립이 격해지고 있다고 해도 정남의 무사들 숫자가 지속적으로 줄어들면 무맹 총타에서 정남에 무사들을 증원할 테니까.

 암습은 장기간 써먹을 방법이 못 되었다. 당연히 암습으로는 무맹 전력에 직접적인 타격을 가할 수는 없었다.

그렇다면 군림성이 노리는 건 암습으로 무맹 무사들에게 심리적 육체적 압박을 가하면서 피로를 누적시켜 싸움이 일어났을 때보다 유리한 입장을 확보하려는 것이라고 보는 게 합당했다.

여기까지는 정남 지부의 무사들이나 산운전에서도 어렵지 않게 파악한 것이었다.

그러나 검엽은 여기에서 한 발 더 나갔다.

여섯 번의 암습 시도가 계속되는 동안 그가 기척을 감지한 횟수는 네 번이었다. 그리고 그들의 능력이 어느 정도인지 파악했다. 어렵지 않은 일이었다.

암습자들은 방건의 백초지적 수준이었다. 방건은 정남 지부에 있는 무사들 중 열 손가락 안에 꼽혔고, 그의 백초지적이라면 이십 위 안에 드는 무위였다.

그들은 단순 소모시키기엔 아까운 고수였다. 그러나 사지에서 무사하게 복귀하는 걸 기대할 만큼 강하지는 않았다.

압박과 피로 누적을 위한 암습으로 운용하기엔 암습자의 무위가 어정쩡했다. 게다가 사로잡힐 상황에서 칼을 심장에 꽂거나 심맥을 끊어 자결했다. 한순간의 망설임도 없이.

운려에게 지나가는 말로 들은 바로는 전시 상황에서도 무맹은 포로를 무작정 참살하지 않았다. 포로로 잡히면 생존의 가능성이 있는데도 자결을 한다는 건 이상한 일이었다. 아무리 조직에 대한 충성심이 깊은 자들이라도 자신의 생명은 아끼는 법이니까. 하지만 정남 지부에 있는 무맹의 무사들은 그들의 자결을 크게 이상하다고 생각하지 않는 눈치였다. 죽을 가능성이 십 할에 가까운 암습에 동원될 만큼 충성심이 강한 자들이라 그럴 수도 있다고 생각하는 듯했다.

그러나 검엽은 그들과 생각이 많이 달랐다.

검엽의 의문은 암습자들의 무위와 자결에서 의혹을 느끼며 싹텄다.

'알 수가 없어. 남악산에 있는 자들은 대체 무슨 생각일까? 이 조그마한 동네를 두고… 참 복잡하게들 사는구만.'

검엽은 혀를 찼다.

정남에 가라는 말을 들은 순간부터 지금까지의 의문이 꼬리를 물고 일어났다.

하지만 의문을 풀지는 못했다.

관심이 없긴 했지만 그 때문이라고 할 수는 없었다. 그의 손에 쥔 정보라고는 그야말로 쥐꼬리가 거드름 피울 정도로 적었다. 그렇게 빈약한 정보를 토대로 의문을 푸는 건 불가능했다.

지부 본관 건물 뒤편으로 꾸물거리며 움직이는 사람들의 기척이 검엽의 감각에 잡혔다. 오십여 장이 넘는 거리였지만 움직이는 사람들이 기척을 숨기지 않은데다 고요한 밤이어서 쉽게 기척을 느낄 수 있었다.

검엽은 그들이 무엇을 하는지 알고 있었다.

암습자들을 뒤편 절벽가에 매장하기 위해 움직이는 무사들이었다.

오늘도 암습자들을 사로잡는 건 실패한 모양이었다.

암습자들을 사로잡으려는 시도는 매번 행해졌다. 그러나 성공한 적은 없었다. 중상을 입은 자들도 사로잡히기 전에 혀를 깨물거나 심맥을 끊어버렸기 때문이다. 비길 데 없이 독한 자들이었다.

무맹은 죽은 암습자들의 시신을 손상시키지 않았다. 화장을 하지도 않았다. 그들은 모두 가매장했다. 동료를 잃어 분노한 무사들도 이런 조치에 이의를 제기하지 않았다. 이는 오랜 싸움의 와중에 굳어진 전통이었다.

언제 주인이 바뀔지 모르는 곳이 이곳이었다. 적이라고 시신을 훼손하면 동일한 상황에서 적도 시신을 훼손할 것이 아닌가.

죽더라도 시신은 온전히 보존하고 싶은 마음은 적아를 막론하고 같았고, 그런 마음이 가매장과 시신을 훼손하지 않는 전통을 만들어냈다.

이번 싸움이 무맹의 승리로 끝난다면 적의 시신은 군림성에 건네지는 것이다. 반대라면 군림성이 무맹에 무사들의 시신을 인도할 것이고.

다음날 새벽.

검엽은 결국 손을 쓰는 상황을 맞이해야 했다.

세 명의 암습자 중 한 명이 사호 건물의 지붕 위로 뛰어올라 왔기 때문이다.

전신을 흑의 복면과 흑의, 흑피화로 감싼 암습자의 무공은 상당했다. 그러나 그는 목표를 잘못 정했다. 그는 검엽의 구슬을 꿴 듯 이어지는 추뢰섬전수에 연타당했고, 헌원미림의 검에 심장을 찔려 죽었다. 소요된 초수는 두 사람 합쳐 십여 초에 불과했다.

손을 쓸 틈을 찾지 못한 방건은 두 사람의 자로 잰 듯한 합격에 넋을 잃었고.

*　　*　　*

암습 개시 열흘 후.

초인겸은 삼엄한 눈길로 동쪽을 보며 웃었다.
스산함이 완연한 웃음.
무맹의 정남 지부가 자리 잡은 석로산이 있는 방향이다.
태양이 조금씩 붉은빛으로 물들어가고 있었다.
그가 물었다.
"저들은?"
그의 뒤에 시립하고 있던 곡우가 기다렸다는 듯 대답했다.
"동일한 경계조를 운용하고 있습니다."
"피로는?"
"육 일째부터 바꾼 경계 방식 때문인지 피로가 심화되는 것 같지는 않다고 합니다."

"좋아, 좋아."

초인겸은 고개를 끄덕이며 웃었다.

그는 천천히 돌아섰다.

그의 뒤에 오와 열을 맞추어 서 있던 혈의인들의 어깨가 돌처럼 굳었다.

언뜻 보아도 그들의 숫자는 백이 넘었다.

분타의 무사들 중 경비를 서는 자들을 제외한 백십 명이 연무장에 모두 모여 있었다.

혈풍대의 무사들 중에서 고르고 고른 정예들이다.

그들 사이로 늪처럼 고인 살기가 진득하게 흘렀다.

만족스러운 미소를 머금고 수하들을 훑어본 초인겸은 주먹을 움켜쥐었다.

그의 두툼한 입술이 서서히 벌어지며 무서운 힘이 담긴 음성이 장내에 울려 퍼졌다.

"열흘 후 출정한다. 열흘 동안 최상의 몸을 만들어놓도록. 성주님께서도 큰 기대를 하고 계시다는 것을 잊지 마라. 승리하지 못한다면 그곳에 뼈를 묻을 각오를 해야 할 것이다."

뜨거운 숨을 내쉰 그의 말이 이어졌다.

"지난 이 년 간 빼앗겼던 군림성의 영토는… 열흘 후 회복될 것이다!"

"우와와와아아아!"

"천추군림!"

"군림무적!"

"성주천세!"

남악산을 뒤흔드는 함성이 터지며 뜨거운 열기가 폭풍처럼 장내를 휩쓸었다.

초인겸은 어린아이 주먹만 한 주먹을 들어 수하들에게 흔들었다.

광포한 살기가 맺힌 주먹이었다.

* * *

군림성의 암습은 열흘간 지속되었다.

삼십 명의 암습자가 시신이 되었고, 무맹은 스물일곱 명의 무사를 잃었다.

돌아오지 않는 암습자의 수가 삼십 명에 달하는 것에 위기감을 느껴서인지 군림성의 암습은 열 번의 시도 후 끝이 났다.

그 후 군림성의 암습이 없는 날이 이어졌다. 하지만 무맹 무사들이 받는 긴장의 강도는 약화되지 않았다. 삼십 명의 무사를 잃은 군림성의 대대적인 공세가 조만간 시작될 것임은 누구라도 예상할 수 있는 일이었던 것이다.

다시 열흘이 흘렀다.

오시 말경(오후 1시).

평범한 사십대의 중년 사내가 다급한 얼굴로 정남 지부의 정문을 통과했다. 바람처럼 내달리는 그의 뒤로 먼지가 산더

미처럼 일어났다.

거침없이 경공을 시전하며 정남 지부를 가로지는 그를 아무도 제지하지 않았다. 그가 산운전 휘하 무사임을 증명하는 신패를 높이 쳐들고 있었기 때문이다.

그가 지부장실로 들어가고 나서 열을 세기도 전에 급박한 종소리가 정남 지부를 뒤덮었다.

땡땡땡땡땡땡!

점심을 먹은 후 연무장 부근의 나무 그늘에 앉아 있던 검엽이 허리를 곧게 폈다.

이곳에 온 후 한 번도 들어본 적이 없는 종소리였다.

그의 주변에는 헌원미림을 비롯해서 봉유종과 담천우 등 다섯 명의 철혼단 무사가 제각각의 자세로 앉아 있었는데 모두 놀란 듯 자리에서 벌떡 일어섰다.

긴장한 기색이 역력한 얼굴들이었다.

봉유종이 신음처럼 중얼거렸다.

"왔군."

"그런 모양이다."

덤덤한 어투로 맞장구를 친 사람은 담천우다.

점심시간이어서 여기저기 흩어져 있던 무사들이 빠르게 연무장으로 모여들고 있었다.

종소리의 여운이 미처 사라지기도 전이었는데 무사들은 각자의 병기를 들고 있었고, 본관 앞 연무장에 정렬하는 시간도 얼마 걸리지 않았다.

긴장과 살기, 그리고 뜨거운 흥분이 열병처럼 연무장을 감쌌다.

연무장 한 구석에 편하게 앉아 있던 검엽도 느릿하게 일어나 옷에 묻은 흙먼지를 털어냈다. 그는 내심 고개를 갸웃거리며 한숨을 내쉬었다.

'요 며칠 지부 전체에 이상한 사기(邪氣)가 흐르는데 이유를 알아볼 시간이 없구만……. 시간이 갈수록 사기가 강해진다. 꼭 뭔가 벌어지고 있는 기분이야. 쩝… 알아볼까 작정하니까 일이 터지네. 아쉽구만…….'

검엽과 일행도 정렬한 무사들의 뒤에 가서 섰다. 옆에 나란히 선 헌원미림의 눈빛이 평소와 달리 강했다.

봉유종 등이 설명을 해주지 않았지만 종소리가 무엇을 의미하는지 짐작하는 건 어렵지 않았다.

헌원미림도 종소리의 의미를 알아차린 눈치였다.

무사들이 정렬을 시작함과 동시에 본관 입구에 심중탁과 지부 요인들이 모습을 드러냈다.

심중탁의 안색은 돌처럼 굳어 있었다.

정렬한 무사들의 정면에서 걸음을 멈춘 심중탁이 맹수가 으르렁거리는 듯한 음성으로 말문을 열었다.

"군림성 놈들이 오고 있다. 산길이라 하나 오십 리를 주파하는 데는 반 시진도 걸리지 않는다. 아마도 이각 정도 후면 놈들을 볼 수 있을 거다. 이곳을 지킬 각오는 되어 있나!"

"예, 지부장님!"

백이십여 명이 한꺼번에 내지르는 소리가 지부에 강한 울림을 만들었다.
　"선배들이 그랬던 것처럼 놈들이 이곳을 차지하기 위해서는 우리를 시체로 만들어야 할 거다! 놈들에게 대륙무맹의 기백이 어떤 것인지를 보여주자!"
　"우와아아아아!"
　함성이 터져 나왔다.
　무사들의 눈빛이 벌겋게 물들며 살기로 번들거렸다.
　심중탁은 더 이상의 말을 하지 않았다.
　무사들은 최소 일 년 이상 이곳에서 근무한 사람들이었다.
　그들은 평소 지부 방어 훈련을 가혹할 정도로 강하게 받아왔다. 실전 경험도 적지 않았다. 생 초보들처럼 비상시 허둥지둥하지 않는 것이다.
　심중탁이 계곡의 입구로 걸음을 옮기는 것과 함께 무사들 중 삼십여 명이 지부의 측면과 후면으로 빠르게 흩어졌다.
　그들이 찾아드는 곳은 하나같이 매복의 최적지였고, 만약 우회하는 자들이 있다면 반드시 거쳐야 하는 곳일 뿐만 아니라 다른 곳으로의 이동도 용이한 장소들이었다.
　심중탁이 움직이자 봉유종과 담천우가 심중탁의 뒤로 붙었다. 그리고 방건과 심익수, 운호강이 봉유종과 담천우의 뒤를 받쳤다.
　검엽과 헌원미림은 그들의 뒤를 따랐고, 매복에 들어간 무사들을 제외한 무사 전원이 진형을 유지하며 역시 두 사람의 뒤를 따랐다.

 무맹의 무사들이 심중탁의 지휘를 받으며 계곡 입구에 진형을 갖추었을 때 군림성의 무사들이 길 아래 들어섰다.

 그들은 빠르지도 느리지도 않은 발길로 산을 올라왔는데 움직임에 절도가 있었고, 혈의로 복색을 통일한 터라 마치 붉은 강물이 거슬러 오르는 느낌을 주었다.

 그들의 움직임에 변화가 생긴 건 계곡의 입구에서 백여 장 떨어진 곳에 도달했을 즈음이었다.

 군림성 무사들의 접근 속도가 눈에 보일 정도로 빨라졌다.

 심중탁은 이를 악물었다.

 혈의인들의 선두에 서 있는 자는 산운전이 보내준 그림으로 얼굴이 낯설지 않은 남악산 분타주 절혼도 곡우였다.

 혈의인들의 기세는 속도에 변화를 주면서 밀물처럼 강해져 갔다.

 심중탁은 드러내지 않으려 노력하며 숨을 크게 들이쉬었다.

 기다리는 시간은 힘들었다. 하지만 피를 말리는 기다림 끝에 싸움이 목전에 닥치자 그동안의 불안하고 초조했던 날들이 무색하게 마음이 편안해졌다.

 침상에서 곱게 늙어죽고 싶다는 생각은 무림에 몸담으면서 버린 그다.

 그가 경쾌한 어투로 말문을 열었다.

 "곡우가 성질이 급한 건가, 아니면 합류했다는 자가 성질이

급한 건가? 보아하니 말 한마디 없이 바로 칼질할 기세로군."

그는 몸을 돌려 수하들과 눈을 마주쳤다.

"저들을 시신으로 만들어 군림성에 보낼 준비들은 되었나!"

"예!"

다부진 대답이 터지며 드센 울림을 만들었다.

무사들의 숨결이 뜨겁게 달구어지며 적을 향한 증오와 살기가 석로산을 휘감았다.

그리고 싸움이 시작되었다.

〈제2권 끝〉

War Mage

워메이지 김재한 퓨전 판타지 소설

**사람들이 인식하는 상식의 세계 이면,
짙은 어둠이 드리워진 그곳에 사는 괴물들이 있다.**

문명이 드리운 그림자 속에서, 전투기계들과
인간의 사념으로부터 태어난 마물들이 격돌한다.
마법과 주술이 난무하는 초현실적인 전장,
소년은 그곳에 서는 대가로 인생을 잃었다.
운명의 노예가 되어 가족과 인성을 잃어버린 소년, 진유현.

**총염(銃炎)과 검광(劍光)이 뒤얽히는
어둠의 거리에서, 운명의 족쇄를 끊고 나온
소년의 눈이 살의를 발한다.**

 유행이 아닌 자유추구 -
WWW.chungeoram.com
Book Publishing CHUNGEORAM

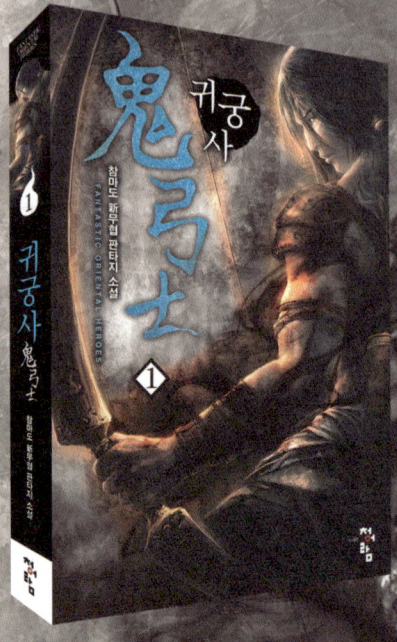

참마도 新무협 판타지 소설

참마도 작가!! 그가 『무사 꽉우』에 이어
다섯 번째 강호 이야기를 새롭게 풀어내다!!

"길의 중앙에서 떡지게 서서 당당히 걸어가래.
사람으로 태어난 이상 그 누구도 당당하게 살아갈 권리는 있다고 말이야."

단야의 오른손이 꽉 쥐어졌다. 별것도 아닌 말이다.
하나 이토록 마음에 남는 소리는 없었다.
사람으로 태어나서……

요물, 괴물.
나이를 먹지 않는 월홍과 얼굴이 징그럽게 망가진 단야.
그들 앞에 펼쳐진 강호란……!

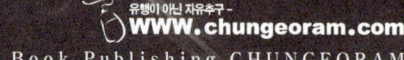

유행이 아닌 자유추구 -
WWW.chungeoram.com
Book Publishing CHUNGEORAM

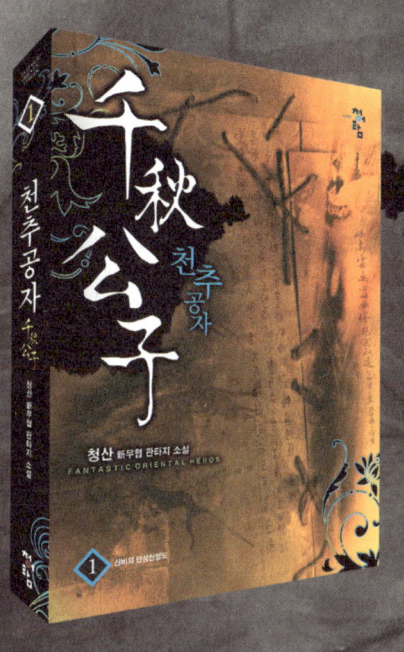

千秋公子
천추공자
청산 新무협 판타지 소설

운명을 뛰어넘는 담대한 도전!

황제마저 농락한 숭문세가의 공자 문천추(文千秋).
용문에 이르기 전까지 그는 시문과 서화를 즐기며 대하를 누비는
한 마리 커다란 잉어였다.
그러나 운명은 그를 용문(龍門) 앞에 이끌었다.
용문의 드센 물살을 거슬러 올라 용(龍)이 될 것인가,
아니면 용문점액의 상처를 입고 추락할 것인가.

죽음의 하늘 사중천(死重天)!
오로지 파괴와 살육만을 일삼는 사마악(邪魔惡)의 결집체.
사중천의 어둠은 태양마저 가리며 천하를 뒤덮는다.
마침내 죽음의 하늘과 맞서는 용 울음소리.

천추(千秋)에 빛날 문무제일공자의 호쾌한 행보가 시작되었다.

유행이 아닌 자유추구 -
WWW.chungeoram.com
Book Publishing CHUNGEORAM

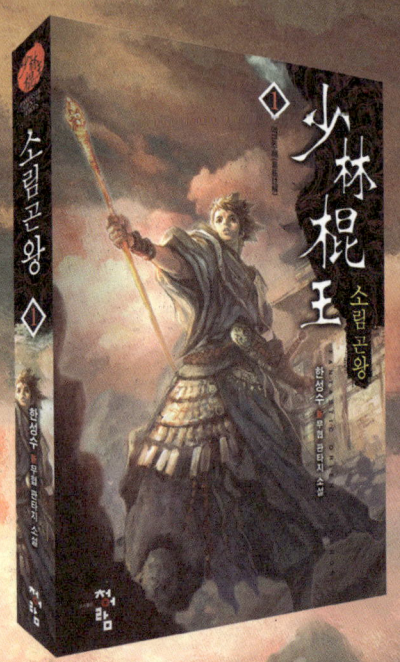

한성수 新무협 판타지 소설

감동의 행진을 멈추지 않는 작가 한성수!

구대문파 시리즈의 두 번째 이야기 『소림곤왕』!!
그 화려한 무림행이 펼쳐진다

"너는 지금부터 날 사부님이라 불러야만 하느니라.
소림사의 파문제자인 나, 보종의 제자가 되어서 앞으로 군소리없이 수발을 들고 모진
고통을 이겨내며 무공 수련을 해야만 한다."

잡극계의 천금공자 엽자건!
소림의 파문제자 보종의 제자가 되다!!

역사와 가상.
실존의 천하제일인과 가상의 천하제일인에 도전하는 주인공!
이제부터 들어갑니다. 부디 마음껏 즐겨주시기 바랍니다.
- 작가 서문 中에서.

- 유행이 아닌 자유추구 -
WWW.chungeoram.com
Book Publishing CHUNGEORAM